Gaea

GAEA

城堡夜驚魂

Too Many Curses

A. Lee 馬丁尼茲（*A. Lee Martinez*）——著

戚建邦—— 譯

1

恐怖巫師馬戈有蒐集東西的癖好，喜歡蒐集各式各樣與神祕學和冷門知識有關的書籍。他的城堡裡住滿了怪物，或是只有巫師才明白用途的怪物殘骸。有些房間裡塞滿珠寶、魔法加持的小玩意兒、黃金和其他珍貴的東西，以及對巫師而言沒什麼價值，偏偏又堅持要收藏的零星物品。他同時還有一大堆多年來持續蒐集的敵人。馬戈很少殺死敵人，死亡不太能取悅他。他喜歡將敵人留在身邊，喜歡蒐集一大票從前的敵人及殞落的英雄。奈希的任務就是要打理這許許多多的收藏品。

馬戈是個非常寬宏大量的主人，因爲他經常忙碌得沒有時間對她大吼大叫，而當他大吼大叫時，通常會拿一些不太堅硬或不太尖銳的東西丟她，還常常丟不中。馬戈經常出門，把城堡留給奈希打理；或至少，將那些沒有禁止她進入的房間交給她打理，反正其他房間她也沒興趣進去，因爲馬戈的城堡裡肯定還有很多恐怖的東西，甚至有一、兩個房間連巫師本人也從不進入。還有一個地方，「長廊盡頭之門」，即使是巫師也會盡量避免接近。

奈希很喜歡整理馬戈巨大的圖書館，而且，即使她在按字母排列書籍時偷瞄一、兩本神祕典籍，馬戈似乎也不曾注意或是在意。她甚至學會了一些魔法把戲。不過不是什麼強力魔法，只是些實用的小法術。餵食怪物區的恐怖怪物是最糟糕的工作，但她依然毫無怨言。這是一份正當工作，包吃包住，儘管她很清楚，有一天馬戈肯定會在盛怒之下，或是爲了進行某種殘酷實驗，甚至只是一時興起就把她殺了，她還是很高興能擁有這份工作。

在面對偶爾話多到煩人的石像鬼時例外。

「我和妳說過我只用一條濕毛巾就幹掉三頭食人魔的故事嗎？」蓋瑞斯問。

「有。」奈希在石像鬼不停說話時，拿塊破布擦拭他的石腦袋。

「是唷，那次眞的很不容易……」他滔滔不絕地說著，奈希就點頭假裝在聽。她很同情困在拱門上惡魔石像中的可憐靈魂，這就是與馬戈爲敵的下場，至少是眼前這個敵人的下場。

「妳有在聽嗎？」蓋瑞斯嘆息道。

「沒有。」奈希誠實得近乎無情，不是她看重誠實這項美德，而是她說話前不太會考慮說謊。

「我從前是個偉大的英雄，妳知道。」

「我知道。」她朝他眼中吐口水，然後擦掉灰塵。

「我討厭這樣。」

「你寧願讓灰塵積在眼睛裡嗎？」

「不。」

「那就將就一下囉……」她靈巧地爬到他的背上，擦拭他的魔角。蓋瑞斯沒有移動，也無法移動；他只能說話，說很多話，並且垂視下方的長廊盡頭之門。

「好奇過那裡面有什麼東西嗎？」他提出每次擦拭魔角時都會問的問題。

「最好不要胡亂想像。」

「對妳而言或許如此，但我唯一能做的事就是胡亂想像。」

「好吧，說不定只要你安靜一點，就會有更多人來拜訪你。」

蓋瑞斯埋怨道：「其他人只是嫉妒我傳奇性的豐功偉業。」

一道虛無縹緲的聲音說道：「啊，沒錯，就是這個原因，和你的個性肯定一點關係也沒有，或是說毫無個性。」

「哈囉，回音。」奈希說。馬戈奪走了回音的一切，只留下她的聲音。儘管她完全沒有形體，至少還能在城堡內自由移動。

「他回來了。」

奈希毛茸茸的長耳朵突然豎起，她聽見遠方傳來代表主人回家的雷鳴聲。「謝謝妳，回音。」回音沒有回應，或許她走了，這點根本無從知曉。不過在馬戈的城堡裡絕不會有機會獨處。奈希跳到地上。

「妳還沒擦完。」蓋瑞斯抗議道。

「我會回來。到時候你可以說那回你死掉之後與地底世界的領主對抗，然後自墳墓中爬回人間的故事。」

「那是個好故事。那時我在與蜥蜴人大戰中慘遭殺害。我擊敗了他們，不過代價就是自己的性命……」

奈希離去。蓋瑞斯繼續說故事，他比任何人都還要喜歡聽自己的故事。「聽眾」對他來說只是技術性的辭彙。

「眞是個無趣的傢伙。」回音的聲音自奈希的右肩上方傳來。

「妳偶爾也可以聽聽他說話。」奈希說。「他很寂寞。」

「喔，我有哇。我會叫他挑個冒險故事來說，然後自己去找樂子，留他在那裡自言自語。」

「那可不太禮貌。」

「我是隱形人。妳只有在我說話時才知道我在附近，而他從不肯讓其他人說話，所以他永遠不會發現。有時候，我會過一陣子再回來，而他還在講，然後我就會假裝一直都在聽。只要裝得好，我可以不必眞的聽他說話就讓他說上好幾天。」

奈希認爲這麼做有點沒良心，雖然看起來似乎無傷大雅。不過她得承認自己並沒有經常擦拭石像鬼，因爲有時候眞的沒心情聽他說話。

一隻小蝙蝠飛了過來，落在她肩膀上。「兩個小姑娘是在講那個灰色的吹牛專家嗎？我也受不了他，他那些故事根本都是胡說八道。」

「哈囉，西帝斯。」回音說。

「是西帝斯爵士！」身長四吋的蝙蝠尖聲叫道。

就像城堡內所有殞落的英雄一樣，他堅持不肯放下光榮的過去。他們全都一樣，蓋瑞斯只是稍微嚴重一點而已。

走廊上的火把火光搖曳，馬戈喜歡城堡裡燈火通明。奈希應該在高塔上歡迎他歸來，如果她沒這麼做，他就會威脅要剃光她的毛，把她丟到城堡深處的無底洞裡。他不會眞的這麼做……應該不會。她修正，心知他遲早會殺了自己；同時，她也知道他殺她不會是因爲她做錯事，不過沒理由去惹他。奈希的雙腳短短胖胖，行走速度不快。她四肢著地，匆忙奔跑。

西帝斯不喜歡在她肩上顛簸搖晃，於是再度飛起。「有想過我的建議嗎？小姑娘。」

「又來了。」回音說。就一個沒有軀體的聲音而言，發出這種彷彿喘不過氣的聲音有點古怪。

「沒錯，我們該除掉那個邪惡的渾蛋了。」

「該怎麼除掉他？」回音問。

「只要一個空檔，他心不在焉的一瞬間，然後我就能從陰影中突然竄出，咬斷他的喉嚨。」

「你是隻吃水果的狐蝠。」

「我還是有牙齒的，小姑娘。」

「奈希餵你吃橘子前還得先剝皮。」

「妳有沒有咬過橘子皮？」西帝斯爵士問。「告訴妳，根本咬不下來。」

「奈希就咬得下來。」

「好吧，那就讓她去咬斷那個噁心渾蛋的喉嚨，我不在乎。只要他死掉，法術通通破除就好。

難道妳不想變回人形嗎？」

奈希越跑越快。全速奔跑時，她跑得比回音和西帝斯爵士都還要快。她穿過走廊迷宮。馬戈快到家了，但她還是繞遠路，她還沒憂心到願意接近慟哭女。

一陣雷聲告訴她馬戈即將抵達城堡。她衝上樓梯，回音與西帝斯早已不見蹤影。

一個幽靈朝她晃動自己的鎖鍊，發出可憐兮兮的吼叫聲。

「現在沒空，李察。」

她毫不停步地穿越他的身體，及時抵達高塔頂樓。

一隻大黑鳥飛進高塔的窗口，爪子上抓著一顆地精腦袋大小的石頭。大鳥睜大火紅的雙眼瞪視奈希，接著轉變成馬戈的形體。他身材高瘦，即使就巫師而言都還算瘦；寬大的布袍讓他看起來更加瘦弱。根據奈希的經驗，巫師的魔力與體型成反比。馬戈是個強大的巫師，也是個瘦小的男人。只要肯用點心，西帝斯爵士或許眞能咬下瘦巫師的腦袋。

馬戈目光凌厲。「我的酒呢？蠢狗。」

奈希低下頭去，雙手摀住口鼻，雙腿夾起尾巴。「很抱歉，主人。」

他摩拳擦掌，前臂肌肉緊繃。「我以爲我說過要把地板擦乾淨。」

「我有擦，主人。」

他冷笑一聲。「別頂嘴，野獸。」

「我不敢，主人。但是地板很滑，我怕擦得太滑。」

「啊，妳又來了，思考不是妳該做的事。」

「不，主人。」她輕舔嘴唇。「是的，主人。對不起，主人。」

「我應該活生生地把妳煮到爛熟。」

「是的，主人。」

馬戈咬牙切齒。「算妳走運，蠢狗，我心情好。」

奈希偷瞄他手上的石頭，從外型、顏色與花紋看來，那是顆納蓋斯種子。她曾在馬戈的書裡讀過這個東西，不過她沒說出來。納蓋斯是種罕見的怪物，不過巫師看重的不是牠們的稀有，而是牠們的力量。奈希記得書裡的描述。種子裂開時，納蓋斯會以成獸的姿態出世，並且吞噬牠所看見的第一個活物。接下來牠會記住看見的第二個活物，與對方建立只有死亡才能切斷的羈絆關係。

「要幫你收起來嗎？主人。」

他繼續冷笑。「野獸，妳永遠不准碰它。敢碰它，我就剝妳的皮。」

「是的，主人。」

「一層一層地剝。」

「是的，主人。」

「然後拿妳的熟皮做頂帽子，用妳的骨頭當書檔架。」

「是的，主人。」

馬戈威脅得興起，又繼續威脅了好一陣子。奈希不斷點頭，表現出適當的恐懼。這些威脅意義不大，因爲當馬戈終於動手殺她時，根本不會有任何預警。

「……然後把妳的眼睛泡到湯裡。」他總結道。

「是的，主人。要幫你倒酒嗎？」

「等等，野獸，我還沒叫妳走。」

奈希毛髮直豎。

西帝斯爵士飛入高塔，再度停在她的肩上。「喔，要咬斷某人喉嚨的話，」他低聲問道。「要我上，還是妳想上？小姑娘。」

馬戈將納蓋斯種子舉起，面色緊繃，一綹灰髮落在眼前。「告訴我，蠢狗，告訴我妳是爲了服侍我而生。」

「當然，主人。」

「妳願意爲我而死嗎？」

「啊，眞是個大白痴。」西帝斯爵士道。

奈希鞠躬。她一直在等待的日子終於來臨，她有點鬆了口氣。盡快死一死也好，而且被納蓋斯吞噬也是爽快的死法。

馬戈重複問題。「妳願意爲我而死嗎？」

「是的，主人。」不過是因爲她別無選擇。她抬頭看向馬戈，他已經準備要將種子摔下。

「我再也受不了了。」西帝斯爵士突然衝向馬戈的喉嚨。儘管巫師的脖子很細，小狐蝠還是沒辦法一口將之咬斷。馬戈毫不畏懼，不過吃了一驚，於是後退一步。他的腳在光滑的地板上滑了一跤，整個人仰天而倒。納蓋斯種子當場摔破，冒出一頭巨大的紫色怪物，長有一顆眼珠、一根獸角、小小的翅膀，身體則像長著兩條粗腿的大鼻子。

奈希連滾帶爬地躲到桌子後面。

納蓋斯發出古怪的吼叫聲。

「不，別過來！」馬戈聲音中的自信及惡意蕩然無存。「待在原地……」

只聽見嘎吱一聲，接著又是嘎吱一聲，然後是吞嚥聲，接著是滿足的聲響。

奈希探出頭來。納蓋斯大步來到她面前，舔了她一下，黏黏的口水弄濕她的毛皮。她笑。牠跟著笑。

「我錯過了什麼？」回音突然在奈希身旁氣喘吁吁地問道。

西帝斯爵士於空中盤旋。「沒什麼，小姑娘。我只是殺了那個渾蛋！」

馬戈屍骨無存，就連塊破布都沒剩下。納蓋斯的體型不比奈希大多少，看起來也不像是肚子裡能容納得下一整個人，除非牠整個身體都是肚子。她沒有排除這種可能。即便如此，牠的嘴邊應該要有些巫師的殘骸，一隻手臂或是一條腿什麼的，但什麼都沒剩下。

奈希並沒有爲死去的巫師傷心，但現在她淪爲失業的地精。這不是她第一次失去主人；巫師是危險的職業，幾乎和巫師助手一樣危險。

「如果他死了，我的身體爲什麼沒有回來？」回音問。「你又爲什麼還是蝙蝠？」

西帝斯爵士落在地上，打量自己的翅膀。「我很確定再過一下子魔法就會失效。」

這時，一個裝滿眼睛、牙齒、部分腦子，以及一根舌頭的瓶子開始冒泡，但所有人都沒有心思去注意那個瓶子。三十秒過後，蝙蝠仍然是隻蝙蝠，回音仍然沒有軀體。

「隨時都會復原。」西帝斯爵士不耐煩地道。

奈希走向馬戈的椅子。她一直想要坐坐這張椅子，想知道那個椅墊坐起來是什麼感覺，肯定比自己平常坐的光滑石塊舒服多了。她抓著椅臂，抬起自己嬌小的三呎身軀，準備坐上椅墊，不過卻臨時改變了主意。馬戈死了，但是巫師未必會保持死亡狀態。如果他從納蓋斯的喉嚨跑出來，心情肯定不佳，要是再看見低賤的地精坐在自己心愛的椅子上必定會進一步觸怒他。她坐在自己的石椅上。不舒服，但她習慣了。納蓋斯待在她的身旁，粗尾巴四下擺動，偶爾拍擊地板。

納蓋斯哀鳴一聲。奈希摸摸牠的鼻子，牠立刻發出滿足的呼嚕聲。

「我們沒有復原。」回音說。

西帝斯爵士瞇眼看著自己毛茸茸的小身體。「妳以為我沒發現嗎？」

「他死了，對吧？」

「沒錯，現在正被消化著呢。」

納蓋斯打了個嗝。

「那我們不就應該恢復原狀嗎？」

「一般而言是這樣，小姑娘。殺了巫師，他的法術就會全部失效。」

「你怎麼知道？」

「我以前殺過巫師。」

裝有眼睛的瓶子不斷冒泡，試圖吸引他人目光，但是沒用。

奈希正考慮找下一份工作。她可以回去部落洞穴，找個丈夫，展開種植地衣的生活，生下一窩或是三窩小地精。那樣的生活不差，她也不完全排斥，但是很無趣。幫巫師工作肯定會有個慘烈的死法，但是那些左閃右躲、卑躬屈膝、擦拭石像鬼，以及其他瑣事，提供了刺激的職業生涯。她見識過大多數地精只能想像的事，她沒辦法回洞穴去。

找新工作並不難。她有相關經驗，還有一隻形影不離的納蓋斯，以及一大堆任何神祕學者都迫不及待想弄到手的巫術典籍及裝備。

「奈希，我們爲什麼沒變回來？」回音問。

地精聳肩。

「妳是說妳不知道？」西帝斯爵士焦慮地繞圈飛行。「妳不是那個邪惡巫師的學徒嗎？」

「助手。」她糾正道。「我是助手，他沒教我法術。」

「但是妳有翻閱他的典籍。」回音說。「我看過妳施法。」

「都是些小法術。」

玻璃瓶抖得厲害，整個櫃子都在晃。眼珠規律地撞擊玻璃瓶面。

「他想幹嘛？」西帝斯爵士嘟噥道。

「那不是馬戈的弟弟嗎？」回音問。

「對，他弟弟僅存的殘骸。」

「他也是巫師，不是嗎？」

「就馬戈對他所做的事來看，應該不是高明的巫師。」

「儘管如此，他一定知道什麼內情。」

瓶子跳了兩下。

「快，奈希，去拿瓶子。」

奈希遲疑。馬戈吩咐過絕對不能碰那個瓶子。

回音軟言哀求。「我們也想自己拿，但是我們需要妳幫忙。拜託。」

奈希看向納蓋斯，輕輕伸出小手，放在牠的大嘴上，拉開牠的嘴巴。怪物順從地張嘴。她望向牠深深的喉嚨。

「主人，你在裡面嗎？」

沒有反應。奈希不死心，又試了最後一次。

「馬戈？」

她本能地縮起身子。馬戈如果沒死，絕不會讓她直呼自己名諱。她很確定他死了，暫時如此。

納蓋斯伸出濕潤的舌頭舔她，並且大笑。牠的笑聲很像地精，半叫半笑。這是羈絆的緣故。她心想，抑或只是巧合？

她拋開恐懼，把樂於配合的納蓋斯當作階梯，從高櫃子上取下瓶子。它瘋狂翻騰，在她手中震動不止。她順著納蓋斯的尾巴走下，將瓶子放在地上，旋開瓶蓋。黃色的液體平靜下來，眼珠、牙齒及舌頭浮上表面，排列出人臉的模樣。

「謝謝妳。啊，我眞懷念新鮮空氣。」他的眼睛晃動，牙齒排成微笑的形狀。「非凡巫師亞斯皮，一千個國度境內最頂尖的巫師，任妳差遣。」

西帝斯爵士不太在意這些介紹詞。「我們爲什麼還沒復原？」

「只有經驗不足的巫師才會在身亡之後導致魔法自動失效。菜鳥巫師會將法術矩陣建立在自己四周，把法術與自己的生命繫在一起，因爲這種技巧比較簡單。馬戈是魔法界的老鳥，懂得製作獨立存在的魔法網，這樣法術就不會隨著他的死亡而消失。」亞斯皮察覺到已經失去觀眾的注意力了。「所以，殺死馬戈並不足以終結他的詛咒。」

回音嘆息。「我們無法復原了。」

「這得看馬戈的魔法架構建立得有多牢固。一般而言，魔法會在失去定期意志強化之後出現裂痕，就像缺乏膠水塡補的裂縫。這個過程需要多久，端看這些法術抽象架構的完整性，以及可運用的魔法壓力強度而定。」

奈希看過馬戈的書，雖然還沒讀到關於進階魔法理論的部分，不過她大概聽得懂。馬戈是偉大的巫師，雖然他的法術最後還是會失效，但很可能要等很久很久。

亞斯皮繼續道：「然而，任何魔法都能反制。我的天賦向來不及我哥，但現在他死了，我或許有辦法破除你們的詛咒。可惜我有點不方便。」

「這表示你根本毫無用處？老兄。」西帝斯爵士問。

「我懂魔法，只是再也無法施法了。」

西帝斯咬牙切齒。「沒用的東西。如果你巫術高明的話，待在瓶子裡的就是馬戈了。」

亞斯皮漂在水面上的牙齒也上下撞擊。「要是三十年前的話，我早就把你變成一條蟲了。」

「啊，把他的瓶蓋蓋回去。」

「你們兩個別吵了好嗎？」回音說。

「我只是想幫忙。」亞斯皮說。

「如果有蛋要醃的話，我會告訴你的。」西帝斯爵士說道。

亞斯皮滿瓶沸騰。「喔，去吃隻蟑螂。」

「我是狐蝠，你這白痴。」

「你們兩個可以閉嘴，讓我好好想想嗎？」

他們越吵越大聲。納蓋斯的目光在他們身上轉動，然後張開大嘴模仿那些吼叫與嘲弄。奈希受不了這些噪音了。她四肢著地，離開石室。地精不管是站著還是趴著都一樣自在，端看個人喜好。奈希的成長過程一向是四肢行走，但是當巫師助手要拿很多東西。雖然可以用嘴銜，但她不想知道馬戈要她拿的東西是什麼味道。現在她大多時候都用雙足行走，只有在得跑步或是思考時才會回歸童年習慣。

納蓋斯自動跟上。奈希不慌不忙地步下階梯，一具身上掛有腐肉、破爛衣衫、叮噹作響鎖鍊的半透明恐怖屍體出現在她面前。屍體尖叫一聲，四周溫度驟降。

「我說了現在沒空，李察。」

幽靈皺眉。「喔，別這樣嘛。剛剛那樣很嚇人。」

「很棒，但我現在有事。」

李察和她一起下樓，但只能跟到樓梯底。李察作祟的地方僅限於城堡的樓梯間，也許只有馬戈才曉得爲什麼。奈希想不透他爲什麼會想費心嚇人。無聊吧。她猜。她通常會配合他，但現在實在沒心情。

納蓋斯一口咬住李察擺動的鎖鍊，並朝他發出吼叫與嗚嗚的聲音。

「上面出了什麼事？我聽到騷動聲。」

「馬戈死了。」

「死了？」李察停止飄動，擺動半透明的手指。「那我爲什麼還在這裡？」

「與什麼法術陣列有關。」奈希說。「去問瓶子。」

他消失了。或許是回到階梯頂端，或是跑到別的樓梯間去。

奇怪的是，奈希感到哀傷。她不太喜歡馬戈，不過她會想念他和她的城堡，她的家，還有朋友們；雖然這些朋友有的沒有身體、有的被變成其他東西，有的還被困在樓梯間。

回音氣喘吁吁的聲音突然出現在奈希身旁。「我們想通了。」

納蓋斯四下尋找聲音的源頭。牠發出謹慎的噴息聲。回音輕笑。「不要，好癢。」

奈希停步，輕彈手指。「坐下。」

不管他們之間有什麼樣的羈絆，總之牠立刻照做。

「我們需要妳幫忙，奈希，妳得幫助我們破除詛咒。」

「我說過了，我不懂任何真正的魔法。」

「但是亞斯皮懂，他只需要有人幫他施法。」

奈希的耳朵往上翹，她每次思考時就會這樣，接著耳朵垂下。「沒用的，地精沒有魔法天分。就算我有，馬戈已經死了，要不了多久他的敵人就會跑來佔領城堡。」

「他們還不知道他死了。」

「很快就會知道了。巫師就和禿鷹一樣能夠嗅出死亡氣味，他們會將此地洗劫一空。」

「我們沒有妳不行。拜託。」

這是個壞主意。奈希不可能敵得過馬戈的巫術，她很可能像大多數巫師學徒一樣死於魔法實驗中，馬戈的敵人也可能跑來城堡殺掉她。但她早在許久之前展開這段職業生涯時，就已經接受自己將會死於非命的事實。反正之前馬戈也常不在家，所以差別根本不大。他甚至還有可能回來，而在奈希確定他不會回來之前，打理他的城堡和收藏品就是她的責任。

「好吧。」

「妳不會後悔的。我去告訴其他人。」

奈希向來不會後悔。只要事情發展得還算有趣，她並不在乎明天會怎樣。無論如何，她可以在其他巫師跑來洗劫城堡時改變心意。

納蓋斯舔舔嘴唇，打了個嗝。奈希還可以從牠的口氣中聞到巫師的氣味。

2

馬戈的死訊在城堡中迅速傳開。在一個每面掛毯都會說話，每個花盆裡都有住人，每隻躲在陰影下偷看的蜘蛛、老鼠和蛇都愛談論是非，牆上還會滲出血色謠言的地方，沒人可以守住任何祕密。事實上，只有一面牆會滲出血紅色謠言，不過這樣就夠多了，因爲奈希得把滲出來的謠言給擦乾淨。

「他眞的死了嗎？」帶有濕潤光澤的紅字問道。

奈希從放在附近的一桶清水中拿出抹布。「是的，華特。」她擦拭灰色的磚塊。

「那我爲什麼還是一面牆？」這句問話結尾的問號比其他字都大上兩倍。

「事情很複雜。」

「複雜？他死了！我應該恢復成人才對！喔可惡！喔不！我永遠都要當牆了！」

「冷靜點，華特。」

可惜已經遲了。當一面會滲血的牆壁開始喋喋不休時，場面肯定會變得一團亂。字句全部混在一起，形成許多血流淌了一地。奈希抓起疊放在附近的毛巾擋在地上，阻止血液擴散。她不喜歡城堡一片凌亂，但是該餵食狼吞虎嚥怪了。打理城堡的關鍵在於優先順序。她暗自提醒自己，待會要帶三支最好的拖把回來。

上次奈希錯過每月一次餵食狼吞虎嚥怪的時間，牠整整尖叫了一個禮拜，吵得城堡下層的居民都不得安寧。在那之後，爲了不被人比下去，惱怒怪也吼叫了整整八天。牠影響了附近房間裡各式各樣的鬼魂，導致它們不舒服到吐出好幾加侖的靈體物質。奈希花了好幾個小時清理那些黏液，卻還是三不五時會在縫隙裡找到沒清乾淨的地方。此後，她就再也沒有忘記餵食狼吞虎嚥怪了。

她前往地窖，馬戈在那裡儲藏了似乎永遠吃不完的肉。城堡裡不是所有野獸都吃肉。獨角獸依賴最純淨的晨露與最輕盈的蒲公英過活，心靈蟲則以他人的食物記憶維生，牠最喜歡奈希記憶中的燉兔肉和蜜桃派。但是獸欄裡幾乎所有魔法生物都比較喜歡肉類大餐。

忠心耿耿的納蓋斯安安靜靜地跟在她身後。

來到畫廊，更多關於馬戈之死的問題襲向她。巫師認爲將具有皇家血統的敵人囚禁在油墨與畫像中是很有趣的事。

「他不可能眞的死了。」伊蓮女士一邊用無底茶壺倒茶一邊說道。她拒絕馬戈的追求，他便將她囚禁在一幅茶宴的美妙景色之中。茶宴中的其他賓客都只是不會動的無神圖畫，而這肯定是種折磨。不過馬戈必定是透過他自己的一套扭曲標準深愛著她，不然不會許她永恆的晴天。

另一方面，吉爾伽美什大君被畫在潮濕陰暗的房間裡，只有一扇小窗戶透進些許陽光。他的畫像裡只有一扇門，門的另一邊繪有某種非常可怕的東西。怪物無法闖入房間，因爲吉爾伽美什大君擋在門後。

「眞希望看到他死時的模樣。」他咬牙切齒地說道，換肩頂門，門被撞開了一點縫隙，一條觸角竄入屋內。吉爾伽美什大君狠狠咬住那觸角，怪物尖叫一聲，抽回觸角。

食人魔之王卡里班住在陰暗森林的炭筆素描裡，而且還是一幅畫得不怎樣的素描。他自樹後探出頭來。「妳有親眼看到他死嗎？」

「沒有，但是我有聽見。」

納蓋斯打了個小嗝。

「所有人都知道，除非砍掉腦袋，並在身體裡塞滿松針，不然絕對殺不死巫師。」被囚禁在繪有擺滿高大書櫃，卻沒有任何摺梯的圖書館油畫中的矮人學者說道，「然後得挑個半圓月的日子，於破曉雞鳴時燒掉屍體。」

被囚禁在很小的洞窟，而且只有一枚銅幣在其爪中滾動的龍帝嘶嘶說道：「胡說八道。妳得將屍體浸在河水中煮沸，然後將巫師的名字倒過來唸六次。」

「你是白痴嗎？」矮人道。「那是保證能讓他死而復生的做法。」

「荒謬的凡人。」水彩畫上地牢中的半神吼道。「唯一能真正殺死巫師的方法，是一邊吹著巨人送葬輓歌，一邊吃掉他的右臂！還是左臂？哪一顆才是邪惡的臂？」

她拋下爭吵不休的畫像居民，路過一面鏡子，鏡中的自己說道：「他一定死了。」那是只能在倒影中取得形體的魔鏡梅文。「我透過高塔角落的穿衣鏡看見事情的經過。被咬兩口，然後他就被吞掉了。不管是不是巫師，我認爲沒有人可以活下來。」

「我想也是。」

奈希並不十分確定，也不特別喜歡妄加猜測，此刻她只想一如往常地打理城堡。馬戈和他的威脅言語向來不是驅使她做事的動機，她喜歡的是這份工作本身。她不但將城堡視爲馬戈的家，同時也是自己的家。事實上，這裡更像是她自己的家；巫師大部分的時間都在外面蒐集神祕法器、摧毀王國，以及其他各式各樣邪惡巫師愛做的事，她才是時時待在家裡，日復一日維持秩序的人。這眞是困難的工作，不過她很享受其中的樂趣，以及優渥的報酬。

狼吞虎嚥怪最奇怪的一點，就在於牠根本沒吃多少東西，只要每個月來一桶腦子就行了，而且還不必特別大桶，與餵食屍龍的那桶根本沒得比，甚至只有哈克斯特伯豬的內臟桶的一半大。

她快步前往馬戈儲藏一大堆腦子、毛皮、心臟、腎臟（善良與邪惡的都有）的地窖，這些內臟全都分門別類地放在幾個大銅桶中。之前並沒有這樣的分類，而是放得亂七八糟。雖然奈希的忍受力很強，但她不喜歡在堆積如山的內臟堆裡挑選特定器官。馬戈飼養的怪物都很挑食，她曾在一場慘痛的教訓中習得：只要餵地獄殭屍一湯匙的狼腦就能讓他們爆炸。

地窖很大，一望無際。幸運的是，她不必用走的，馬戈在地窖裡設計了一台神奇的機器，能夠迅速移動這些銅牆。他名叫「克蘭克」，從前是名船長，後來才被變成有張錫銅大臉的巨大齒輪箱。

「啊嘿，奈希！」他在她出現於地窖陡峭的階梯頂端時叫道。

「哈囉，克蘭克。今天好嗎？」

「沒什麼好抱怨的。」他抖抖綠銅小鬍子。「我想是有得抱怨啦，只是抱怨有什麼用？」

奈希自認很會寒暄客套，不過她的確特別照顧克蘭克，因爲他所受的折磨即使就馬戈的標準來看都過於殘忍。儘管如此，他依然保持樂觀，總是樂於助人。

他將掛鉤轉向前方。「我想妳今天要找的是腦子。」

她點頭，將合適的桶子放在他手上。他的齒輪發出穩定的喀啦聲，地板隨之隆隆作響。遠方緩緩浮現一口井，以穩定的速度朝他們接近而來。

西帝斯爵士飛入地窖，坐在奈希的肩膀上。「妳在做什麼？小姑娘。」

「打理城堡。」她覺得自己要解釋這個有點怪。

回音藉由說話宣告自己的存在。「他死了，妳不用再做這些事了。」

「誰死了？」克蘭克問，他或許是城堡裡最後得知此事的人。

「馬戈。」西帝斯爵士挺起小而毛茸的胸膛道。「我親手殺了他，在噴濺的血液中咬斷他的喉嚨，實在是太光榮了。」

「是呀，好啦，撇開光榮的勝利不談，」回音道。「他死了。」

「那我怎麼還是台機器？」克蘭克的小鬍子向下垂了幾格，金屬眉毛擺動幾下。「巫師死了，詛咒不是應該消失嗎？」

「顯然不是。」奈希說。

克蘭克皺起金屬眉毛沉思，將桶子放入井中。「或許他沒死？一名私掠者曾告訴過我，唯一能確實殺死巫師的方法，就是把屍體拿去餵海鷗，然後殺了那些海鷗拿去餵鯊魚，然後殺了那隻鯊魚拿去……」

「沒人在乎你那愚蠢的水手故事。」西帝斯爵士道。「馬戈死了。」

「他死了，但狼吞虎嚥怪還是得餵。」奈希自克蘭克手中接過裝滿腦子的桶子。

「妳要的是人腦，沒錯吧？」

「是的，謝謝。」她走向階梯底端，放下桶子，然後唸誦了幾句咒語。牆角的塵土妖精跑過來抬桶子上樓。

「沒記錯的話，妳今天還需要驢耳朵。」

「還有蠶蜥蜴眼珠。」她將另一個桶子放在他手上。

「啊，是呀，不能忘記蠶蜥蜴眼珠，是吧？」

「奈希小姑娘，如果妳一直打理城堡，怎麼會有時間破除我們的詛咒？」

「我每天有一小時四十分的空檔，我不介意利用那些時間來研究魔法。」

「但是那樣要搞很久，一天一個半小時是學不會魔法的。」

「當然不行，我每天只能研究三十分鐘，畢竟，我也想要有點自己的時間。」

「我們不能幫忙嗎？」回音問。「減輕妳的負擔？」

「感謝妳的提議，但其他人都沒有辦法做好我的工作，而且狼吞虎嚥怪不會自己覓食，或許牠會，不過我寧願不要給牠這麼做的動機。」

「就這樣？這就是妳的計畫？」西帝斯爵士在她的頭上繞圈。「表現出一副什麼都沒改變的樣子，任由我們繼續維持這種狀態？」

「你想要我怎麼做？這座城堡需要我持續照料。你不能要求我放下一切，就這樣沒日沒夜地研究魔法。情況轉眼就會一發不可收拾的。」

「搞不好我們的詛咒在妳研究出破解方法之前就自動失效了。」

「那很好呀。」

西帝斯爵士不停地抱怨，她也明白他的意思。城堡不會一下子就陷入混亂，但馬戈還是有可能死而復生，其他法師也可能跑來洗劫他的收藏品。不管是哪種情況都表示她不能浪費時間。她從不浪費時間，時間是她最寶貴的東西。看來要不了多久她就會沒有足夠的時間處理一切了。

毫無疑問，她得暫時不管某些事情。這讓她很困擾。之前她的工作行程表擠得很滿，而這是妥善安排下最有效率的做法。不管馬戈是暫時還是永遠死亡，接下來她都得調整工作時程了。

她的家園也可能快要沒時間了。她不喜歡這麼想，但這是事實。這座塵封牆壁中的世界很快就會毀滅，永遠消失，而她完全無力阻止。煮飯、打掃、餵食、擦拭，都不可能阻止早已註定的末日。一時之間，她懷疑自己何必再管這些瑣事。

但那只是短短一瞬間，她還沒詳加思索，這念頭便一閃即逝。

「或許每天可以擠出一個小時研究魔法。」她說。

在克蘭克與塵土妖精的幫助下，奈希將樓梯頂端的推車裝滿食物。正常情況下，她得自己推車，但納蓋斯十分樂意地咬起繩子跟著她走，千依百順。推車上的食物對納蓋斯而言顯然不重，她也能踏著輕快的步伐前進。馬戈按照他自己的邏輯安排，將怪物養在城堡各處。奈希不懂這種邏輯，只知道某些難以形容的恐怖怪物和其他難以形容的恐怖怪物處不來。很多怪物真的都不知道該歸類為什麼東西。

住在黑暗深洞中的黑暗生物，有些會發出聲音，而那些聲音，除了少數特例外，全都可怕到了極點。黑普魯克會發出一種摩擦般的刺耳呼吸聲；「不該存在的怪物」沒日沒夜地咯咯作響還帶打嗝；恐怖穿刺怪的笑聲像是可愛的孩童；吞噬厭惡怪會趁咬骨頭的空檔，以甜美的歌聲吟唱搖籃曲。基於這個理由，奈希對始終保持安靜的狼吞虎嘯怪非常滿意，只要她沒忘記每個月來餵牠一次。

在納蓋斯的幫助下，她比預期更早完成餵食工作。由於不喜歡浪費時間，她打算利用多出來的時間清理牆壁華特，但他還在喋喋不休，所以她只好認了。早點用晚餐是在允許範圍內的享受。

□

斷頭丹恩是廚房的永久居民。他是個瘋子、惡棍、殺人犯，犯罪的下場就是被砍頭。巫師挖出他的屍體，清掉骨頭上的腐肉，然後以某種生命形式將他帶回人間，成為鎖在牆壁上的骷髏，並把骷髏頭放在調味架上。而巫師對此的唯一解釋就是自己太無聊了，想要為廚房增添一點色彩。奈希認為這種說法有點怪，因為廚房只有她在使用。她從來不曾見過馬戈進食，不過他會喝酒。她有點想要拿瓶酒來喝，但是馬戈禁止她這麼做。她還不能違逆主人的命令。

「是奈希。」丹恩在她進入廚房時宣告道。「美麗、美麗的奈希。」他的骷髏頭正如預料般瘋狂，不過她懷疑他活著時就已經這麼瘋狂了。另一方面，他的骸骨始終表現得彬彬有禮。骸骨向她招手。

「妳來早了。」丹恩發出瘋子那種令人不安的竊笑。「來早了、來早了，美麗、美麗的奈希。」

丹恩骸骨的腳鐐長得足以讓他在廚房內自由行動。他走到牆角，拿了些火爐用的煤炭。

「謝謝。」她把手放在嘴前，低聲唸誦咒語，煤炭立刻變得火紅。

丹恩牙齒一咬。「總是熱心幫忙，骸骨先生。愛幫忙、愛幫忙的骸骨先生。如果我跑到你肩膀上的話，你就不會那麼愛幫忙了，骸骨先生。到時候你就不愛幫忙啦。」他一邊磨牙一邊大笑。

納蓋斯嗅了嗅骸骨先生，而骸骨先生拍了拍牠的頭，牠發出了滿足的嗚嗚。

奈希走到冰箱旁，那是個利用魔法保持冷度的大木箱。願意提供如此便利的東西表示馬戈是個比大部分巫師好的主人。她拿出一隻雞、一些紅蘿蔔、甘藍菜，以及其他蔬菜。

「今晚吃雞湯。」丹恩說。「每天晚上都是雞湯，美麗又容易預料的奈希。」

她肯定會第一個跳出來承認自己喜歡一成不變。對奈希而言，生活就是時程表，一連串的工作，一場對抗混亂的持續作戰，而這就是她如此擅長管理城堡的原因，也是馬戈一直沒殺她的理由。現在他死了，她才發現自己有多麼想念他。他很殘忍，喜歡侮辱她、拐彎抹角、神經錯亂，不過邪惡巫師本來就有這些特質。但他並非一無是處，而她一直相信所有人都有善良的一面，即使有人一定要等到被砍頭之後才會顯現出來。

骸骨先生將大鍋放在水龍頭底下，開始放水。

「已經四分之三滿了。」她提醒道。

骸骨敲了兩下水龍頭。

「喔，骸骨先生，少了老丹恩爲你引路，你變成什麼樣了？」骷髏頭前後搖晃。「老丹恩非常希望你那雙手能夠發揮更大的作用。」

納蓋斯朝他低吼，骸骨先生揮了揮拳頭。

「不要這麼沒禮貌。」奈希一邊切芹菜一邊責備道。

骸骨先生聳肩，將大鍋放在爐子上煮。

一陣撼動廚房的慟哭聲宣告了哭喊女妖貝珊妮的到來。貝珊妮能在城堡內來去自如，不過只能在災難即將降臨時現身。她是一名身材高瘦的靈體，有著美麗的五官與紅色長髮，黑色長袍在身後飄蕩。她抬起腦袋，發出尖銳的叫聲。

總是準備好要放聲吼叫的奈希也跟著發出哀傷的叫聲。納蓋斯輕聲呻吟。

斷頭丹恩喃喃說道：「吵死了，老丹恩眞希望有手可以塞住耳朵。」

意志堅決的哭喊女妖可以連續慟哭好幾天，不過今天貝珊妮才哭了兩分鐘就開始乾咳。她清了清喉嚨。「可以坐下來嗎？」

「請自便。」

這名有形的鬼魂找了張椅子坐下；即將到來的災難讓她擁有了只有少數靈體可以享受的實體，儘管爲時短暫。

「妳來這裡做什麼？」奈希問。

「妳的湯，妳會加太多鹽巴。」她的頭髮向上飄起，就像腦袋著火般。「會非常非常鹹鹹鹹鹹鹹鹹。」她哀號道。

「這就是妳的災難？」丹恩大笑。「太鹹的湯？」

「不光是太鹹，而是非常非常鹹。」她站起身來呻吟，牆壁開始結冰。「超級級級恐怖怖怖——」

奈希插嘴。「知道了，謝謝妳。」

「馬戈被吃掉的時候，妳在哪裡？」丹恩問。「能有一點預警是好事。我敢說老馬戈會希望有人警告他。」

貝珊妮臉色一沉。「可惡的渾蛋。」

「沒錯，我有我的怪癖，沒錯。但我知道馬戈還有這座城堡的一些事。因爲我會聆聽，而且聽得到城堡說話。牆壁，它們會和老丹恩分享祕密。」

「你是瘋子。」

「就像放在調味架上的骷髏頭一樣瘋狂。但是我可以告訴妳一些哭喊女妖早該知道的事。」他張開下頷，竊笑幾聲，然後再度閤上。廚房中除了骸骨先生和奈希切菜的聲音外，一片靜默。

「像是什麼？你這個瘋狂的骨頭。」貝珊妮問。

「喔，就是一些事情。」

「你什麼都不知道。」

「老丹恩知道太多了。妳以為我為什麼會發瘋？」

「好啊，那就告訴我們。」

「我所知道的事只能說給奈希聽。此事遠比廚房災變嚴重，妳不能聽。」

「你這瘋狂的渾……」貝珊妮逐漸開始消失。「喔可惡。別忘了，奈希。好鹹鹹鹹鹹鹹的湯湯湯湯湯！」她再度回歸虛無。

斷頭丹恩皺眉。「我還以為她永遠不走了呢。」

奈希讓骸骨先生繼續切菜，然後咬下一塊塊雞肉，吐到湯鍋裡。

「如何？妳都不想聽聽老丹恩要說什麼嗎？」

「不怎麼想。」她咬了咬一根骨頭，然後丟到沸騰的水中。

骷髏頭眉頭一皺。「這可不對了。我坐在這裡，只有無趣的骸骨先生為伴。但是我不抱怨，我是最有禮貌的紳士。而我想要幫妳，因為只要聽了我要告訴妳的事，妳一定會很高興有聽我說的。」

她認為他說得有理。毫無疑問，他從前是個惡棍，現在還是，不過他已經為自己的所作所為付出代價，甚至到死後都還是如此。她想，趁著等待晚餐的空檔聽他說話也無傷大雅。

「好吧。」

「甜蜜、甜蜜的奈希，我一直都很喜歡妳。等骸骨先生和我復合之後，我一定會懷抱哀傷的心情掐死妳的。」他竊笑。「不會非常哀傷，說眞的，不過會有點後悔。」

納蓋斯低吼。奈希注意到牠不喜歡有人威脅她。她撫摸牠的口鼻，怪物便安靜下來，但牠的目光始終保持在丹恩身上。

「馬戈沒死，不過妳早就知道了，是吧？奈希。如果他眞的死了，完全沒有復活的希望，那麼他的巫師朋友肯定已經趕來搜刮財物了。至今沒有撿便宜的巫師或是貪婪的附魔師出現，就表示馬戈雖然慘遭吞噬，不過肯定還沒死透，所以他們沒有感應到。我想這是好壞參半的情況，一方面他的同行不會跑來掠奪城堡，另一方面，馬戈有機會自死亡的甜美誘惑中回歸。」

「不，巫師不會死在自己家裡。老丹恩聽見他在磚塊之中喃喃抱怨。他回歸人世只是時間問題而已，但是此時此刻，這座城堡不希望他復活。不，它不希望，它想要他死。半死不活的他沒能力阻止城堡去做它想做的壞事，而那些壞事都是很可怕的事，可怕到連我都會發抖。」他搖晃下巴示範自己發抖的模樣。「這是一座邪惡的城堡，沒錯。」

骸骨先生舀出一點雞湯讓奈希嚐。

「要加鹽。」

骸骨去拿調味料。

「小心加。」她提醒道。

他敲兩下火爐，表示聽到了。

「但它同時也是善良的城堡。」丹恩道。「因爲甜蜜、甜蜜的奈希細心照料與關愛的緣故，就像老骸骨先生。而城堡僞善的一面也想要馬戈死，這或許是城堡的邪惡與善良面唯一的共通點。可憐的老馬戈，沒有人眞的喜歡他。擁有那麼強大的力量，卻沒有眞正的朋友，想到就讓我想哭，如果我能哭的話。」

「現在城堡就像我和骸骨先生一樣，一體的兩面。其中一面享受邪惡，另一面則因爲僞善而顯得十分、完全、徹底地無趣。而就像我和骸骨先生一樣，善惡兩面將會和解。問題在於和解之後誰當家，這就是問題。」他微笑。如果他有眉毛的話，肯定會下垂，在眼中落下陰影。「這點毫無疑問。眞相就是——邪惡永遠是贏家。有一天，老丹恩會取回身體，而這座城堡，喔城堡，將會徹底墮落。至於老馬戈嘛，誰知道呢？」

骸骨先生幫奈希端了一碗湯。她拿起湯匙放到嘴邊，不過在嚐到味道之前，丹恩又說話了。

「等等，妳還沒讓我講到最精彩的地方，甜蜜的奈希。我有一則預言。其實算不上是什麼預言，因爲事情會變成這樣都是因爲一切早已註定。我之所以知道，是因爲這座城堡知道。未來將會發生四件事情，請注意或許不是按照這個順序發生。第一件可能會是最後一件，最後一件會是第一件。第二件可能會是——」

就連奈希的耐心也有耗盡的時候。「到底是什麼事，丹恩？」

他大聲吼出前面三件。「城堡將會吞噬我們所有人。亡者應當恐懼，因爲只有亡者必須恐懼。老丹恩和骸骨先生將會再度成爲最要好的朋友。」他壓低音量，轉爲低語。「長廊盡頭之門終將開啓。」他哈哈大笑了很長一段時間，直到骸骨先生伸手壓在骷髏頭上。「此時此刻，此時此刻，」丹恩透過夾緊的牙齒道。「任由瘋子發瘋吧，瘋子就該發瘋。」

奈希喝了一口湯，用舌頭在嘴裡攪拌。

「好喝嗎？」丹恩問。

她垂下耳朵。「有點鹹。」

3

地精是穴居生物，生活在黑暗陰鬱的環境，而馬戈的城堡基本上算是陰鬱的環境。這裡的窗戶極稀少，且只有一扇通往外面的大門。這扇門總是上閂，因爲馬戈不從大門出入，而奈希想不起來自己上一次出門是什麼時候，甚至不太記得城堡外面是什麼樣子；從窗戶很難看到多少城堡的外觀，因爲沒幾扇窗戶是爲了看風景設計的。

她心裡的城堡內部地圖告訴她，儘管城堡很大，但內部格局並不受一般認知的空間限制。走廊會與其他走廊相交，但是從來不曾眞正交錯；同一扇門可以通往不同的房間。這一切都是魔法城堡的標準設計，但卻讓人很難精準地測量空間大小。

奈希喜歡被石頭圍繞，面對遼闊的天空她會不知所措。頭上沒有屋頂的話，她會忍不住一直仰望天際，深怕會有東西掉下來砸到自己。不管是流星還是雨滴，閃電還是鳥屎，她都不想冒險。

眾所皆知，地精被東西砸扁的機率遠大於其他生物。地精沒有自己的神，少了神明看顧，任何因爲憤怒、沮喪、無聊或是其他理由而想砸東西的神祇都可以去砸他們。奈希的族人相信天堂的居民擁有一份專門記錄砸死地精的記分板；等到世界末日來臨，積分最高的神就會收到獎品，或許是隱形斗篷、飛行涼鞋或是某種天界的新玩意兒。就理智而言，奈希從不相信這種說法，但她也不會全面否定它，她親眼看見自己的叔叔在萬里晴空下被天外飛來的一頭牛給砸成肉醬。

那次事件過後，她就鮮少跑到室外，除非是最黯淡無光的深夜、烏雲密布的日子，或是沿著樹蔭疾奔的時候。直到來到馬戈的城堡之後，她才終於享受到晴天或是滿月之夜的喜悅。黑暗巫師十分關注天堂的情況，所以城堡的一座小塔樓上有間觀星室，裡面有扇隨時面向太陽或月亮的大窗戶。那是一間安靜的房間，裡面有小噴泉、舒服的長椅，以及爬滿藤蔓的牆壁。對奈希而言，這是欣賞晴空的完美場所，而且堅固的屋頂能夠抵擋任何從高空墜落的物體。

傍晚時分，她手裡挾著魔法典籍來到觀星室，納蓋斯輕輕咬著亞斯皮的瓶子一起跟來。

牆壁上的紫白花朵轉向奈希。「晚安，小狗。」

「哈囉，愛薇，請接受我誠摯的哀悼。」奈希壓低耳朵與尾巴，發出同情的哀鳴聲。

或許最能代表馬戈邪惡行徑就是他母親的變形史了。這些年來，他曾將她變成鼩鼱、駑馬、母牛、鳥身女妖，以及老母狗。最後他終於放棄這些充滿想像力的表現方式，把她變成糾纏的藤蔓。

「我一點也不在乎那個小渾蛋。」愛薇低吼道。「他是個渾蛋，就像他那個一無是處的渾蛋父親一樣，是個一無是處的渾蛋。當初我就不該同意讓他去當那個死靈法師的學徒，但是我需要錢。喔，我的生活實在過得太苦了。要獨立撫養兩個男孩，我有什麼選擇？所有努力、所有犧牲，這就是我的回報。我希望他爛掉。」

她的話令奈希感到難過。所有人，不管有多邪惡，都應該至少有一個人爲他哀悼。

她走到窗前，欣賞了一會兒窗外景色。觸目所及是一片原野，遠方地平線上的山丘聳立著一棵孤樹。白天時，黃色的平原沒什麼看頭，但是在夜晚，這片草原籠罩在淡藍色光澤下，星星閃爍，明月彷彿伸手可及。

因爲馬戈，她才能看見這種景象。她抬起頭來，爲已故的主人發出哀嗚。她用像是吼叫的地精母語歌頌馬戈；由於沒什麼好歌頌的，於是她又反覆嚎叫了兩次。她將耳朵傾向前方，聆聽著從下方遙遠的鄉間傳來的聲響。遠方，一匹狼回應了她沮喪的嚎叫。或許在更遠的地方，還有另一匹狼繼續傳遞這首歌。今晚，全世界可能都在以嚎叫哀悼馬戈，這個想法讓奈希的臉上露出一絲笑容。

「說得太美了。」亞斯皮說。

「你會說地精語？」

「略懂。他沒資格接受這種榮耀。」

「從什麼時候開始每個人都能獲得應得的榮耀了？」

「喔，說得太對了。」愛薇嘆道。「眞是太對了。」

亞斯皮輕笑，笑到他瓶內的液體冒泡。「妳擁有哲學家的靈魂，奈希。」

愛薇繼續悲嘆。「我付出，付出所有的一切，然後又付出更多，直到一無所有。說眞的，我該受封爲聖徒。」

「是呀，是呀，母親。」亞斯皮說。「能否請妳安靜一下，奈希和我要開始上課了。」

「喔，眞是太糟糕了，竟然叫你母親閉嘴。」

「我沒說——」

「不，不。我會安靜，我就坐在這裡滋長。」她的花朵下垂。「安靜滋長。」

亞斯皮嘆氣。

「不會再聽到我說話，一個字都不會。天知道我們這些做母親的總是得保持緘默，總是得為了深愛的人放棄自己所需。現在我就待在這裡哀悼，不過會安靜地哀悼。」

「母親，妳恨馬戈。妳一直痛恨他，他也恨妳，這點我想從妳的狀況就看得出來了。」

「你竟敢說這種話！母子間的羈絆是神聖不可侵犯的。」

他對奈希低語：「我哥為什麼要讓她保留說話的能力？如果有人該遭受永恆緘默的詛咒……」

「你說什麼？」

「沒什麼，母親。」

她咕噥道：「在你母親面前說悄悄話，如果可以的話，我一定會給你兩個耳光。」

亞斯皮兩眼一翻。「還好我的耳朵早就被親愛的哥哥給奪走了。」

「真是太沒禮貌了，我到底做錯了什麼？」

「喔，閉嘴，媽。」

愛薇沒有閉嘴，不過她開始低聲抱怨自己遭受的虐待。沒人聽她說話，而這種情況在在顯示出她的命運有多坎坷。

「現在，奈希。」亞斯皮說。「把書翻到第一章。」

西帝斯爵士飛入房間，停在奈希的肩膀上。「我有錯過什麼嗎？」

「才剛開始。我們需要馬鈴薯。」

愛薇的魔法藤上長有各式各樣的蔬果，奈希拔下了一顆肥大的馬鈴薯。

「拿那個做什麼？」西帝斯爵士問。

「看看奈希能不能讓它飄浮。」

蝙蝠跳上瓶口邊緣。「你是白痴嗎？讓馬鈴薯飄能有什麼用？你應該教她破除詛咒。」

亞斯皮沸騰。「會教到的，馬戈的魔法效力強大，她不可能第一堂課就學會破除。」

「啊，好吧，但是用馬鈴薯？」

「馬鈴薯是最適合魔法練習的蔬菜。我擔任學徒的前三年裡，老師只准許我拿馬鈴薯練習，後來我成了一個好巫師。」

「你是瓶子裡的人腦。」

「我想你自認為更適合當奈希的老師。請問你懂多少魔法？」

西帝斯爵士吼叫一聲，試圖瞪贏亞斯皮。由於亞斯皮沒有眼瞼，蝙蝠註定會瞪輸。「或許她在一、兩個月後就可以拿紅蘿蔔練習，那算是厲害的成就吧？」

亞斯皮的牙齒排列出不滿的表情。「絕對不能讓學徒接近紅蘿蔔，它們是蔬菜界最難纏的傢伙。在毫無經驗的情況下想控制紅蘿蔔，肯定會讓你失去眼睛。」

「可以開始上課了嗎，拜託？」奈希問。「我還有地要掃。」

「當然。請翻開第一章：妳的魔法馬鈴薯。」

由於奈希已經學過一些簡單的魔法，讓馬鈴薯飄浮對她來說並不困難。二十分鐘後，她已經可以讓馬鈴薯緩緩飄過整個房間。她甚至不用唸誦咒語或是比劃手勢，單憑意念就能完成施法。亞斯皮覺得她很有天分，可惜她後來失去了控制，馬鈴薯在觀星室裡彈來彈去，差點打中在吃香蕉的西帝斯爵士，最後撞在牆上變成一灘爛泥。

「啊，小心點，小姑娘。我的腦袋差點沒啦。」

亞斯皮得意地笑。「如果是用大頭菜的話，你肯定已經被打殘啦。」

納蓋斯舔下牆上的馬鈴薯。

回音突然說話，把大家都嚇了一跳。奈希和納蓋斯跳了起來，西帝斯爵士吐出一塊香蕉，而亞斯皮則沉回瓶底。

「不見了，奈希！不見了。」

「什麼不見了？」

「長廊盡頭之門。」

「什麼玩意兒？」亞斯皮問。

「長廊盡頭之門，就是長廊盡頭之門。不過現在它已經不在長廊盡頭了。」

「去哪兒了？」

「你沒在聽嗎？不見了，我不知道去哪兒了。」

「冷靜點，回音。」奈希說。「我們去看看。」

「帶我一起去。」亞斯皮說。「不要留我與她獨處。」

「你不能要求我們帶著你在城堡裡到處走，笨蛋。」

「至少可以把我的蓋子蓋回去嗎？求求妳。」他在愛薇的瞪視下越沉越低。

奈希和其他有辦法移動的夥伴一起趕往城堡長廊。

「這肯定不是好現象。」回音道。「我是說，那扇門是唯一就連馬戈都會害怕的東西。」

「或許它只是跑掉了。」西帝斯爵士說道。「妳怎麼看，小姑娘？」

「現在猜測沒有意義。」

馬戈城堡中的房間與門會自行移動並非什麼不尋常的事。有些門只有在夜晚或是白晝才會出現，有些門一天只會出現一、兩個小時；有些走廊只有在特定季節才會開放。地底下有座地牢，一年只會出現一次。不過這些都是可預測的規律轉變，而長廊盡頭之門從沒跑到其他地方去。

斷頭丹恩說長廊盡頭之門將會開啓，城堡會吞噬所有人；她第一次擔心他或許沒有胡說。直到現在，她都認定馬戈會回來，或是城堡會遭人洗劫。但是現在，她覺得似乎還會發生其他情況。

那只是一種感覺，如同耳尖上傳來的刺痛，但是牆壁似乎比往常更靠近，走廊更陰暗。城堡有點不太對勁。

似乎有什麼事要發生。

石像鬼蓋瑞斯棲息在原位看著長廊盡頭之門該在的地方。「還是不在。」

奈希瞄向長廊，四十呎灰塵滿布的石板地。長廊盡頭本來應該有扇以沉重鐵板門起的大橡木門，不過此時那裡只有一面牆。

「你有看見是怎麼回事嗎，蓋瑞斯？」回音問。

「我當然看見了，我又不能轉頭不看，這眞是個蠢問題。」

西帝斯爵士振翅降落在蓋瑞斯的雙角之間。「廢話少說，老兄，你到底看到什麼？」

「什麼也沒看到。」他皺眉。「它本來在，然後就不在了。」

「或許只是隱形了。」回音說。

「它從來沒有隱形過。」蓋瑞斯說。

「沒隱形過並不表示不會隱形。」

「或許有人該走近一點看看。」西帝斯爵士往前一趴，翅膀垂在石像鬼眼前。

「我看不到。」

「沒什麼好看的，老兄。我想妳應該過去看看，回音。」

「爲什麼是我？」

「因爲妳只是聲音，不可能出事的。」

回音嘲弄道：「你又知道了。」

「膽子別那麼小，小姑娘。有什麼好怕的？那扇門什麼也沒做過。」

「我也沒看你自願呀。」

「看看我。」西帝斯爵士揚起翅膀。「我只是隻齧齒動物，我能做什麼？」

「你的視力和我一樣好。」

蓋瑞斯大笑。「丟人，眞是丟人。在我當英雄的年代，我會走到門口，直接把門推開，然後殺死等在另一邊的怪物，而且爲了增加挑戰性，我還會赤手空拳地對付牠。這讓我想起當年自己拖著一條海蛇穿越十二座沙漠將牠丟回海裡，因爲光是殺了牠根本毫無挑戰性。當然，當年除非遇上十七呎以上的怪物，不然我不會用劍。」

「那跟這有什麼關係？」回音問。

「你是個白痴，馬戈爲什麼會怕海蛇？」

「我沒說門後的是海蛇。我只是說，不管門後的是什麼，絕對不會比海蛇更可怕。」石像鬼眉頭一皺。「你認爲是什麼？」

「邪靈。」西帝斯爵士落在地上，壓低身形看著長廊。「骯髒邪惡的靈魂，一旦獲得自由，他們會讓世界淪入永恆黑暗。」

蓋瑞斯緩緩點頭，這對他來說可不是容易的事。「喔，沒錯，這樣講合理多了。」

「哼，海蛇。」西帝斯爵士語帶不屑。「妳怎麼想，奈希？」

「我想我要走近一點看看。」奈希四肢著地，小心翼翼地沿著長廊前進。納蓋斯緊跟在後。

「這才是英雄般的勇氣。」蓋瑞斯說。「你們兩個應該感到羞恥。」他對他們露出失望的神色，儘管他得左右掃視才能確定自己有看到隱形的回音。

「你這無賴。」西帝斯爵士飛過去追上奈希。

「喔，可惡。」回音嘆氣。「你知道，擁有身體的時候，我是個詩人，不是什麼英雄。我針對某個從沒想過有機會遇到的巫師，寫了一首淘氣的打油詩，結果就落得這個下場。」她的聲音跟在蝙蝠身後。「可惡，『嘎戈』這個字爲什麼這麼難押韻？」

奈希躡手躡腳地步向長廊盡頭。她沒有理由害怕。沒錯，馬戈怕那扇門。沒錯，奈希一看到那扇門，心裡就生起莫名的恐懼。沒錯，斷頭丹恩在胡言亂語中點名了這扇門。還有，沒錯，隨著長廊盡頭越來越近，氣溫變得越來越低，火光也越來越暗。但是關於門後的東西，儘管恐懼感非常實在，但依然完全出於猜測。在一座住滿眞實怪物以及受詛咒的居民的城堡中，懼怕這扇門似乎很沒道理。

來到半路，氣溫已經冷到讓他們口吐白霧。在這種情況下，回音開始出現若隱若現的霜白身影。「看來沒有問題，我認爲我們可以回頭了。」

緊緊貼在奈希背上的西帝斯爵士認同這種說法。「是呀，一切都很正常，沒理由繼續前進。」

納蓋斯輕聲哀鳴。

奈希繼續前進。在大部分的情況下，她都願意接受建議，特別是她本能認同的建議，但是沒有任何恐懼，特別是如此虛無縹緲的恐懼，能夠勝過她對混亂無序與違反工作道德的厭惡。

城堡總是會發出聲響。它會嘟噥及呻吟、咕咕作響、喃喃自語，有時候甚至會發出爆炸聲且震動不已。奈希早就不去理會那些持續不斷的噪音了，但在距離長廊盡頭十呎時，她注意到那些噪音通通消失了，感覺像是城堡本身都不敢呼吸一樣。

奈希從來不曾如此深入這條長廊。就她印象所及，沒有人到過這裡，就連馬戈也沒有。

「顯而易見，我們已經夠接近了。」回音低聲道。「沒理由繼續前進。」

西帝斯爵士跳下奈希的背部。「我同意。」

但是奈希繼續前進，納蓋斯也一樣，儘管不情願，但牠依然忠心耿耿地緊跟在後。她伸出手掌，放在曾經有門的冰冷石牆上。走廊微微震動。

然後，一切歸於寧靜。

「門在嗎？」回音問。「隱形了嗎？」

奈希搖頭。她拋開一切恐懼，手掌在石牆上摸來摸去。「這裡什麼都沒有。」

「門一定在那裡。」西帝斯爵士道。「妳感覺不出來嗎？我的牙齒痛得非常厲害，而當我牙痛時，通常就表示事情非常不對勁了。」

奈希同意。她的牙齒沒有什麼感覺，但是耳朵確實有種實實在在的刺痛感。如果長廊盡頭之門不在這裡，肯定也離此不遠。她心裡盤算著該如何把門找出來，然後放回原位。

「可以走了嗎？」回音問。「我認爲我們該走了。」

「是呀。」西帝斯爵士不等其他人，轉身就飛，隨即一頭撞上長廊盡頭之門。他連滾帶爬，儘可能地爬到天花板上離門最遠的角落。

長廊的另一端消失了，取而代之的是長廊盡頭之門。

「我們受困了。」回音的白色氣息變成一陣陣焦慮的白霧。「它困住我們了。」

長廊盡頭之門嗚嗚作響，橡木門板向前彎曲。

納蓋斯發出恐懼的吼叫。奈希伸手放在牠的鼻子上，牠安靜下來。

她走到門前，心中不再害怕。她認定害怕任何一扇門都是很荒謬的事，不管門後有多麼可怕的超自然力量。她從沒如此近距離地觀察過這扇門。門板上的鐵條表面刻有數十個符文，上面還釘著幾張繪有花紋的羊皮紙。有人施展了非常強力的魔法封閉這扇門。她想。

「我們出不去。」回音發出激動時的喘息聲。「我們受困了。我們受困了。」

「冷靜下來，小姑娘。妳可以出去找人幫忙，對吧？」

「我不能穿牆，而你能夠擠進更小的洞。」

「這樣實在太不合理了。」

「規矩都是馬戈訂的，不是我。」她深吸了口氣。「我說過我有幽閉恐懼症嗎？」

長廊盡頭之門開始震動。門把上的金環發出響亮的撞擊聲，鉸鍊變形，彷彿即將斷裂；羊皮紙如同紙紮的觸角般向前飄動。門縫處竄出熱風，縮短的長廊上充滿悶熱的暖氣。

「我要離開這裡！」回音不受控制地叫道，聲音在牆壁間彈來彈去。

奈希站在門前，納蓋斯試圖擋在她身前。她推開牠；牠不情願地遵命走開。

長廊盡頭之門嘎吱作響，符文四下飛竄，扭曲成全新的圖案。

「夠了！」奈希吼道。她不喜歡提高音量，認爲那是個性不好的象徵。「安靜。你把回音嚇得半死。」

長廊盡頭之門格格作響，隆隆嗚嗚。

奈希雙手抱胸，露出滿嘴尖牙。「我說，安靜。」

它又輕聲尖叫了一下。回音躲在奈希腳踝旁喘息。

地精停止低吼，帶著愉快的神情微笑。「我知道你想讓人打開，但是我不會這麼做的，所以你還是回去屬於你的地方。你可以整晚把我們困在這裡，但那不會改變任何事。」她坐下。「我睡這裡和睡在床上沒有什麼不同。不過在做這種事之前，最好知會我一聲，我會記得帶枕頭來。」

門沒有臉，也沒有任何象徵臉的東西，但是城堡裡不少擁有思緒與感覺的東西都有差不多的缺陷。奈希整天與模擬的生物體打交道，對這種東西了解甚深。傾斜的木料與偏移的門環在在顯示它堅定的決心，不過她也和它一樣固執。

西帝斯爵士再度停在她的肩膀上。「妳不可能是認眞的，小姑娘，我們會活活餓死。」

「可能，但不會。」她提高音量，確定門可以聽見她說話。「因爲城堡遲早需要有人照料，而那是我的工作。」

門呼出一口噁心的氣息，冰涼的白霧在門下翻騰。儘管身上有毛皮與衣物，奈希依然渾身發抖；但是她不打算讓步。她縮在地板上，閉上雙眼。納蓋斯躺在她身旁。

「晚安。」

長廊盡頭之門隆隆作響，以致牆壁都震動了。

「我說，晚安。」

一切陷入死寂。冰涼的霧氣飄散，門發出最後一次的嘎嘎嘆息聲。

4

黑夜降臨，不過城堡的石牆上變化並不明顯，唯一明顯的徵兆就是永恆不滅的火把略顯黯淡。即使在白晝，城堡中也十分陰暗，所以這點變化並不明顯。午夜前後的幾個小時中，整座城堡都在沉睡。

或者說，大部分。

馬戈的城堡從來不曾毫無動靜。如同許多生物般，城堡也會作夢，還會作惡夢。這些惡夢在黑夜的走廊上遊蕩，在陰影中遊走。有些房間入夜後就無人接近，有些邪惡的夢魘會在某些地方等著吞噬路過的東西。但是有些受詛咒的居民會在入夜後出沒，回應夜晚冰冷空氣的呼喚；也有些居民明知危險卻仍在夜間活動，因爲遭受轉變的天性讓他們成爲夜行生物。

貓頭鷹奧莉薇雅抓著一隻老鼠，飛躍長廊。

「快一點。」莫頓說。他喜歡飛行。

「若再快一點，我們就會失控，頭部著地，落入極度不幸的命運；或讓我歇個腳，享受一下四肢。」她放下老鼠，伸伸雙腳。

「我認爲『享受』這個字不適合用在這裡。」他評論道。

「請容許我偶爾說錯幾個字，百般不能完全控制詛咒，定是三不五時就會說錯話。」

莫頓理著鼠鬚。「我還是不懂馬戈爲什麼要對妳施予雙重詛咒。」

「巫師爲什麼要施展毫無意義的奇蹟？」她輕咬自己的翅膀。「我認爲這種問題只會讓我們困惑。我想，馬戈只是在打發冷場的時間。」

「冷場？」

「無聊的意思。」奧莉薇雅嘆氣道。儘管「講話永遠必須押頭韻」只是個影響不大的小詛咒，但有時候確實很煩人。雖然莫頓經常和她混在一起，有時候還是會聽不懂她在講什麼。

「或許這下馬戈死了，妳很快就可以正常說話了。」

「你還是一如往常地樂觀，莫頓。僘人有憤世嫉俗的傾向，但還是眞心地敬佩你那永無止盡的興高采烈。」

「妳眞好心。」他的鼠鬚在微笑時抽動。「不過我想如果詛咒眞的失效了，我還會有點懷念妳這樣說話的模樣呢。有時候妳的用字遣詞很美。」

她笑。「令人難以費解的弔詭。」

他咧嘴而笑。「的確。」

老鼠和貓頭鷹深愛對方。他們遭受轉化的形體或許會限制他們的關係，但是兩人都不把時間浪費在思考那些無法控制的事情上面，他們都很高興能夠擁有彼此。他湊到她的身體下方，她揚起一隻翅膀將他蓋起。他們坐著滿足地享受寧靜的時光，直到叮噹作響的鈴聲引起了他們的注意。

吸血鬼王步出陰影。他曾經是力量強大的不死生物，現在卻只是一具跌跌撞撞、沒有能力自行獵食的屍體。馬戈在吸血鬼王身上下的詛咒十分簡單。首先，他移除掉吸血鬼王大部分的超自然能力，然後讓他的一舉一動都會牽動隱形鈴鐺。他一走路，鈴鐺就會叮噹作響。奔跑時，遠在一千碼外就能聽見他的聲音。這種情形讓他沒辦法吸到任何血。

奧莉薇雅一把抓起莫頓，飛到高處棲息，看著底下的吸血鬼王蹣跚走來。

「晚安。」莫頓說。

吸血鬼王嘟囔一聲，揮了揮手，鈴鐺響起三下美妙的聲響。

「去找華特聊天？」

他嘟囔一聲。每天晚上他都爬出墳墓尋找鮮血，但都只能去舔會冒血的牆壁。

「悲傷憔悴的苦命人。」

「他可以友善一點。」莫頓說。「這裡的人全都遭受詛咒。」

吸血鬼王停步片刻，走廊上安靜無聲。「我們全部遭受不同的詛咒。」他連張嘴講話也會牽動鈴聲。「我曾經是世界上從古至今最龐大的不死軍團將領。我的軍團橫掃大地，七個國度都讓我手下的食屍鬼吃光，沒被我們吃掉的就加入我們的陣容。我們勢不可擋。我萬夫莫敵。」

「漫天大謊。」奧莉薇雅說。「難怪你淪落到這座邪惡宮殿裡。」

吸血鬼王血紅的雙眼在他扭曲蒼白的臉上閃閃發光。「重點是在遇上那個天殺的巫師之前，我是個舉足輕重的人物。現在淪落成這副德性……」他攤開雙手，一陣悅耳的鈴聲響起。「實在太難想像了。」

莫頓厭惡地皺起鼻頭。「你這種態度，難怪沒有朋友。」

「我不需要朋友。」吸血鬼王彎腰駝背，在清脆的鈴聲中蹣跚離去。「我需要血。」

走廊上颳起一陣陰風。

「慟哭女？」莫頓顫抖地道。

「月虧週，慟哭女都在西翼遊蕩。」

「妳說得對，她沒那麼安靜。」

走廊另一端，火把突然熄滅。儘管這些火把常常會自動變暗或變亮，但從來沒有熄滅過。

「奇怪了。」

「意想不到，史無前例。是有東西在蠢蠢欲動。」身為貓頭鷹，奧莉薇雅擁有卓越的夜視能力。她在黑暗中看見某樣東西，不過看不出是什麼玩意兒。對方似乎將黑影當成斗篷般地穿在身上。「我感覺到邪惡的生物、危險的實體。」

吸血鬼王停下腳步，轉頭去看位於黑影中的怪物。怪物向前邁步。一隻巨大的獸爪突然出現，隨即消失在黑影之中。怪物噴吐著鼻息，鼻孔中冒出火焰，但是沒有照亮黑暗，只照到泛黃的利齒。

「不可能。」吸血鬼王一臉驚恐地僵在原地。「想不到他會瘋狂到在這裡豢養這種東西。」

怪物緩步逼近。

「是什麼？」莫頓問。

「死神。亡者的死神。」

「我想我們不用害怕，既然我們都還活著。」

奧莉薇雅點頭。「還活著就不會有事。」

的確，怪物毫不理會他們。它逐漸逼近，黃色的雙眼全神貫注在吸血鬼王身上。

「逃離這個惡魔般的怪物或許比較吉利。」

「什麼？」

「就是叫你逃命的意思。」莫頓翻譯道。

怪物彷彿聽得懂，立刻開始奔跑。每當他踏入光線下都會露出尖牙利齒與火焰的殘影，一團黑暗緊跟在後。吸血鬼王在一陣叮噹亂響中轉身狂奔。怪物轉眼路過奧莉薇雅與莫頓，追趕吸血鬼王而去。

他們大氣也不敢吭一聲。飄浮在怪物四周的並非黑暗，而是一陣不自然的濃煙，散發出硫磺臭味。

奧莉薇雅將老鼠抓在爪中，追趕而去。跟上他們並不困難，因爲吸血鬼王跑步時會發出很大的聲響。

「他絕對甩不掉它的。」

「天殺的噪音對吸血鬼王不利。」

遠方傳來吸血鬼王的慘叫以及怪物的嚎叫。奧莉薇雅飛過轉角。怪物噴吐著鼻息，冒出另一團火焰，緊咬吸血鬼王，帶著他離開現場。有如數以萬計的震耳鈴鐺聲響蓋過了吸血鬼王的慘叫聲。

奧莉薇雅著陸，莫頓嗅著一塊爛黑布。

「吸血鬼王的斗篷。」她道。「吸血鬼王被殺了嗎？」

「不是被殺。」莫頓拉開黑布，露出其下的一塊肉。「是被吞噬了。」

奧莉薇雅抖了抖，揚起羽毛。

「災難。」

5

奈希醒來時，發現長廊盡頭之門又消失了。她不喜歡這種情況，她喜歡所有東西都待在原地，而現在長廊盡頭之門已經變成了想去哪裡就去哪裡的門了。對一座魔法城堡而言，這是不守規矩、難以接受的事。但是新的一天又開始了，一天的工作也將隨之展開。

今天是擦拭日，每隔幾個禮拜才會輪到的日子，不過這是她最喜歡的日子之一。沒有什麼比閃亮的銀器、拋光的銅器，以及在金屬表面上看見自己的倒影更令她高興了；光想到這些便足以讓她拋開一切煩惱。

西帝斯爵士和回音跑出去四下散布他們與長廊盡頭之門近距離接觸的故事。城堡裡大部分的居民，甚至可能是全部居民都仰賴這類故事過活。那些活在畫像、雕像或是黑漆漆深坑裡的生命常常會感到無聊。城堡裡有數百個居民，大部分的居住環境都只是城堡的一小部分，只有幸運的人才能擁有一、兩間房。

前往廚房途中，奈希先到自己房間一趟（不是眞的房間，比較像是走道上的牆角），去和住在她床下（眞說起來只是張破爛帆布床）的怪物（算不上恐怖的怪物，頂多就是個性情乖戾的小惡魔）說幾句話。

「妳昨晚上哪去了？」怪物瞪大三隻眼睛問道。奈希對他的認識僅限於這些晶瑩剔透的灰眼曈。

「長廊盡頭之門惹出了點事。」

「妳沒事吧？」

「完全沒事，只是想來和你說一聲。」

「我才不擔心。」他收起憤怒的神色。「既然妳沒死，今天晚上會回來吧？」

「只要城堡裡的其他門不要作怪。」

「很好。我找到一本新書，希望是本好書。」床下的黑暗中滑出一本小書。

她的床下非常黑，所以他必須依賴她唸書給他聽，她也喜歡在睡前唸個一、兩章。她不知道這個從不離開床下的怪物到底是從哪裡弄來這些書的，不過他的藏書類型豐富，浪漫、冒險、恐怖故事都有。遙遠國度的遊記、木工教學書，還有一本教人提升自己、多交朋友的書。

她湊過去看看這本新書。「封面上畫了個公主。」

怪物呸了一聲。

「還有個野蠻人。」

「有拿劍嗎？如果有拿劍說不定還有點看頭。除非他在親她。如果在親她，就是個蠢故事。」

「不，他拿了把斧頭。」

「斧頭，呃？那倒有趣。」

「還有一隻怪物。」

他竊笑。「希望是頭龍，我最喜歡聽屠龍的故事了。狂妄自大的爬蟲類，只因爲牠們能噴火又會飛就自以爲有多特別，好像那很了不起一樣。是龍嗎？」

「我先賣個關子。」奈希把書丟回床底，離開房間。

她每天的早餐都一樣：兩塊小麵包、三片火腿肉、一大杯牛奶配蜂蜜。當她步入廚房時，骸骨先生已經準備好早餐、擺好餐桌。骷髏幫她拉開椅子。

「謝謝你。」

斷頭丹恩安安靜靜地坐在調味架上。他不喜歡早起，每天都要到下午才有精神胡言亂語。總是設想周到的骸骨先生爲納蓋斯準備了一盤火腿和小麵包。奈希差點把牠給忘了，因爲牠一直安靜順從地跟在她身後。納蓋斯狼吞虎嚥地吃光早餐，然後打了個嗝。她正要開始吃飯時，一隻爪中抓著灰老鼠的黑色貓頭鷹突然飛入廚房，落在餐桌上。

「白天的開始，奈希必須攝取營養品。」奧莉薇雅說。

「是呀，好想法。」

莫頓匆忙跑到盤子邊。「壞消息。吸血鬼王，他死了。」

「他當然死了，他是吸血鬼。」奈希朝貓頭鷹和老鼠丟了一塊麵包。

莫頓讓食物分心了片刻。他試圖在滿嘴食物的情況下說話，不過沒人聽得懂。

「必定是不死生物。」奧莉薇雅說。「力大無窮的怪物攻擊掛滿鈴鐺的傢伙，吸血鬼王的存續必須遭受質疑。」

奈希努力解構奧莉薇雅的句子，莫頓為了省時間而幫忙翻譯。

「某個大傢伙吃了他。」

斷頭丹恩咯咯大笑。「咯咯咯，老丹恩說過了。我告訴過妳，沒錯，老丹恩的預言將會一個接著一個成眞。喔，眞的等不及了。等。等。等。要不是我已經瘋了，這樣空等就能夠將我逼瘋。可以這麼說。」他發出瘋狂的笑聲。

「安靜，拜託。」奈希說。

丹恩壓抑笑聲，不過依然呼嚕呼嚕地發出幸災樂禍的聲響。

「到底出了什麼事？」

「一個邪惡的生物張開血盆大口，呑掉那個註定要死的不死居民。」

「喔，實在太可怕了。」莫頓大膽地湊到盤子裡。「妳要吃那塊火腿嗎？」

她把早餐給他，騷亂總是讓她食慾不振。城堡裡有許多令人厭惡的怪物遊蕩，特別是晚上，而奈希確信還有一些只有馬戈知道的神祕怪物潛伏其中。城堡內總是有著不為人知的黑暗角落、被遺忘的房間，安安靜靜地等著製造麻煩。但是不管有多少不為人知的危險，城堡居民總是知道如何自保，已經有很多年不曾發生過這種事了。

「你們確定它吃了他？」

「我們沒看見整個過程，只看到它帶走他。不過地上留下了一隻耳朵，耳朵被一些老鼠吃掉了。我認為牠們是普通老鼠，不過不能確定。奧莉薇雅已經習慣給所有抓到的害蟲說話的機會，以免對方不是普通害蟲。」

她咕咕叫喚。「吃到會說話的食物令人心靈受創。」

奈希跳下椅子。

「妳要去哪兒?親愛的奈希寶貝。」斷頭丹恩問。「去看看吸血鬼王?不需要,不需要。他死了,永遠消失,屍骨無存。老丹恩敢對妳保證。所有人都可以告訴妳,老丹恩的保證就像桃子般甜美。亡者應當恐懼,我是這麼說的,而且事情也就這麼發生了。」他大笑。

奈希不理他,但即使離開廚房,他依然在她身後大叫。

「那扇門又怎麼說?自己不見了,是不是?我敢肯定它會再出現的。老丹恩向妳保證,所有人都知道老丹恩的保證就像向日葵的花瓣一樣美麗。」他瘋狂的笑聲掀起陣陣回音。笑聲許久不散,伴隨她一路來到潮濕的墓穴區,吸血鬼王的陵寢。

她打開鬼王的棺材,除了泥土床外空無一物。她感到一陣苦惱,不過隱藏得很好,似乎只有納蓋斯注意到,牠在她身旁哀鳴。

「看到沒?不見了。」莫頓說。「他一定死了。」

「未亡者白晝間需要暗黑土。」

「我不喜歡這樣,奈希,我覺得很沒安全感。」

「城堡裡有太多可怕的東西。永遠身處險境、數以百計的怪物、成群結隊的災難、蜂擁而至的危機事件。」

「安靜。」奈希說。

奧莉薇雅努力壓抑自己的詛咒，但是依然吐出最後一個句子。「恐怖事物的大集合。」

奈希並不確定鬼王已死，他可能在其他地方睡覺。然而，雖然城堡中有許多陰暗角落，但是缺乏故土帶來的寧靜，他不管睡在哪裡都不會安穩。他要嘛就是死了，不然就是處於極端不便的狀況。或許恐懼萬分地躲在什麼地方。想到走廊上有個飢渴又不受管制的傢伙晃來晃去，就讓奈希心情低落，她不能接受這種事情，她不得不暫時擱下擦拭日的單純樂趣。

奧莉薇雅打著呵欠。「本能驅使我盡速睡眠，眞該找個安全的棲息地，因爲有個惡毒的討厭鬼在啃食我們的鄰居。」

「還不是時候。」奈希說。「我要你們兩個跟我去一趟圖書館，查查到底是什麼吃了吸血鬼王。」

「樂於幫忙妳阻止這一切可怕的事情。」奧莉薇雅眨眨愛睏的大眼。「但是請趕快，我得歸巢打盹。」

馬戈的圖書館是巫師界的傳奇，那是擁有圓頂的大房間，鐵書櫃上擺有數千本魔法教科書，華麗的水晶吊燈讓圖書館亮如白晝。馬戈不是特別喜歡追求時髦，不過他經常待在這裡做研究。這裡是整座城堡中唯一地板上鋪滿地毯的房間，而且全年都維持舒適宜人的室溫。書櫃上裝飾了幾座石像鬼，完全是爲了好看，沒有魔法加持。閱讀區還有一盞掛著死人的吊燈。

吊死之人在他們抵達時咳嗽招呼，他只有在費力將自己的脖子伸出絞環時才能清楚說話。但是他的手臂已經乾癟萎縮，所以他已經很少這麼做。

奈希對於自己將這些書櫃整理得井井有條感到十分自豪。打理圖書館向來不是問題，眞正困難的部分在於將所有書籍放至定位。馬戈從來不把任何東西放在該放的地方，他總是喜歡將看過的書堆成一疊。「把這些收好。快點收，要是讓我發現有一本書擺錯位置，」他指向吊死之人。「我就把妳吊在那個蠢到將死靈法師初階課本放到鍊金術區的白痴旁邊。」

那是她來到城堡裡所執行的第一項任務。完成之後，馬戈對她表達在她任職期間第一次，也是唯一一次的讚美。「搞眞久，雜種狗。」聽起來不怎麼樣，但她將他的微笑視爲讚美。雖然那也不是什麼微笑，充其量就是滿足的咆哮。

奈希請吊死之人推薦最棒的怪物典籍。他拉長自己的脖子，迅速說道：「史托克的《怪物索引》。」

「謝謝你。」

他咳出一聲不順暢的「不必客氣」。

奈希前往動物學區，找出那本書。基於某種理由，巫師偏愛超大本的書，不光只是厚而已，還要大到荒謬。她嬌小的身軀必須把書扛在背上才能走到閱讀區。她將書重重放下，費了番工夫打開陳舊的皮革封面，然後伸手指著目錄查閱。

書突然闔上，差點咬斷她的手。

「應該先警告妳的。」吊死之人噴濺著唾液道。「他不喜歡讓人看，而且有點囉唆。」

「我才不囉唆。」書叫道。

吊死之人看起來像要爭辯的樣子，但是他雙手無力，於是只好聳肩。

書清清喉嚨，雖然技術上而言他沒有喉嚨可清。「全世界最頂尖的怪物權威，史托克教授，任你差遣，先生。」

「她是女的。」莫頓說。

史托克的書頁震動。「當然，我早該看出來的。雌地精耳朵較大、雙眼間距較窄，還有……可以看看妳的舌頭嗎？啊，是了，斑點藍。請原諒我的錯誤。我可以向妳保證，世界上沒有人對於類人動植物方面的研究比我更加透徹。然而，我的專長是危險恐怖的怪物，不是像妳這種無害的生物。我沒有看輕貴族類的意思，親愛的，但是妳也得承認地精不是什麼嚇人的生物。」

「用囉唆形容他實在太保守了。」莫頓在奈希耳邊低聲說道。

棲息在奈希另一邊肩膀上的奧莉薇雅表示認同。「他對自己的聲音深感敬佩。」

奈希插嘴。「不好意思，我們要辨識一種怪物。」

史托克再度清喉嚨。「當然，女士。在怪物、野獸、生物、恐怖兩足動物、四足動物、六足動物研究界，妳絕對找不到更高明的專家。」

奧莉薇雅腦袋下垂。「我對休息的抵抗力逐漸減弱中。」

奈希試圖翻開書，但是他不肯開。「不必打開。」他透過闔起的書頁喃喃說道。「我直接告訴妳比妳自行翻書要快多了。請形容對方的長相。」

「我會照他的話做。」吊死之人噴濺著唾液道。「那樣比較輕鬆。」

史托克抱怨道：「我大部分時間都待在書櫃上。我認爲讓我想說話就說話應該不算太過分的要求。」

奈希承認這要求合理。她讓莫頓和奧莉薇雅描述吸血鬼王死亡時的情況。史托克大聲分析他們的報告。

「一頭獵食不死生物的怪物，嗯？這種東西遠比一般門外漢想像中要來得多。有不少生物都會獵食吸血鬼：血溝獾、大蛆、呑噬蛞蝓，甚至還有一種稀有鯉魚也很愛吃。但是根據你們的描述，我推測你們所遇上的怪物都不是以上提到的那些。」

「可以請你別再告訴我們它不是什麼，直接說重點嗎？」莫頓說。

書頁皺成皺眉貌。「好吧，我只是想要教育各位，開拓你們的視野，進入超自然動物學迷人的世界，但是既然你們堅持無知……」

「永無止盡的細節耗盡了我的精力。」奧莉薇雅跳上書桌，閉上雙眼，陷入昏睡。

史托克看懂暗示。「只有一種可能，那是種罕見到連我都不曾親眼見過的邪物。我認識的學者也都沒有見過，我甚至懷疑它是否存在，直到現在……」

莫頓也很疲倦，不過他沒有夜行生物的天性，所以會因爲煩惱而撐著不睡。「什麼東西？」

書再度清清喉嚨，然後開啓。

「就是那個，我們看到的就是那個。」莫頓跳上畫著一團擁有利爪和邪眼的大黑霧的書頁。

史托克儘可能在不闔上書本的情況下咕噥說道：「當然就是這個啦。我是世界知名的權威。」

奈希將他攤平。這本書大得不像話，書頁上的字體也一樣大得不像話。她想這樣或許是爲了讓人比較容易看懂潦草的字跡。即使字體只有現在一半大小一樣看得清楚，但奈希做事總是非常實際，而她從來不曾遇上重視這項美德的巫師。

她大聲讀道：「地獄犬。來自地底世界的生物，獵食永恆之靈，有形體和無形體的都吃。地獄犬的食物包括哭喊女妖、鬼魂、食屍鬼、蛇身女妖、幽靈、幻影、亡魂、黑影、鬼怪、神靈、妖魔、古人、鬼火、惡靈、殭屍。」

「裡面沒有吸血鬼。」莫頓道。

史托克翻到下一頁，粗魯地將老鼠摔到桌上。

「……特別是吸血鬼。」

書再度重重闔上。「大部分情況下，這種怪物很快就會餓死，但這座城堡裡的亡靈之多，對牠來說是絕佳的獵食環境。好消息是地獄犬絕對只在夜間出沒，白晝時牠會縮在深邃的黑影中。而針對這點，這座城堡裡許許多多的陰暗角落，則提供它充足的棲息場所。這眞是長期觀察的絕佳機會。」

「牠吃老鼠嗎？」莫頓問。「貓頭鷹呢？」

「只吃老鼠和貓頭鷹鬼魂，牠對於活物與屍體毫無興趣。牠的任務就是要恢復超自然界的平衡，將頑強的亡者拖回地獄。」

吊死之人開口。「我不想去地獄。」

「那就祝你好運，老兄。」

「我們要怎麼對付牠？」奈希問。

史托克開闔皮革封面三次。「非常好的問題。不幸的是，我不知道。理論上，牠在糧食耗盡後就會餓死。」

「但那可能要等好幾個月。」莫頓鼠鬚抽動。「眞高興我沒死。」

「希望我能提供更多幫助。」史托克以緞帶書籤做出聳肩狀。「但是剩下的我都只能猜測，而我喜歡實事求是。我建議你們詢問更博學的權威人士，或許找個巫師。」

「或是惡魔。」奈希說。

「喔，我不建議找惡魔。喔，不，一點也不建議。我對惡魔的理解都很負面。」史托克翻到畫著面目猙獰、巨型有翼怪物的書頁。儘管只是墨水所繪，依然透露出恐怖感，眞正的惡魔肯定更加可怕。

奈希皺起眉頭，闔上書本。「希望不必走到那個地步。」

她將史托克放回書櫃。他抗議。儘管她了解他不想回去的理由，但她還是沒辦法不把東西放回定位。那是她的天性，多年養成的習慣。她想起吸血鬼王的空棺材。她一點也不喜歡鬼王，但是他的缺席讓她越來越心煩。

「妳眞的想找惡魔交易？」莫頓問。

「有必要的話。」

「但是地獄犬又不危險，至少對我們而言。爲什麼要爲了已死之人拿妳自己的生命及靈魂冒險？」

「就因爲他們死了，並不表示他們應該被拖入地獄。」

吊死之人掙扎了片刻，試圖舉手致意，但是手臂瘦到無法舉起自己。

「不必道謝。」她說。「這是我的工作。」

「要是問我，我會說這遠遠超出妳的工作範圍。」莫頓說。

但是城堡需要打理，既然她是唯一有能力打理之人，她願意採取所有必要手段來維持秩序、保護所有將此地視爲家園的居民，不論死活。他們期待她會這麼做，而她自己也一樣。

6

接下來幾個小時，奈希忙著查閱圖書館裡所有超自然生物學、惡魔學，以及死靈學的書籍。她沒查到其他關於地獄犬的記載，沒有召喚牠們的方式，沒有驅逐牠們的辦法，就連一點描述都沒有。

她想知道地獄犬是怎麼進入城堡的，她不相信這是偶發事件，因爲這裡所發生的一切都有理由。馬戈的城堡受到非自然力場的保護，難以輕易混入；來自地獄的怪物不可能就這麼溜進來，地獄犬一定是來自城堡內部。

難道馬戈施展了一道黑暗且神祕到所有最珍貴藏書中都沒提及的法術，自地獄中召喚牠出來？當然，牠會出現在城堡，一定和巫師有關，但是牠怎麼會自行走脫？

或許此事與馬戈無關，或許一切都是城堡的意志。斷頭丹恩宣稱城堡擁有生命，這點她早就知道，但如今它的主人死了，它是否眞的就變成了邪惡之地，決心要吞噬其中所有居民？她拒絕相信這種說法，還不到相信的時候。爲了不要多想自己不了解的事，她將注意力集中在地獄犬的問題上。

詢問非凡巫師亞斯皮完全徒勞無功。「很抱歉，但是我不熟悉惡魔學。太危險了，太太太危險了。」光想到這個，就讓他瓶子的液體發白。「我不驚訝我哥哥會熟悉惡魔學，他和所有惡魔一樣陰險狡詐、詭計多端。」

於是奈希只剩下一個地方可去：紫屋。

馬戈明令禁止她進入這個房間，之前她也從來不曾想進去，因爲有頭惡魔在裡面，如果惡魔眞的活著的話。那不是什麼普通惡魔，而是來自深沉黑暗的地獄，力量強大的惡魔大君，被馬戈最強大的法術羈絆在這個房間之中。

奈希對紫屋抱持謹慎的態度，但沒有恐懼到像長廊盡頭之門那種程度。她經常路過它，而它從未出現任何詭異的現象。要不是知道裡面住了惡魔，她根本不會把它放在心上。即使知道，她只將其視爲不得進入的房間而已。

讓她在紫屋門前停步的是習慣，而非恐懼。如今雖然馬戈已死，但她依然難以違背他的命令。

「改變心意了？」亞斯皮問。「很好，因爲妳眞的不該進去。」

奈希雙掌貼在門上，她不覺得這裡有長廊盡頭之門那麼危險。不過她並不驚訝，強大的惡魔不就應該有辦法掩飾自己的邪惡嗎？這樣才能輕易誘惑他人。

緊貼在她肩膀上的西帝斯爵士低聲說道：「如果妳改變心意，小姑娘，沒人會看輕妳的。」

「去拿項鍊。」

蝙蝠飛向推車，抓起一條掛有匕首型牙齒的長項鍊，套在她的脖子上。

「你確定這玩意兒能保護她，巫師？」

「惡魔的牙齒應該能防止他對她有肉體傷害。」他眉頭緊蹙，雙眼亂轉。「但是面對惡魔，眞正該擔心的不是肉體傷害，因爲在那種情況下，死亡是種幸運的結局。」

奈希雙手捧著那顆牙齒，惡魔牙就和她的鼻口部一樣長，但她意志堅定，伸手握住門把。

亞斯皮液體沸騰。「等等，如果妳堅持要進去，先讓我給妳一點忠告。」

「我以爲你對惡魔一無所知。」

「我知道一點。只有一點。」他收拾心神。「首先，我記得惡魔不會免費去做任何事，所以如果他眞的幫忙，雖然我不認爲他會幫，但如果眞的幫了，他一定會向妳要求某種回報。不管他要求什麼，別答應他，因爲他的條件表面上看起來沒什麼，其實妳損失大了。」

「但你剛剛說如果我不付出代價，他就不會幫忙。」

「沒錯，不過不管他一開始要求什麼，絕對不要答應。」

「好吧，那我就答應第二個要求。」

亞斯皮冷冷一笑。「喔，我看得出來這肯定是個壞主意。妳不能答應他第二個要求，因爲第二個要求看起來更沒什麼，但其實更加危險。」

「那她要答應他的第三個要求？」西帝斯爵士問。

「你瘋了嗎？第三個要求會比第二個好一點，但還是比第一個糟。」

「那麼她該答應第四個要求嗎？」

「當然不，除非她不珍惜自己的生命，以及永恆的靈魂。」

「那她到底該怎麼做？」西帝斯爵士的聲音因爲惱怒而變尖。

「她根本不該進去。」他的眼珠在腦子周圍焦躁地繞圈。「要知道，奈希，我哥哥既殘暴又狡詐，但妳很實際、穩重、坦率，這些是很值得讚揚的特質，只可惜不適合與惡魔大君討價還價。但是我也看得出來一旦下定決心，妳就會堅持到底。所以請小心。」

「是呀，小姑娘。少了妳，我們要怎麼破除詛咒？」

「你就只關心那個？這位勇敢的女士打算孤身冒險，而你滿腦子就只想到你的詛咒？」

他們開始爭吵，不過奈希沒有在聽。她輕拍納蓋斯的獸角，叫牠留在原地，然後進入紫屋。屋門在她身後關閉。納蓋斯輕聲悲鳴。

「祝好運，奈希姑娘。」

亞斯皮狠狠瞪了西帝斯爵士一眼，力道猛得兩顆眼珠差點跳出瓶子，滾落地面。「是呀。祝好運，沒錯。」

□

結果，紫屋根本不是紫色的，屋內宛如瀝青般漆黑。奈希並不怕黑，她擁有在黑暗中行走的天賦。通常，將地精丟入危機四伏、只有一個出口的黑暗房間，他們都有辦法安然脫困。奈希有時候會閉上雙眼，以最快的速度在城堡裡穿梭，就是在爲將來返鄉時做好準備。

紫屋裡很溫暖，不過並不舒適。她往前跨出一步，深信面前若是萬丈深淵，她的本能絕不會讓她前進。

她以極輕的音量說道：「哈囉？」

沒有回應。

她又踏上一步，稍微調高音量。「哈囉，有人在嗎？」蠢到極點的問題。當然，有人在這裡，或是有某種東西在這裡。

「哈囉！」她的聲音掀起陣陣回響。

接著，一點紅黃交雜的光芒自不是很遠就是很近的地方浮現。一個低沉渾厚的聲音充斥紫屋，在她耳中轟轟作響。

「妳不是馬戈！」

「馬戈死了。」她說完立刻後悔。或許透露這個消息不是明智之舉，但她很不會說謊。開口前一定要先想一想，這一直都是面對惡魔時的好做法。

「妳說他死了?!」

「是的。」現在已經沒有什麼好隱瞞的了。

惡魔將音量降低到只有一點惱人的程度。「他怎麼死的？不，讓我猜。」閃亮的眼珠變幻出無數色彩。「是不是被吃了？死在一頭納蓋斯嘴裡，我猜對了嗎？」

她點頭，即使在漆黑的環境中，惡魔依然看得見。

「妳怎麼——」

「我怎麼知道？」聲音轉為輕聲細語。「我知道很多事情，奈希。很多很多事情。」

奈希並不驚訝惡魔會知道自己的名字，惡魔就該知道這種事。

「那妳想必也知道我來的原因。」

惡魔優雅輕笑。「喔，不，親愛的。當人們來找我幫忙時，我只能在他們開口要求時得知他們的需求。很奇怪，沒錯，但規矩就是如此。而我們全都得照著規矩來。」

光點飄近，逐漸變亮。不過奈希依然看不清惡魔的長相。

「妳身上掛著我的牙齒。妳怕我嗎，奈希？」

她先想後答，不過沒必要說謊，惡魔肯定知道答案。「怕。」

惡魔不懷好意地竊笑。「非常明智。我看得出來妳擁有顯而易見的智慧、悲天憫人的心腸，以及好管閒事的個性。罕見的佳餚。衡量妳的靈魂讓我找回長久以來深鎖在這個房間、早已遺忘的胃口。」她深吸了一口氣，輕舔嘴唇。「喔，妳眞是道美味佳餚。我眞想把妳丟到嘴巴裡、塞入臉頰中，慢慢地享受千年。」

她的聲音如夢似幻般地逐漸消失。

「唉，但妳身上掛著我的牙齒，而我的嘴也不比從前了。」光點突然升起，接著降落在奈希的鼻子上。惡魔只是一隻閃閃發光的小螢火蟲，這隻昆蟲毫不顯眼，不過尾巴是條閃亮的火舌。火焰溫度很高，但沒有燙傷奈希。

惡魔的氣息溫暖甜蜜，如同發自一頭體型巨大的生物般吹拂奈希全身。那股甜味其實出自腐肉的臭氣。

「妳不知道我有多開心，我已經忍受那個荒唐的巫師太久了。而站在鑑賞家的立場，我可以告訴妳，他的靈魂沒有什麼看頭，就像我從前遇上的那些靈魂一樣醜陋低賤，它到現在都還是淒涼悲哀的廉價品。」

「現在還是？」

螢火蟲飛到奈希頭頂。「我想我們都很清楚他根本沒死，沒有眞的死去。儘管卑鄙無恥，馬戈依然是一流的巫師。我就是他強大力量的證明。妳知道我被羈絆在這間房裡，在這個紫色牢籠中遊蕩多久了嗎？」

「不知道。」

原來紫屋眞的是紫色的，只不過你需要惡魔般的眼力才能在黑暗中看出這一點。

「我也不知道。時間及它的流逝對我不具意義，因爲我從古至今一直存在，並將永遠存在下去。但這並不是一件好事。困在這裡的每個小時，對我這種惡魔而言都像一年那麼久；每一分鐘都能化作永恆。」螢火蟲爬下奈希的脖子，坐在她的肩上。

「數不清的永恆孤寂，等待著馬戈現身，提出要求，聽他喋喋不休，索求無度。『喔，惡魔，我要這個。喔，惡魔，與我分享祕密。不要忘了，惡魔，我能摧毀妳。不要忘了，我知道妳的眞名。』好像他會讓我忘記一樣。」她在奈希的耳邊低語。「好像我能忘記一樣。」

螢火蟲的火焰竄成一條長長的白光，她飛躍空中，形成稍縱即逝的紋路，於身後留下一道殘光，繪製出栩栩如生的白熱畫作——馬戈瘦瘦長長、神色輕蔑的頭像。惡魔放聲怒吼，令奈希毛茸茸的身體每一根毛都微微顫抖。馬戈的影像扭曲，轉變成尖聲慘叫的模樣，然後消失。屋內再度剩下螢火蟲尾部柔和溫暖的淡藍火焰。

「我的事說夠了，很感激妳願意聽我嘮叨。總有一天我會報仇，不過不是今天。今天，我們來談談妳，妳的需求，我該如何幫助妳。」火焰轉爲冰冷的紅焰。「以及妳該如何幫助我。」

奈希按捺住心中的不安。她毫不懷疑即使化身爲螢火蟲，惡魔依然可以輕易殺死她。她緊握守護她的魔牙，貼在自己身上。

「妳想要什麼？」奈希問。

「喔，不，事情不是這樣做的。首先由妳提出要求，然後我再告訴妳代價。接著我們討價還價，直到談定雙方都能接受的條件。不然，如果談不攏，我就會直接吞噬妳的靈魂。」

奈希後退。

螢火蟲竊笑。「我開玩笑的啦，奈希。妳隨時都能離開，隨時可以把我丟下，永不進入紫屋。我爲什麼要傷害妳，讓自己孤獨度日？我怎麼忍心傷害妳，如此甜蜜、可愛、美味的女孩？好處都讓妳佔盡了，任誰都看得出來。」

「妳在騙我。」奈希不知道自己爲什麼這麼說，只能說她很容易想到什麼就說什麼。

「我沒有騙妳。還沒騙，開始交易之後我才會騙妳。我們都很清楚這一點，而我不會當妳是白痴一樣地否認。但是我們還沒開始交易，在妳說出妳想要什麼之前都不會開始。」惡魔飛到奈希眼前，儘管很難辨識昆蟲的表情，不過奈希似乎從她臉上看見一絲危險的笑容。「到時候我們就可以開始騙人啦。」

奈希走回原位。「城堡裡出現了一頭地獄犬。」

螢火蟲振翅翻飛。「地獄犬出沒，是爲了吞噬所有不肯乖乖死去、還在人間遊蕩的東西。」

「妳知道？」

「我知道很多事。我們還沒聊過這個話題嗎？祕密就是我的天賦，就像妳的天賦是打理城堡一樣。地獄犬是我召來的。那是馬戈的命令，他不顧我的反對。牠們很難控制。」

「妳能送牠回去嗎？」

「要是那麼簡單就好了，奈希。但事實是，我得出現在那頭野獸面前才能控制牠。如果妳能帶牠來見我，我就能把牠逐回牠的家園。如果我能夠脫離我自己的牢籠，我就能輕易找出牠的蹤跡，並且送走牠。但是這兩種做法似乎都不太可能。」

「的確。」

螢火蟲發出純潔的白光。「喔，的確，當然不太可能。就算妳會解除羈絆的魔法，而妳顯然不會，妳也不至於蠢到放我出來。而妳肯定不蠢。那麼妳想從我這邊獲得什麼？情報，我想，我眞正寶貴的祕密之一。」

「我要如何阻止地獄犬？」

「我得承認我有點驚訝妳會在乎這種小事。只要妳放任不管，牠根本不會對妳造成威脅。妳願意為了這些半死不活、根本無權存在於世的傢伙干冒生命危險嗎？」惡魔突然竄起，直到剩下一個黃點。「不必回答，我已經在妳的靈魂中看到答案。妳眞的在乎他們。這種想法令我感動，眞的很感動。如果任何惡魔體內帶有一盎司的慈悲，我可能就會考慮免費幫助妳。唉，我被剝奪了慈悲的胸懷。不過我會幫妳。至於代價嘛……」她住口片刻，彷彿有點苦惱，接著緩緩下降。「我只要求一塊煤炭。」

「同意。」奈希想也不想地道。

「什麼？」螢火蟲降落在奈希的腳上。「第一個要求就答應了？親愛的孩子，我不知道有沒有人花時間指導妳和惡魔協商時應當注意的事項，但是妳永遠不該答應惡魔的第一個要求。」

「我知道，不過我同時也知道妳遠比我要來得奸詐狡猾、善於操弄人心。我想以智取勝根本是浪費我們兩個的時間。妳的要求很可能在之後造成麻煩，不過我可以到時候再來處理。」

惡魔痛快長笑。「喔，眞是太美好、太可愛了。妳眞是世間罕見的極品。只有兩種白痴會跟惡魔討價還價：一種是自認沒有什麼可以損失的絕望笨蛋，以及自以為能在我們擅長的領域擊敗我們的傲慢傻瓜。我很敬佩不屬於這兩者的人。那麼我就用祕密來交換妳的煤炭。」她飛入空中，綻放眩目的紅色火光，聲音隆隆作響。「交易說定了。」

「我該去拿煤炭嗎？」

惡魔的語氣與光芒同時轉為柔和。「我相信妳，奈希，贏得惡魔的信任可是非凡的成就。阻止地獄犬的方法有好幾種，我只該透露有機會成功的方法。只要直接曝曬在陽光下，牠就會死。」

「城堡裡沒有什麼陽光。」

「我一直被關在這個可惡的房間裡，無從得知這點。讓地獄犬吃下還沒死的東西，那對牠們而言是致命劇毒。」

「我該怎麼餵牠吃活的東西？」

螢火蟲上下飛舞。「那妳得要自己想辦法了。最後，一把專門用來屠殺惡魔的神聖武器能夠摧毀地獄犬，而我相信馬戈的軍械庫裡正好藏有一把這種武器，是不是？」

奈希知道惡魔指的是哪把武器，那是她主人收藏的魔法劍裡，最頂尖的一把。「但是我不能使用那把武器，就連馬戈也無法使用。」

「喔，但我認爲妳可以。我認爲妳比自己想像中更加聰明，只要妳用點心思，一定可以想出辦法。」

「妳確定嗎？」

「確定？不，不確定。但我知道一些事，奈希。我只希望妳相信我，一如我相信妳。」

奈希倒退行走，不願意背對惡魔。「謝謝妳，我立刻就拿煤炭過來。」

屋門開啓，瀉入一道銀光。奈希閃身而出，隨即關門。螢火蟲安安靜靜地盤旋了一、兩分鐘，又或許是一、兩個小時。有時候她很難辨別時間。

屋門再度開啓，但是奈希沒有進屋。她丟了一塊煤炭越過門檻。

「謝謝妳，奈希。」

「不客氣，惡魔。」

「請小心應付那頭地獄犬，我不希望看到妳出事。」

屋門輕輕關閉。

螢火蟲飛到煤炭上方。「眞是個可愛的小傢伙。我越來越喜歡她了。」

另一個光點自她身旁浮現。「別太喜歡她了。等到時機成熟，她很可能會壞了我們的好事。」

第三隻昆蟲發光。「沒錯，很遺憾。如果我有心，一定會心情沉重。」

「幸運的是，」第四隻昆蟲道。「我沒有心。」

一個接著一個，一千隻螢火蟲驅退黑暗。蟲群振翅的聲響好似雷鳴。

螢火蟲光同時熄滅，隆隆的聲響消失，紫屋再度陷入黑暗。黑暗中，一頭惡魔輕聲竊笑。

7

許多世紀以前，在一個早已被世人遺忘的國度，活人的領土與亡者的帝國之間出現裂縫。地底世界的怪物群起攻擊人類，威脅著要摧毀那個王國，然後再以此爲據點，入侵全世界。結果因爲一名女附魔師及一名鐵匠的關係，這場毀滅性的災難並未發生。

鐵匠鑄造了一柄完美無瑕到他再也造不出來的長劍；由於心裡清楚這點，於是他從此不再碰鍛爐。女附魔師施展渾身解數加持這把劍，窮盡一身法力，施展了一道永恆不朽的法術。接著鐵匠與附魔師歸隱田野，豢養綿羊，生下數名快樂的胖孩子。不過在歸隱之前，他們將魔法劍交給一名傑出的戰士，派他去拯救世界。

藉由魔法劍的幫助，戰士擊退惡魔，將他們趕回地獄，並且封閉地獄門。王國獲救了，但是依然有壞事需要平反，有邪物必須獵殺。戰士持續執行這項高貴的任務，直到最後，他受了致命重傷。臨死之前，他將武器插進附近的石頭，許下他的諾言：「我將此劍插入此石，唯有充滿勇氣與榮耀、身強體壯、戰技超群、嫉惡如仇的英雄，才能再度拔出此劍。」

然後他就死了。

長劍靜靜等待。人們前來測試自己的價值：騎士與蠻族、殺手與聖騎士、國王與平民。好幾千人都被判定不夠格持用此劍，但是隨著時間流逝，一名夠格之人出現了。長劍被拔出來，繼續那場對抗邪惡的無盡戰鬥。

儘管此劍永恆不朽，它的持用者卻沒有永生。第二名偉大的戰士浴血戰死在惡魔軍團及膝的黑綠血海裡，臨死前，她將長劍插進附近的樹墩。

「我將此劍插入此樹墩，唯有充滿勇氣與榮耀、身強體壯、戰技超群、嫉惡如仇的英雄，才能再度拔出此劍。」

然後她就死了。

長劍靜靜等待。另一名英雄終於出現，將劍拔出樹墩。史詩般的戰役延續，更多惡魔慘死於劍下。英雄死了，長劍插了又拔，拔了又插。最後，在某個命運之日，長劍的最後一任垂死英雄再度將之插進附近最順手的東西裡。

「我將此劍插入此……甘藍菜？喔，可惡。」

然後他就死了。

沒過多久，馬戈取得了這把甘藍菜之劍。他嘗試破除聖法，但所有方法通通失敗了，於是長劍持續沉睡。

長劍靜靜等待。

□

馬戈的軍械庫其實比較類似博物館。巫師根本用不到長劍或長矛、護甲或護盾，但他總是享受收藏的快感。他的武器收藏豐富非凡，與藏寶庫和藝廊設在同一條側廳裡。館藏之豐，就連致力於打掃的奈希也沒辦法一一擦拭。基於這個原因，馬戈召來了一個銀矮人。

他名叫葛尼克，不是被詛咒才變成這樣的，技術上而言不是。然而就像所有銀矮人一樣，他有義務幫助任何提供他一片麵包、一杯紅酒，以及一張稻草床的主人。爲了回報這微薄的報酬，他被迫要不斷擦拭再擦拭。這就是所有銀矮人得遵守的教條。他只能在工作完成之後收取報酬，不管有多微薄。但他的工作一直無法完成，因爲想讓所有武器、護甲、盾牌同時閃閃發光，得要一百個勤勞的小矮人通力合作才有可能達成。於是葛尼克的麵包在盤子裡發黴，紅酒變成醋，稻草床根本沒機會睡。至於葛尼克，由於一直沒吃飯、沒喝酒、沒睡覺，心情非常非常地糟。

當奈希、西帝斯爵士和納蓋斯抵達軍械庫時，葛尼克正在全神貫注地擦拭一套髒兮兮的盔甲。

她愉快地向他說聲哈囉，但是他忙到沒空回應，不過倒是瞪了她一眼。

她對城堡內所有居民以禮相待，不管他們有多沒禮貌。他們大多都有很好的理由如此無禮。她客氣地等待他擦好盔甲，然後趁他開始擦旁邊的長槍前開口問路。

「不好意思，請問甘藍菜之劍還是放在左邊嗎？或者馬戈又換地方放了？」

葛尼克在長槍吐口口水。要擦亮鋼鐵，用小矮人的口水就對了。「沒有，還在左邊。」

「謝謝你。」

她還沒踏出一步，葛尼克已經跳到她的面前。

「妳什麼都不會碰，對吧？」

「只會碰甘藍菜之劍。」

葛尼克臉色一沉，盡力擺出凶狠的模樣。但由於他又瘦小又疲憊，而且身高比她還矮一呎，看起來實在不怎麼樣。如同所有妖精，他擁有永生，但是數十年持續不斷地工作、沒飯吃、沒覺睡，這讓他疲態盡露。他已經失去小矮人那種胖嘟嘟的身材，以及蓬鬆的鬍子。

「妳何不順便用那油膩膩的手指摸摸所有劍刃？」葛尼克嘟噥道。「反正妳也會滿地掉毛。妳上次來時，過了好幾個禮拜，我還能在地上找到妳的毛。」

奈希認為他太小題大作了。雖然自己會掉毛，但她看不出有何差別。葛尼克的工作本來就做不完了，多一塊污點或是毛髮根本不會造成任何影響。但她不打算和他爭辯，因為她很清楚他心情不好不是因為她的關係。

西帝斯爵士就沒那麼客氣了。「站一邊去，你這個小惡魔。我們有重要的事情要做。」

「還有你，你這個會飛的小毛球，要是讓我在軍械庫裡看見一滴鳥屎，我就——」

「我不在飛行中拉屎的。」蝙蝠在奈希的肩膀上湊向前道。「從沒這麼幹過。不過現在這種情況下，或許可以首開先例。」

葛尼克尖尖的耳朵向後一縮。「你不敢。」

「喔，我可不知道。今天早上吃了顆芒果。我一吃芒果，肚子就不太舒服。」他張嘴微笑，露出兩排小牙齒。

奈希打斷他們。「我保證除了甘藍菜之劍外什麼都不會碰，而且會盡量克制掉毛。」

「那這隻蝙蝠呢？」

「啊，好啦。不拉屎。我以紳士之名向你保證。」

葛尼克低吼一聲。奈希認爲他是在質疑西帝斯爵士的紳士資格，不過幸好他沒有回嘴。「那傢伙呢？」

「納蓋斯不會亂來的。」

不管他相不相信，總之他讓步了。他們並不是眞的需要他的允許，不過奈希還是很高興獲得允許。葛尼克跟在他們身後，忙著尋找污點，每走幾步就會停下腳步，吹毛求疵地吐吐口水、擦擦東西。

他們通過一條走廊，其中排滿各種大小與形狀的盔甲。有些很詭異，擁有十幾條臂甲、爲翅膀或尾巴所開的洞、腦袋形狀奇特的頭盔，奈希根本無法想像是什麼生物在穿戴那些盔甲。馬戈收藏了一整套從前屬於一隻龍帝的鎖甲。光是一只手套就能塞下三個地精。奈希每次看到那套鎖甲，心裡都在想，不管外表看起來有多偉大強壯，生物總是會想辦法掩飾自己的弱點，但又總是會讓他們暴露更多弱點。

儘管龍帝鎖甲是馬戈最重要的收藏品之一，但整座軍械庫裡最了不起的珍藏卻是甘藍菜之劍。多年來，不管他採用什麼手法試圖解開它的祕密，這把魔法劍總是有辦法反制。馬戈每次嘗試失敗都讓甘藍菜變得更大、更綠、更茂盛，如今它的直徑起碼有十五呎。

「比我印象中更大。」她評論道。

「馬戈上次失敗後又長大了三呎。」葛尼克說。

奈希爬上甘藍菜旁的梯子，打量那把劍。金、銀及白金沿著劍柄交雜出螺旋紋路，劍身微微發光，如同鏡面般反射出清楚的倒影。這是一把好武器，就連奈希這個不懂武器的地精都看得出來。但是這把劍對她而言太大了，她不認為自己能夠輕易使用它，就算有受過良好的訓練也一樣。但是惡魔說過她會想出辦法。

「上吧，小姑娘。」西帝斯爵士道。「看看妳拔不拔得起來。」

她握住劍柄，使勁一扯。長劍毫無動靜。

「用力一點，小姑娘。」

她爬上甘藍菜，雙手緊握劍柄，肩膀拱起，利用雙腳的力量用力推。

「沒用。卡住了。」

她一放手，葛尼克立刻開始擦拭劍柄。「我早就知道了。如果馬戈都拔不出來，妳當然更沒機會。」

「說不定妳得唸誦咒語。」西帝斯爵士說。

「不見得。」葛尼克說。「馬戈曾在這裡吼過幾個小時的咒語，直到聲音啞掉。牆壁震動、盔甲搖晃，但是甘藍菜只是越變越大，還搞得塵土飛揚。我花了好幾個月才清乾淨。」

「但是惡魔說妳能用這把劍，不是嗎？」西帝斯爵士說。

「不，她說我能想出用它的辦法。」

「好吧，什麼意思？」

「我不知道。」

西帝斯爵士嗤之以鼻。「眞是很棒的建議，說妳能用，又不說怎麼用。如果惡魔就這點用處，難怪沒有人喜歡他們。」西帝斯爵士不屑地哼了一聲。「就算她在說謊，我也不會驚訝。」

一個陌生的聲音說道：「不。她沒在說謊。」

「回音，是妳嗎？」

「不，是我。」甘藍菜之劍微微發光。

「你會說話？」

奈希不懂西帝斯爵士何以如此驚訝，馬戈的城堡裡不是很多東西都會說話嗎？

「如果不會說話，我就只是一把劣質魔法劍。」武器說道。

「等一下。」葛尼克說。「我從沒聽你說過話。」

「我不和邪惡巫師說話，除非我刺穿他們的黑心，那種情況下會說點像是『黑心被刺穿的感覺如何？我敢說不太有趣』之類的話。」長劍輕笑。「我承認有點遜，但你們絕對難以想像在刺穿邪惡巫師時，這句話聽起來多夠勁兒。」

「不好意思。」奈希說。「但是有頭惡魔告訴我說我有辦法使用你。」

「那必定是眞的，因爲惡魔不能說謊。」

「不能說謊？」西帝斯爵士皺眉，尖耳抽動一下。「但他們是惡魔，是邪惡與欺騙的生物。」

「的確如此，但他們同時也受到某些超自然法規的羈絆。儘管他們是很虛僞的生物，但他們不能直接說謊。」

「這是眞的。」葛尼克說。

「有什麼理由不是眞的呢？我是爲了屠殺惡魔而生，我知道自己在說什麼。既然是惡魔叫妳來找我的，其中一定有道理。」長劍光芒轉暗。「不過，我得承認我不喜歡這個引介人。」

「或許妳該再試一次，奈希。」

「只有英雄才能將我拔出這顆蔬菜。」

劍身發出強光。奈希遮住雙眼，不過沒有必要，因爲這道強光並不刺眼。

「唯有充滿勇氣與榮耀、身強體壯、戰技超群、嫉惡如仇的英雄將我握在手中，我的力量才會甦醒。早一刻都不行。就像所有曾經碰過我的人一樣，我已評估過妳的特質。妳的個性很好，女士，榮譽和勇氣毫無問題，然而說起身強體壯、戰技超群，妳肯定不行。儘管我察覺妳強烈厭惡無禮與殘暴，但光是這樣還不夠，妳不夠格。沒有不敬的意思，我必須維持非常高的標準。」

「我可以理解。」奈希在大甘藍菜頂端踱步，圍著長劍繞圈。「那麼只要有個英雄將你握在手中，你就可以幫助我們了？」

「幫我找個英雄，我將再度開始執行高貴的任務。」

奈希坐在階梯頂，思考這個難題。葛尼克擦拭甘藍菜之劍，西帝斯爵士則忙著啃甘藍菜葉。城堡裡擠滿了英雄，儘管全都遭受詛咒，但或許這點沒有影響。

「西帝斯爵士，你該試著拔劍看看。」

蝙蝠吞下一片甘藍菜葉。「我？」

「他？」葛尼克大笑。「他才不是英雄。」

「我是。」西帝斯爵士吼道。「至少在那個可惡的巫師把我變成這個齧齒動物之前是。」

「蝙蝠不是齧齒動物。」

「我小小的，毛茸茸的，還吃剩菜；不管那些學者怎麼說，我就是齧齒動物。但是這個畸形的小惡魔說得沒錯，我早已不是英雄了。」他垂頭喪氣，眼角微泛淚光。奈希認爲自己的想法或許沒錯，蝙蝠是不會流淚的。或許馬戈的詛咒只是埋藏起他體內的英雄特質，並沒有完全將其消滅。

她伸手捧起西帝斯爵士。「我知道你既有勇氣又重榮譽，而且肯定嫉惡如仇。」

「沒錯，但是我身體不夠強壯，戰技也不卓越。」

「你無法再度持用武器，不表示你的戰技蕩然無存，戰技依然在你體內。」

葛尼克揉揉疲憊的雙眼，打了個呵欠。「但是他很弱，就算劍沒插在甘藍菜上他也舉不起來。」

「力量的表現並不在於要成爲最強壯的人，而是你所能達到的最強壯境界。」奈希凝望西帝斯爵士渾圓的眼珠。「再說，不管是不是蝙蝠，馬戈都是你殺的，不是嗎？」

「算不上。妳當時在場，小姑娘，有看到事發的經過。他滑了一跤，那是意外。」

「你太小看自己了。就算是意外，也是一場少了你就不會發生的意外。要不是你，現在在納蓋斯肚子裡的就是我了。」

甘藍菜之劍評論道：「實在太令人佩服了。我認爲你應該試試看，不過我不保證結果。」

西帝斯爵士遲疑片刻。誰都看得出來他心存懷疑，也都看得出來他心存恐懼。拔不出劍只代表兩件事，要嘛就是詛咒奪走了他具備的英雄特質，不然就是更糟糕的狀況，他已經不是從前那個英雄了。又或許他從來都算不上是英雄，這是個可怕的試煉。西帝斯爵士，如同城堡內所有受詛咒的英雄，只剩下回憶值得珍惜。奈希無法想像，對他而言還有什麼比遭受甘藍菜之劍拒絕更殘忍的事情。他或許永遠無法從這個打擊中恢復。她不怪他不想嘗試，不想弄清楚這個答案。

「你不想拔的話就算了。」

「他當然不想拔。」葛尼克說。「這個愛說大話的傢伙知道拔劍只會讓他出糗。」

奈希無法忍受這種無禮的言語。「閉嘴，葛尼克。你要是沒有什麼建設性的話好說，就去找點東西擦。」

葛尼克喃喃抱怨。

納蓋斯吠了一聲。西帝斯爵士雙眼圓睜，他從來沒有看過奈希這樣發脾氣。這提醒了他世界上還有比自尊更重要的事。他咬一咬牙，張開嘴巴。

「把我放到劍上。」

她微微一笑。「無論如何，你都是個英雄。」

「妳也是，小姑娘。」他朝向劍柄伸出雙翼。「現在讓我拔出這把劍，除掉那頭地獄犬，免得牠吃掉我更多的朋友。」他爬到劍柄上。

「終於等到了！」長劍呼喊道。「我以爲還要再等一千年，才能脫離這顆可笑的甘藍菜啦！」

在一陣強光之中，西帝斯爵士從原先的小蝙蝠變成身材高大、肌肉結實的裸體男子。奈希猜想，就人類的標準來看他算英俊，不過這基本上只是假設。在她眼中，人類光滑、瘦長的身體看來十分愚蠢，特別是只有局部部位長毛這件事更是格外滑稽。

他拔出長劍，高高舉起。「我的詛咒破除了，我又變成人類了！」

「儘管不願承認，」長劍道。「但是我並沒有破除你的詛咒，只是暫時讓它失效。恐怕這種改變不能維持多久。」

「我有多少時間？」

「一、兩分鐘。」長劍咕噥說道，彷彿身負沉重的壓力。「最多只能撐這麼久了。」

西帝斯爵士壓低長劍，皺起眉頭。「然後怎樣？我又變回蝙蝠？」

「恐怕如此。不過只要等我凝聚從前的力量就好了，到時候就能讓你復原。」武器在他手中顫抖。「現在至少能恢復個一、兩分鐘。」

在奈希開始思考如何解決這個最新發展前，城堡的門鈴響了。她只聽過這個聲音一次，所以沒有立刻認出來。

「那是正門門鈴。」她的耳朵傾向前方。

「不可能。」葛尼克說。

奈希不喜歡爭辯。門鈴明明在響。

西帝斯爵士身旁浮現紅黃煙霧，接著他又變回蝙蝠。長劍凝止在半空中，劍尖轉而向下，然後插入巨型甘藍菜裡。

「喔，可惡。」西帝斯爵士和長劍同聲說道。

奈希與納蓋斯步下樓梯，朝大廳前進。

「妳要上哪兒去，小姑娘？」

「去應門。」

「等等我。」

西帝斯爵士追了上去，將葛尼克孤伶伶地留在軍械庫。小矮人擦拭甘藍菜之劍，只見它一如往常地微微發光。

「英雄，嗯哼？」

他伸出小小的拳頭握住劍柄。

「抱歉，」長劍道。「差得遠了。」

8

奈希鮮少去接待廳。接待廳裡沒有怪物，沒有受詛咒的居民，除了陳舊的長地毯外什麼也沒有。這裡沒有什麼需要照料的，除了那塊地毯外，接待廳中空無一物。馬戈從來不走正門，也從來沒人來看他。奈希曾經走過正門一次，那是當她前來求職時。大門關閉上閂後，她就再也沒看它們開啓過了。

她認得門鈴聲，是因爲她第一天來的時候有拉過。那之後，它們已經多年沒響了。儘管她不曾感到特別好奇，不過它們沉悶的聲響還是引起她的興趣。在前往正門的途中，門鈴停了一、兩分鐘，然後再度響起。

接待廳是座小石室，因爲天花板很高而且空無一物，產生一種空間很大的錯覺。不過此刻廳內擠滿了城堡內的居民，全都和奈希一樣好奇。聚集而來的齧齒動物、鳥、爬蟲、妖精，以及其他奇特生物（包括一、兩條鬼魂）正在議論紛紛。

「是誰？會是誰？」一團小白雲問道。

「是馬戈！」大蟒蛇說。「是馬戈，他是回來毀滅我們的！他是回來報仇的！」

「他又不是我們殺的。」一條亡靈嗚咽地顫抖道。「不是我們的錯。」

「那不重要。」一隻肌肉發達的老鼠說。「巫師就是喜歡胡亂怪罪他人。就算他把我們全都變成蛞蝓也不是不可能的事。」

「我不喜歡這種說法。」蛞蝓說道。

「他爲什麼要走正門？」蚊子問，不過沒人聽見他說話。

「變成蛞蝓也沒有那麼糟糕。」蛞蝓說。

「你又黏又噁，」老鼠反駁。「連個殼都沒有。」

「至少我不會傳染疾病。」

「那是誤解。會傳染疾病的是跳蚤，不是我。」

「你怎麼可以這麼說，先生！」老鼠肩膀上的跳蚤叫道。

「即使死而復生，」沒人聽見的蚊子說。「他也沒道理走城堡正門。」

奈希吠了幾聲，引起所有人的注意。一段時間過後大家才安靜下來。

「妳打算怎麼做？」小白雲問道。

「我要看看是誰在搖鈴，」奈希說。「現在請安靜。」

「如果是馬戈，」老鼠低聲道。「別讓他進來。我不想變成蛞蝓。」

再也受不了這種侮辱的蛞蝓以最快的速度衝了出去，他已經衝出半吋了。

「就算他眞的走正門，」蚊子大聲分析道。「我也不認爲他會搖鈴。他應該會直接進門。」

哭喊女妖貝珊妮哭喊道：「小心腳下，奈希！妳會被絆倒，並且傷了腳脛！」尖叫聲迴盪在整座接待廳內，迫使所有人都摀住耳朵；至少是那些有辦法摀住耳朵的人。「弄弄弄傷傷傷腳腳腳脛脛脛！」

「謝謝妳，貝珊妮。現在請安靜。」

哭喊女妖聳肩。「別說我沒警告妳。」

西帝斯爵士抓著奈希的肩膀。「開門眞的是好主意嗎？」

「門鈴已經響了二十分鐘，不管外面是誰，總之不像會自動離開。或許只是個流浪詩人想要討點零錢，也可能是四處賣鞋的。」

「是呀，小姑娘。」

他們兩個心裡都不相信這種說法，因爲附近居民全都知道不要招惹這座城堡。奈希爬到納蓋斯背上，打開門上的門孔。她發現一雙燃燒的紅眼正瞪著自己。眞的，她看見那雙眼睛裡有火焰翻飛。

門孔外傳來輕柔的女聲。「馬戈在哪裡？」

奈希保持鎭定。她沒有說出腦中浮現的第一個答案，也就是實話，而是找了個模稜兩可的說法，一個她在沒有心理準備情況下所能說出最接近謊言的說法。

「主人身體不適。」她客氣地微笑。「能爲妳效勞嗎？」

燃燒的雙眼，以及金色的眉毛迸射出一道瞪視的目光。「告訴妳家主人，不出來招呼應邀而來的賓客是很不禮貌的行爲。」

「好的，女士。」奈希笑容不減，關上門孔。

「她說她是應邀而來的嗎？」西帝斯爵士問。

「顯然是。」

「她在撒謊嗎？她一定是在撒謊。」

受詛咒的居民圍了上來，議論紛紛，沒多久就變成一陣吵雜的喧譁聲。

「安靜，拜託！」奈希吼道。

她再度打開門孔。

「很抱歉，女士，但主人很遺憾地表示得重新安排妳的來訪時程。」

「不行。」

「不好意思，妳說什麼？」

訪客眼中的火焰竄起，蔓延到眉毛上，散發出難聞的焦味。「馬戈以爲他是什麼人？我乃創傷女巫緹雅瑪，禁忌大陸上首屈一指的殘暴女巫。我不接受重新安排。」

「是的，女士。請妳等我一會兒，女士。」

她關上門孔。

「妳不能讓她進來。」西帝斯爵士說。「要是讓她知道馬戈死了，我們就全都死定了。」

「她會把我們全部變成蛞蝓。」一條鬼魂呻吟道。「我不想變成蛞蝓。」

「總比身懷黑死病的害蟲好。」向前邁進七吋，打算高調離場的蛞蝓喃喃說道。

「我們怎麼知道她是不是眞的應邀而來？」小白雲問。「她可能在說謊。」

「是呀，是呀。」一隻喜歡重複自己說過的話的渡鴉說道。「她是個騙子、騙子。馬戈絕對不會邀請、絕對不會邀請任何人來。」

小白雲變灰。「她想要進入城堡，洗劫一空，將我們抓去做瘋狂的實驗。」

蚊子鼓起全身的力氣大吼。「如果是那樣的話，她幹嘛不直接進來？為什麼要撒謊？」如果接待廳寂靜無聲，或許有人會聽見她說的話。

「我看不出她撒謊的理由。」奈希說。「想進來的話，她只要推門進來就行了。無論如何，只要她不肯走，我就得讓她進來。如果她知道馬戈死了，讓不讓她進來都沒差。如果她不知道，不讓她進來只會讓她起疑。」

西帝斯爵士同意。「我了解妳的意思，小姑娘。但是一旦那個巫婆——」

「女巫。」蚊子更正，但是西帝斯爵士根本沒聽到。

「——進入城堡，難道她不會看出情況不對勁嗎？」

這話很有道理，接待廳裡掀起一陣認同的聲浪。但是在奈希看來，那是之後才要擔心的問題。在她心裡，所有問題都可以分成三大類。當前問題，必須立刻處理。撐不了多久的問題，除非妥善處理，不然很快就會變成當前問題。還有晚點再說的問題，沒有什麼擔心的價值，因為它們可能會變成當前問題、可能會變成撐不了多久的問題，不過如果幸運的話，它們也可能會變成不是問題。

不是問題是這個議題中的第四種隱藏分類，不過由於它們屬於不存在的麻煩，所以她從來不曾將它們歸為一類。她的個性太過實際，並不喜歡這種抽象的哲學。在奈希的想像森林之中，當一棵樹倒地時，她不會去想它有沒有發出聲響，只會動手把樹砍成木柴。

門鈴再度響起。創傷女巫緹雅瑪沒有離開，奈希所遇過的巫師一旦下定決心都會堅持到底。她打開門孔。

「恐怕主人此刻非常忙碌，女士，但他吩咐我帶妳前往客房過夜。」

女巫眼中的火光轉暗，不過她看起來依然很不高興。「很好。」

「不好意思，女士。請再給我一點時間。」

奈希關上門孔，轉向圍觀群眾。「走吧，如果讓她看見你們在這裡，她說不定會發現情況不對勁。告訴其他人有個女巫進入城堡，教大家自己小心。一個說溜嘴，我們全都完蛋。」

群眾在一陣憂心忡忡的低語聲中解散。

「小心腳步。」貝珊妮消失時警告道。「弄弄弄傷傷傷腳腳腳脛脛脛……」

正門又高又寬，中間橫插著一根沉重的門閂。奈希試圖舉起它，但是她沒那麼大的力氣。

「我不知道這是不是個好主意，小姑娘。」

「不是，不過卻是目前最好的做法了。」奈希舉起雙手，唸誦昨晚學會的飄浮咒語。門閂跳動一下、兩下、三下，終於成功地墜落地面。

「不錯。」西帝斯爵士說。「或許妳眞的有學魔法的天賦。」

正門開啓，創傷女巫緹雅瑪步入城堡。儘管擁有這種頭銜，她身上卻沒有任何殘缺，完美無瑕且毫無特徵。她白得發亮的皮膚緊綳，沒有皺紋。她的頭髮輕盈纖細，彷彿細不可見。嘴部冷酷的線條旁完全看不見嘴唇，鼻子不明顯到像沒有一樣。她的雙耳又小又圓，奈希覺得好像切開的蘑菇。女巫身穿一襲紅色長袍，遮掩了她的身材，看不出身材好還是不好。她給人一種強烈的不存在感，完全沒有個人特色。

除了她的雙眼。她的雙眼釋放出一股猛烈灼燒的感覺，眼瞳的烈焰隱隱透露出一個令奈希毛骨悚然的焦黑靈魂。馬戈十分嚴峻，但是眼前這位卻比她主人還要冰冷無情。

納蓋斯嚎叫。

「老天啊，好可怕的女巫。」西帝斯爵士低聲道，躲進奈希的上衣底下。

緹雅瑪雙手抱在胸前，長袖垂至手肘，露出不美麗但也沒有瑕疵的上臂。她的手掌如同未完工的木偶，指節僵硬而突出，沒有指甲。

「妳有名字嗎，野獸？」

「我叫奈希，女士。」她鞠躬。「服侍妳是我的榮幸。」

「奈希。」緹雅瑪覆誦，將這個名字說得像是可怕的侮辱。「奈希，我今天大老遠跑來欣賞妳主人所謂的奇觀。」她環顧四周。「但是截至目前爲止，我都覺得沒什麼了不起。」

「是的，女士，主人對於造成妳的不便表達誠摯的歉意。不過由於妳大老遠跑來，他很樂意接待妳留宿一晚。」

「接待？」這個字在緹雅瑪口中一樣讓人覺得恐怖。

「是的，女士。請跟我來，我帶領妳前往客房。」

「此刻天色還早，妳家主人認為我該這麼早就去就寢嗎？」

「主人獻上他最誠摯的歉意。」奈希遲疑，說謊對她而言並非易事。「他此刻正在進行極為危險的鍊金實驗。應該會忙一整個晚上。」

「忙。」她語氣厭惡地吐出這個字。她或許有流露不滿的神情，不過由於嘴角幾乎沒動，令人很難分辨她的表情。「馬戈為什麼在明知我要來訪的夜晚進行實驗？」

這個問題合情合理，不過奈希沒有合情合理的答案。緹雅瑪將奈希的遲疑視為這種單純生物面對殘暴女巫時應有的恐懼迷惑。

「妳是負責打理這座城堡的生物，是不是？」

「是的，女士。」

「那麼妳肯定對這裡很熟。」緹雅瑪或許有面露微笑。「既然妳家主人不願遵守世俗禮節，那就由妳帶我見識見識這座城堡裡的奇觀。」

再一次，奈希遲疑。她本來希望可以爭取一點時間，讓城堡裡的人做好應付緹雅瑪的準備，花一、兩個小時計畫應該很有幫助，但是生活常常不按牌理出牌。儘管奈希不願承認這一點，但她虛心接受，將之視為毫無妥協餘地的現實。她有很多重要的事情要做：打掃幾條走廊、餵食幾頭怪物、做晚餐、研究魔法、找出長廊盡頭之門、除掉一頭地獄犬、還要唸書給床底下那個怪物聽。而這些只是現在想到的工作而已。

然而，創傷女巫緹雅瑪卻是目前最迫切的問題。於是奈希重新安排她的行程。幾條走廊得要多髒一會兒，怪物的晚餐得要晚點吃。長廊盡頭之門可以多消失一會兒，地獄犬又能多徘徊一夜。而床底下的怪物，就只好多等一會兒了。

「奈希，可以開始參觀了嗎？」緹雅瑪問。

「是的，女士。這邊請。」奈希轉身，踩到蛞蝓留下的黏液，滑了一跤，小腿撞在石板地上。女巫沒有在奈希爬起身時露出好笑或是關心的表情。

「走路請小心，女士。」

她四腳著地，分攤一點受傷腳脛所承受的重量，帶領緹雅瑪離開接待廳。

蛞蝓停下慌忙的腳步，好好喘了喘氣，無精打采地垂下頹喪的眼柄。「我寧願當隻老鼠。」他承認道。

「就連齧齒動物也有他們的問題。」蚊子說。

這些話本來能讓蛞蝓好過一點——如果他有聽見的話。

□

爲了不浪費時間，奈希決定帶緹雅瑪去參觀馬戈的稀有魔法生物，這樣她既能餵食那些生物，又能避免緹雅瑪接觸太多城堡裡的居民。很少有人會晃到怪物區來，因爲這裡太危險，不適合任意來訪。奈希暗自希望會發生什麼意外。緹雅瑪或許會犯個無心的錯誤而遭怪物吞噬。奈希並不認為這種事發生的機率很高，但至少有可能。

緹雅瑪話不多，每次開口都只是簡短評論。大部分的怪物都很「有趣」，其他的則很「古怪」，少數幾個算得上「特別」，只有淒厲慘白怪被評為「好玩」。

「當心腳步，女士。」奈希自推車上拿起桶子，將其中的葉狀物體倒入深坑。「這底下是主人最可怕的怪物之一：恐怖的劍齒無尾熊。」

緹雅瑪湊上前去。奈希可以輕而易舉地將她推下去，但沒人保證她會死於高空墜落，或是洞底那頭喜愛擁抱的巨型怪物手下。不過奈希並沒有考慮這種行為可能造成的後果；刻意安排意外這種想法從來不曾浮現在她心頭，光是提醒自己說謊就已經讓她夠頭大的了。

西帝斯爵士本來可能會提議這麼做，但是他此刻安安穩穩地躲在她衣服底下。

緹雅瑪繼續傾身，直到幾乎要掉入洞中。接著，她又繼續傾身，直到僵硬的軀體在洞緣傾斜到某個違反地心引力的角度。如果奈希有計畫要推她，此刻也了解到那個計畫註定會失敗。

緹雅瑪搓揉雙掌，搓出許多翻飛的火花，照亮下方的深坑。劍齒無尾熊縮到光線之外，不斷將葉子塞入口水直流的嘴裡。

「很有趣。」緹雅瑪以最接近愉悅的單調、冷淡語氣說道。

奈希耐心地等候女巫研究馬戈的怪物。緹雅瑪研究完後，飄回洞緣。

「聽馬戈吹捧成那樣，我還以為他的城堡有多了不起。這裡沒有什麼我不曾在上百名巫師家裡見過的怪物。」

奈希感覺受辱。這裡可是她打理過最棒的城堡，馬戈的收藏舉世無雙。她決定跳過一些怪物，直接帶她去看主人動物區中最頂尖的怪物。

「妳還沒有見到『不該存在的怪物』，女士，我保證一定超越妳的期待。」

「那就帶路吧，奈希，請趕快，我越來越不耐煩了。」路上，緹雅瑪問：「那隻納蓋斯是跟妳羈絆在一起的嗎？」

「是的，女士。」奈希差點忘了總是待在身邊的納蓋斯。牠隨時隨地順從地跟隨在後。

「馬戈允許這種事情？」

西帝斯爵士爬出來片刻，在奈希耳邊低語。「小心應答，小姑娘。」

「主人打算用我餵食納蓋斯，但是牠找到了另一份餐點。接著，我們就羈絆在一起了。一切都是意外，女士。」

「馬戈有什麼特殊原因而不爲此事把妳處死嗎？」

「或許他只是還沒時間這麼做，女士。」

「我不知道馬戈這麼忙。」就算這句話有諷刺的意味，緹雅瑪平淡的語調也沒辦法表達出來。

如同許多較爲恐怖的怪物，「不該存在的怪物」被關在大坑裡。不過這個坑比其他坑都寬上兩倍，而且頂端還有一扇沉重的鐵門，鐵門上還有一道閘門，其上還有第三道閘門。每扇門都有一把大鎖。三座高聳的石像在坑外監視，隨時警覺。當怪物以駭人的精力狂捶猛打時，這些守衛就會出現生命跡象。它們會揚起沒有雕飾的腦袋，握緊它們的花崗岩巨劍。有一回，怪物撞擊的力道猛到把鐵門撞凹了，守衛們走下它們的台座。不過怪物最後安靜了下來，所以它們又回歸原位。另外，這裡還有最後一道安全措施：一面具有十呎長鋼刺的天花板，專門用來壓碎及刺穿所有位於房內的東西。魔法鋼刺飄在空中，奈希認爲她永遠無法以自己的飄浮法術讓它們離地片刻，更別說要經年累月地飄浮了。

奈希甚至不曾清楚地看過「不該存在的怪物」長什麼樣子。事實上，她根本沒有看過這頭怪物。但是馬戈常常會來看牠，而這麼多防禦措施自然表示牠是一頭很了不起的恐怖怪物。

然而，當他們走近時，緹雅瑪似乎不怎麼興奮。她張開薄薄的嘴唇，大大地打了個呵欠。

奈希打開通往深坑的活板門，倒入怪物愛吃的生肉、蕪菁與獅鷲獸血混和而成的餐點。「不該存在的怪物」打了個嗝，喉間格格作響。一陣惡臭竄入奈希的鼻孔。剛開始幾個禮拜她一聞到就會嘔吐，如今她已能在餵食的幾分鐘內忍受這種臭味。

她讓向一旁。「妳想看看嗎，女士？」

緹雅瑪站在活板門前，微微向下一望。「我什麼都看不到。妳家主人爲何堅持要把牠關在如此黑暗的地方？」

「不該存在的怪物」嚎叫、打嗝、再度嚎叫，然後同時打嗝，並發出流水般的汩汩聲。

「或許後退一點比較好，女士。妳不會想要激怒他的。」

緹雅瑪首度露出清楚的微笑。「剛好相反，奈希，我就是想這麼做。」

怪物打了個長長的大嗝。活板門內冒出一陣惡臭的棕雲。奈希和納蓋斯當場後退，但緹雅瑪和石像守衛一樣動也不動地待在原地。

「她瘋了嗎？」西帝斯爵士問道：「她肯定會被殺死的。」

緹雅瑪揮動手臂。最上方的鎖頭應聲而開，第一道閘門滑向一旁。「不該存在的怪物」捶打牢籠，感應到出口少了一道屏障。石像守衛舉起武器。她再度揮手，打開第二道閘門，上方的鋼刺開始晃動。

「不該存在的怪物」趁喘息間隙放聲號叫。一具石像守衛步下台座，差點踩扁奈希。

「現在離開或許是個好主意，小姑娘。」

儘管奈希是個周到的女主人，不過她還是同意這種說法。他們衝出石室大門，直到安然抵達門檻另一端後才回頭觀望。

緹雅瑪眼中似乎只有「不該存在的怪物」。她第三度揮動手臂，大坑完全開啓。一陣歡愉的叫聲竄出洞口。腥風掃過門口，吹得奈希站立不穩。她透過淚汪汪的雙眼瞄見創傷女巫緹雅瑪模糊的身影、石像守衛更加高大的形體，以及「不該存在的怪物」巨大、難以辨識的身軀。一具石像守衛出劍深深插入怪物體內，傷口湧出紅黑色液體。怪物放聲吼叫，揮出利爪（也可能是尾巴或是觸角），每次攻擊都擊碎一具高大的石像。怪物張開血盆大口（也可能是數百張血盆小口），發出勝利式的格格聲，奈希敢說，城堡就是接下來牠在盛怒之下將摧毀的目標。

謝天謝地，在視線清晰到讓她看清可能令她失去理智的怪物的真實形體前，天花板墜落，壓扁並埋葬了石室中的一切。震耳欲聾的聲響撼動城堡的地基，陣陣令人窒息的塵土噴出門口。奈希全身沾滿了一層灰，就連躲在上衣底下的西帝斯爵士都無法倖免。他伸出髒兮兮的腦袋，大打噴嚏。

「我想這倒解決了我們的問題，呃，小姑娘？」

納蓋斯以鼻子磨蹭她，一身塵土下似乎沒有任何瘀傷。牠舔了她一下，黏稠的唾液讓塵土黏在她的毛上。這是極度不舒服的感覺，但她默默忍受，等待塵埃落定。

創傷女巫緹雅瑪步出石室，彷彿穿越魔法平空出現。或許眞的是穿越魔法而來，女巫毫髮無傷，就連塵土也拒絕攀附其上。

「我的天。」西帝斯爵士連忙縮身。

緹雅瑪微笑。「眞開心，馬戈終於讓我感動了一下。現在我想可以回房休息了。」

奈希過了一會兒才回過神來，不過她其實並不非常驚訝。巫師和女巫很能在逆境中生存。

城堡震動，廢墟裡竄出一條粗粗的觸角。怪物尖叫一聲，竄向緹雅瑪。她毫不畏懼地看著這條準備將她纏死的粗糙觸角，接著，伸出一手，以手指輕觸觸角，「不該存在的怪物」就這麼死了。沒有垂死呻吟，沒有最後抖動，就這麼一聲不吭地死去。

緹雅瑪臉上的笑容消失。「可惜，牠眞是個非常特別的傢伙。」

緹雅瑪再度好整以暇地散發出恐怖氣息，奈希了解到這名女巫比自己之前預想的還要麻煩。而她本來就預料這是十分棘手、近乎不可能解決的狀況。爲了不被無助感擊倒，她決定一天一天慢慢來。既然緹雅瑪要去休息，就表示今天已經結束了，而明天的挑戰還不是現在的她得擔心的問題。

9

「請在此稍候，女士，我先去整理房間。」

緹雅瑪皺眉。「沒人知道我要來嗎？房間不是早該整理好了？」

「是的，女士，但主人鮮少接待訪客，客房或許會不夠周到。」奈希聳肩。撒謊已經夠難了，假裝無能對她來說幾乎是不可能的挑戰。客房根本從沒使用過，不過她始終一絲不苟地清理打掃，而她對自己這種認眞負責的態度感到十分自豪。「如果接待妳的客房沒有準備周到，主人絕對不會原諒我的，女士。只要一點時間。」

奈希推開房門，步入其中，反手關門。客房完美無瑕，除了一層薄薄的灰塵。她立刻動手清理。

西帝斯爵士爬出她的上衣，飛到床柱上。「這個巫婆會是大麻煩，小姑娘。」

她輕輕抓起在大床上打盹的貓。

名叫「好運」的黑貓睡眼惺忪地扭動身體。「叫醒黑貓會招來厄運。」

「我願意冒險。」

她放下他，好運伸個懶腰、再伸懶腰，然後又伸了一下懶腰。「你們有提到什麼女巫嗎？」

「是呀，一個恐怖的傢伙。她才碰一下就殺死了怪物，只碰一下而已。」

還沒伸完懶腰的好運打了個呵欠。「哪一頭怪物？住在奈希床下的那頭，還是鎖在衣櫃裡的臭傢伙？還是在地下墓穴遊蕩的那頭？我向來不喜歡他。那麼喜歡遊蕩的傢伙肯定心懷不軌。」

「不是他們，是『不該存在的怪物』。」

貓舔了舔爪子。「你說她只碰一下？」

「是呀。」

「幸好馬戈死了，不然他會很生氣的。」

「是呀。」

奈希在好運兩耳之間拍了一下。「不要提這件事，她在的時候別提。」

他發出滿足的聲音。「我有什麼好處？」

好運是個職業賭徒、瀟灑的盜賊、賭徒界中的傳奇人物，更是女人最親愛的小淘氣。為了追求終極挑戰，他以自己的命運賭上馬戈的財富，一把骰子定輸贏。對大多數人而言，這是種瘋狂的行為，但是身為最偉大的賭徒，好運相信自己的運氣。運氣從未令他失望過，在重要的時刻沒有。

不過凡事都有第一次。馬戈把他變成貓，因為除了身體外，他本來就和貓沒什麼兩樣。而就像所有貓科動物一樣，他可以表現忠誠與榮譽，不過始終將自身的利益擺在第一位。

「聽說巫婆非常喜歡黑貓。」

西帝斯爵士盤旋在好運的頭上。「你這個沒義氣的渾蛋！」

「她不是巫婆，她是殘暴女巫。」奈希說。「我不認為她會喜歡任何只有四條腿的生物。不過只要你乖乖聽話，我就多給你一盤牛奶。」

好運輕彈尾巴。「我要用碗，不要盤子。」

她和他握手。好運是隻守信的貓，從不違背承諾。她認爲他在這方面很像惡魔，只不過他對散播混亂和吞噬靈魂沒那麼大的興趣。

「貪婪的渾蛋。」西帝斯爵士喃喃說道。

「罵黑貓會招來厄運。」

接著，奈希走到煙囪旁去哄爐火燒旺一點。這並不容易，因爲他很固執。她丟了幾塊木柴到壁爐裡，但是他拒絕大放光明。她早知道會這樣。有一回，只有一回，她忘記一週一次餵他木柴，導致他差點熄滅，他就從此對她懷恨在心。

「拜託你再燒旺一點，只要能夠驅退室內的寒意就好。」

他自木柴底下伸出一條黃焰舌頭。「我有什麼好處？這裡的木柴夠我燒上好幾個禮拜了，只要好好分配使用的話。我爲什麼要爲一個女巫賭上自己的性命？」

西帝斯爵士哼了一聲。「所有人都瘋了嗎？這個巫婆會把我們通通抓走。甚至更糟，將城堡洗劫一空，把我們留下，永遠在詛咒中腐爛。少耍渾蛋，做好你的工作，別讓她起疑。」

奈希希望他採取更圓滑一點的戰術，不過這段話已經說服爐火了。「我只負責驅退寒意，多一點火舌都不幹。」

奈希擦乾淨角落的更衣鏡。她輕拍鏡面，鏡中的倒影搗起耳朵。

「不要拍。」魔鏡梅文說。「妳知道在鏡子的這一邊聽起來有多大聲嗎？」

「說眞的，我不知道。」她承認道。「但是我必須確定你有在聽我說話。我要你幫我監視女巫，可以嗎？」

梅文從奈希的倒影跳到西帝斯爵士的倒影。他不但透過蝙蝠的聲音說話，甚至還帶有他的腔調。「妳不用拜託我，她一離開客房我就會通知妳。」

「謝謝。」

她終於滿意了，於是請緹雅瑪進房。女巫以極度不滿的神色環顧四周。

「沒事了嗎，女士？還有什麼能爲妳效勞的嗎？或許來點紅酒配乳酪？」

緹雅瑪臉色一沉。「我很久以前就已經拋開那種荒謬的慾望了。現在出去，奈希，別來煩我，除非妳不想要妳那永恆的靈魂。」

她將奈希趕出門外，輕輕關上房門。

「永恆的靈魂。」西帝斯爵士嗤之以鼻。「巫婆爲什麼老是這麼戲劇化？」

「做這行就是這樣。」好運說。「你必須承認這樣講比威脅要踢她屁股可怕多了。明天早上見，奈希。要記住，不遵守和黑貓訂立的交易是會招來厄運的。」他輕舔嘴唇，趾高氣揚地走開。

「現在我們該怎麼辦？」西帝斯爵士問。

奈希拍拍納蓋斯的小翅膀，皺起眉頭看著掌心上的塵土。「現在，我們去洗個澡。」

城堡裡有間大澡堂，裡面有座噴泉浴池，池水總是舒適的溫水，並且具有魔法效果，能夠清理最厚、最頑強的塵土和污點。當然很適用於現在這種情況。奈希無權使用它，這是馬戈獨享的澡堂。然而奇怪的是，馬戈從未享用它。事實上，她不確定馬戈能夠享受任何事物。她沒有見過能夠享受任何事物的巫師，他們總是忙著追求力量、魔法研究，以及吞噬一切的特質。她早就學會不去質疑他們的規矩，也不期待他們會心存感激。但是馬戈死了，她決定好好利用他復活之前的這段時光。

她步入冒泡的池水中，沒有什麼比熱水澡更舒服的了。

納蓋斯開心地濺起水花，一邊咕咕叫，一邊精力旺盛地繞圈游泳。她一直注意著牠，不讓牠游到浴池深處，那是羈絆著淹死女的區域，她一直在那裡等著引誘其他人去和她一起分享水墳。

西帝斯爵士伸出翅膀沾了沾水。「啊，太燙了，我喜歡泡冷水澡。」

「這是清理塵土最快的做法。」她看著緩緩脫離皮膚上的那團灰泥。

淹死女浮出水面。她的表皮皺巴巴，頭髮濕答答的，整個人一副濕淋淋的模樣。「她說得沒錯。你真的很髒。這裡的水冰涼多了。如果喜歡，我很樂意幫你洗背。」她露出虛僞的笑容，伸出魔爪般的雙手。

「去泡水，妳這個蠢女人。」

前往澡堂途中，奈希帶了非凡巫師亞斯皮一起。受困於瓶子裡的巫師（僅存的殘骸），是她此刻最佳的諮詢對象。「我認爲我們的問題比髒兮兮的毛皮更嚴重。妳確定對方是創傷女巫緹雅瑪嗎？我不敢相信我哥哥竟然自大到邀請她來城堡作客。」

奈希抓起一塊肥皀。「她已經進入城堡了，未受邀請的人不會進入城堡。」

西帝斯爵士搔搔毛皮上的癢處。「你聽說過這個巫婆？」

「是女巫。」亞斯皮糾正道。「我想世界上任何一個活著的巫師都聽說過她；而這當中有半數不相信她眞的存在，另一半則是相信她存在，但希望她不存在。這實在是太糟糕了，非常非常糟糕。」

「我們應付得來，老兄。」西帝斯爵士用力抓著耳朵後方。「我們搞定了馬戈，不是嗎？」

「和緹雅瑪相比，馬戈只是個業餘巫師。我哥哥力量強大，卻仍然敵不過濕滑的地板和一點厄運。然而，就連命運都會在緹雅瑪這種等級的女巫面前低頭，我聽說她接觸到的一切事物都會當場暴斃；再次強調，一切事物，就連已經死掉的東西也會短暫復活，然後再死一次。」

「聽起來很沒意義。」奈希說。

「一點也沒錯。如果她有那麼多力量可以浪費在無關緊要的事情上，妳就可以想像當她集中精神時能夠做出什麼事。」

「巫婆不是我們唯一的麻煩。」西帝斯爵士說。「還有地獄犬和長廊盡頭之門。」

「還有惡魔。」奈希抓抓腳趾縫。「別忘了那頭惡魔。她肯定心懷不軌。」她欣賞著自己黑色長指甲上的反光。

「我都把她忘了。」亞斯皮說。「喔，情況太糟糕了。我們死定了。」

「聽起來很絕望。」淹死女評論道。「在絕望的情況下，我認爲最好的做法就是放棄。有人想要好好溺水一下嗎？我保證會迅速完事。」

奈希把腦袋沉入水中，淹死女滿懷期待地微笑。不過笑容隨著奈希浮出水面而消失。淹死女眉頭一皺，悶悶不樂地沉入池底。

奈希背靠池沿，閉上雙眼。

「妳怎麼能這麼冷靜，小姑娘？妳搞不清楚狀況嗎？」

「我相信自己很清楚狀況。非常棘手，不管我們採取任何方法幾乎都會出錯。仔細想一想，你就會發現不必給自己這麼多壓力，現在讓我好好享受熱水澡。」

亞斯皮大笑。

「你在笑什麼？」

「她說得對，擔心這麼多根本改變不了什麼，最好開始想想解決的辦法。」

西帝斯爵士身上癢到忍不住步向浴池邊緣，對著熱水吼叫。「好吧，你是巫師，能想出任何對付那個巫婆的辦法嗎？」

「我們得找出馬戈的保命措施。每個巫師都會針對現在這種情況準備一套保命措施，以確保登門造訪的巫師不會亂來，即使是緹雅瑪那麼強大的巫師。我很肯定我哥哥有準備一套。而根據他不輕信別人的天性，還很可能不只一套。」

「這種保命措施長什麼樣子？」

「問題就在這裡。不同的巫師會採用截然不同的保命措施，端看製造者的天性與偏好。我的是一頭有翅膀的魔法獅子，世界上沒有任何活巫師能夠與牠匹敵。」

「而你還是淪落到瓶子裡了。」

「我來不及拿出來用。可憐的傢伙現在一定已經餓死了，可惜呀。」

「牠沒餓死。」奈希說。「馬戈把牠關在高塔裡。」

西帝斯爵士精神一振。「那頭獅子就是我們要找的東西。」

「你沒在聽嗎？巫師的保命措施是非常私人的東西，那可不是可以拿來隨便交換的。我哥哥必須謹慎解除大部分的加持法術才能把牠弄上高塔，曠日費時的工作，比自己弄一頭長翅膀的獅子要麻煩多了。」亞斯皮漂浮在水面上的牙齒互相敲擊。「貪婪的掠奪者總是垂涎我所擁有的一切。不，不管馬戈的保命措施爲何，肯定比我的更巨大、更抽象。」

「這是你能確定的事實還是假設？」

「相信我，我了解我哥。他要所有膽敢挑戰他的人面對悲慘的命運、恐怖至極的命運。」

「這樣講太含糊了，老兄，你就不能說點具體的東西嗎？一份卷軸？一面魔法護盾？或許是一頭憤怒的巨龍？」

「講實話，我不知道。這座城堡大部分的地方我都沒去過。」他敲敲瓶子。「行動力受限。」

「妳呢，奈希？沒有人比妳更熟悉這座城堡。有想法嗎？」

「或許是長廊盡頭之門，或是紫屋惡魔，又或許是『不該存在的怪物』，或是『不再是怪物的怪物』？」她步出浴池，抖動身體。

西帝斯爵士閃開抖落的水滴。「有太多可能了，我們要怎麼把它找出來？」

奈希說：「不必找它，馬戈肯定會確保這種機制啓動的，他不會讓別人在他死後幫他報仇，一旦出現這種狀況，一定會觸發某種魔法。」

她吹個口哨，納蓋斯順從地跑到她的身邊，讓她擦拭身體。至於自己的毛，她喜歡自然風乾。

「但是殺死馬戈的不是那個巫婆。」西帝斯爵士說。「是我們。」

「是呀，我想我們三個得爲他的死負責。」奈希說。「你擾亂他的注意力，我把地板擦得那麼滑，而納蓋斯吃了他。」

「妳認爲此刻有某種法術正在醞釀，準備對付我們？」

「我是沒想到那個，不過就算有，我也不會感到驚訝。」

西帝斯爵士伸直雙耳。「我也是，那個黑暗巫師肯定是超會記仇的渾蛋。」他停止搔癢，浸入水裡片刻，讓魔法洗澡水洗淨塵土。「放馬過來。我殺了馬戈，還拔出甘藍菜之劍，我才不怕什麼死巫師施展的法術。」

「事實上，」亞斯皮說。「死巫師所施展的法術，才是最可怕的法術。」

「只要那個巫婆還在這裡，我就不再擔心馬戈。」西帝斯爵士任由奈希擦乾灰毛。「我認爲我們最好擬個備用計畫，以免城堡沒辦法有效地守護自己。有沒有什麼想法，小姑娘？」

一開始，她不知道該怎麼回答。她一直都很喜歡打理城堡，而且非常擅長將城堡內的混亂狀態維持一種脆弱卻穩定的秩序。不過馬戈始終讓將她視爲無能的廢物，有人詢問她的意見，以她馬首是瞻的感覺有點奇怪，雖然多年以來她一直都是城堡實質上的女主人。但是毫不掩飾地承認這個地位還是令她很不自在。

「妳至少有些想法，是吧，小姑娘？」

「有幾個。」

「這才是我的好女孩。總是在思考。」

這個新職位依然令她不太自在，不過眞說起來，這還是她的老職位，只是多了一點尊敬而已。但是她認爲自己可以學著接受這種感覺。畢竟，這是非常微不足道的改變。

遠方傳來鈴鐺的聲響。聽起來就和吸血鬼王受詛咒的悅耳鈴聲一模一樣。

「我以爲他被吃掉了。」西帝斯爵士說。

「或許搞錯了。」奈希立刻穿上衣服。「又或許他逃出來了。」

鈴聲逐漸接近。移動的速度很快，比這些年來鬼王移動的速度要快多了。牆壁上火把的火光搖曳。空氣充滿寒意。鈴聲中開始夾雜沉重刺耳的喘息。

淹死女好奇地探出頭來。「那不是鬼王。」

「不，肯定不是。」西帝斯爵士同意。

一頭由黑煙與火光所組成的怪物步入拱門。牠自圍繞在體外的黑煙後睜大黃色的雙眼瞪視，並且露出泛黃利齒吼叫。每踏出一下沉重的步伐都發出吸血鬼王般的悅耳鈴聲。很顯然地，吃下吸血鬼王，地獄犬就接收了他的詛咒。

「這頭怪物只吃半死不活的東西。」西帝斯爵士道。「我們犯不著怕牠。」

「那是你們。」淹死女在一陣水花中躲回浴池深處。

「呃，奈希，」亞斯皮在瓶中低聲說道。「我也算不上是完全活著。」

地獄犬自信滿滿地向前逼近，像是將獵物逼到絕路的掠食者。儘管體外的黑煙讓人難以判斷牠的體型，不過看起來至少和一匹馬差不多大。牠的利爪在瓷磚上滋滋作響，沿路留下奈希猜想永遠不可能清乾淨的焦痕。儘管明知這不是她此刻應該擔心的事情，她依然非常煩惱。

奈希、西帝斯爵士，以及納蓋斯一動也不敢動，不過他們不必緊張，就算叫到腦袋都掉下來，地獄犬也不會理會他們。牠只是瞪著亞斯皮，一條長長的黑色舌頭舔過利齒。

亞斯皮渾身發抖，濺出不少瓶中的液體。「想想辦法！」

「我認爲我們還用得到這個可惡的巫師。」西帝斯爵士嬌小的身軀飛入空中，在怪物身邊迂迴盤旋。「來吧，大怪物！有種就來咬我一口！」

地獄犬發出惱怒的叫聲，抓向在頭上繞圈的蝙蝠。奈希趁機想辦法。失去吸血鬼王已經夠糟糕了，她不希望再失去其他受自己照料的居民。

地獄犬忽然出手擊中西帝斯爵士。在他落地之前，牠一口將他吞了下去。

「喔，不。」亞斯皮瓶中的液體因爲恐懼而轉爲慘白。「逃吧，奈希。別爲我而枉送性命。」

地獄犬迎上前來，肚子隆隆作響。奈希還沒想出辦法，於是擋在怪物和獵物之間。

牠鼻孔中噴出火焰，揚起大爪子。在揮出致命一擊前，地獄犬突然發出呻吟。牠側身倒地，痛苦扭曲。遮蔽身體的黑煙消散，露出牠的眞身。牠是一頭渾身無毛的巨型獵犬，身上覆蓋烏黑的鱗片，背上長有數排尖刺。牠的外型可怕得令人不敢多看，不過身軀裸露、痛苦虛弱的牠遠不如之前那般恐怖。活物對地獄犬而言是致命劇毒。西帝斯爵士說到做到，擊敗了這頭怪物。而他甚至不需要甘藍菜之劍或是人類的形體。光靠勇氣就夠了。

地獄犬無力地哀號，發出駭人的窒息聲響。牠張開嘴巴，吐出一個小小、灰灰、毛毛的東西。

奈希衝到西帝斯爵士身旁。他全身沾滿唾液，看起來有點焦黑，不過除此之外，似乎毫髮無傷。他抬頭看她，虛弱微笑。「我就知道這怪物吃不了眞正的英雄。」說完昏了過去。

地獄犬蹣跚起身。布滿鱗片的表皮冒出全新的黑煙，空氣中充斥著硫磺氣味。牠緩慢地走向非凡巫師亞斯皮。

奈希揮動雙手，唸誦飄浮咒語。瓶子高高地飄上空中。地獄犬依然十分虛弱。不過不會虛弱太久。火焰復燃，再度自牠的鼻孔竄出。由於無力跳躍，牠緩緩來到浴池旁，冷冷瞪視淹死女。牠拍打水面，激起濃煙，不過牠不願意下水抓她。

奈希不認為自己能夠同時浮起亞斯皮和淹死女。就算她辦得到，這也只是權宜之計。城堡裡有太多半死不活的居民，她沒辦法全部守護。她已經想好除掉怪物的計畫，但是今天晚上無法執行。儘管如此，她可不想讓牠多在城堡之中遊蕩一晚。

她對亞斯皮的控制力減弱了。他傾向一邊，灑了一小灘液體到地板上。「小心點，奈希！」他的叫聲引來了地獄犬的注意。牠蜷伏在地，甩動尾巴。

奈希小心謹慎地強化飄浮魔法。如此簡單的法術對巫術大師、甚至經驗老到的巫術學徒而言根本不算什麼，但是她才剛開始學而已，不知道自己能夠維持必要的專注力多久。她的雙眼後方已經開始出現不適的抽痛。

亞斯皮下降。「集中精神，奈希！」

「我有。」奈希咬緊牙關。

地獄犬奮力撲上。她再度浮起瓶子，閃過牠的魔爪。火大的怪物嗝出一顆炙烈的火球。奈希放低雙臂。手勢可以幫助施法，但是想在追逐中領先，她就得四肢著地。

地獄犬撲向瓶子，差點抓到亞斯皮。奈希眼中的抽痛感已經擴散到頸部，不過維持法術似乎比之前容易了一點。地獄犬動作很快，不過她跑得更快。暫時如此。

「喔，天呀。」亞斯皮說。「妳在拿我當餌。妳拿我當餌！」

她耳中充斥著血管跳動的聲響，只能勉強聽見他的話。「很抱歉。這是唯一的辦法。」

亞斯皮出聲抗議，不過她聽不清楚。她只聽得見自己的心跳和地獄犬所發的鈴聲。

奈希衝出澡堂的拱門。納蓋斯跟在身邊，亞斯皮浮在頭上。地獄犬大叫一聲，直追而來。當鈴聲完全消失後，淹死女終於探頭出來。儘管技術上而言，她不須呼吸，但她還是長長地吁了一大口氣。

□

奈希不喜歡隨機應變，至少不喜歡隨機應變到這種程度。當她行動時，她喜歡知道自己在做什麼，清楚所有細節。但是此刻有太多未知的變數，她不知道自己能夠跑在地獄犬前面多久。她不知道在完全傾斜的情況下能夠讓亞斯皮飄浮多久，她也不知道選定的目的地到底能不能解決問題。但是這些都無關緊要。現在質疑自己的決定已經太遲了，她已經展開行動，唯一的選擇就是走完全程。

狂奔令她思緒清晰。沒多少東西跑得比以四肢奔跑的地精還快，而她聽出地獄犬在逐漸落後。她放慢腳步，規劃穿越城堡的路徑。她不能直接奔向目標。沿路有數名鬼魂和快樂屍體。她在走廊的T形路口停步。她很熟悉城堡的走道分布，但在浮起亞斯皮的情況下實在很難專心。

亞斯皮往後看向在吼叫聲中緊追不捨的怪物。牠自走廊盡頭疾衝而來，只見一團有著尖牙利齒的黑煙烈焰。「呃，奈希……」

「現在別吵。」她努力理清思緒，嘶聲說道。

走廊迴盪著鈴聲。地獄犬放聲吼叫。火把的火光搖曳黯淡。納蓋斯齜牙咧嘴，守護奈希。雖然牠把馬戈吃了，她還是無法確定牠有沒有能耐對付地獄犬，而她還不打算冒險。

地獄犬只差幾步了。

「奈希……」

「閉嘴！」

地獄犬在她研擬好路徑的同時疾撲而上。她依然跑得比地獄犬快，不過也只快一點點。她加速穿越畫廊。畫中的囚犯及時醒來，看見奈希的棕影、納蓋斯的紫影，以及地獄犬的黑影呼嘯而過。殘留下的臭味嗆到令人難以呼吸。

「我們要去哪裡？」亞斯皮叫道。他一眼盯著地獄犬，另一眼向前看。

「非常飢餓的地毯。」她趁喘息的空檔沉聲道。

「飢餓的什麼？」

奈希在一面牆上借力轉彎。接下來她要跑下一段陡峭的階梯，萬一摔倒的話，這段逃亡之旅肯定就此結束。

身後地獄犬的呼吸聲刺耳沉穩。她的耐力比不過他。火焰的高溫、硫磺的臭氣、鈴鐺的聲響，這些都在提醒她那頭怪物已經快要追上。彷彿這些還不夠，亞斯皮還一再驚叫：「要追到了！要追到了！要追到了！」來強調這個事實。

他們迅速通過她的房間。她床下的怪物瞪了一眼。「她最好不要在唸完那個故事之前就被吃掉了。」

奈希面前出現向下的階梯。只要算準距離，她可以兩下就跳過整道階梯。只要通過階梯，她就肯定能夠趕到非常飢餓的地毯那裡。至於它是不是問題的解答就是另一個截然不同的問題了。

她起跳，隨即明白自己計算錯誤。跳太矮，而且起跳太晚。她將會重重落地，失去重心。她會跌倒，飄浮術將會失效，亞斯皮會被吞噬，她會渾身瘀青，地獄犬將能自由獵食城堡中半死不活的居民。

一張嘴咬在她的尾巴附近，接著她整個軀體飄入空中。她以為地獄犬憤怒到要把她咬碎吐出來，然後再吃亞斯皮。不過頭下腳上身處半空中的她卻看見怪物還在數步之外，咬住她的是納蓋斯。牠振動小小的翅膀，帶著奈希騰空而起。

驚訝令奈希失去對亞斯皮的控制。她在他撞上石板，濺出幾塊碎玻璃的同時再度強化法術。

「小心點！」

納蓋斯落在階梯底端，隨即再度躍起，又多飛出十五呎外。牠將奈希拋入空中，讓她落在自己背上。她緊緊握住牠的獸角，回過頭去，差點跟地獄犬的臉貼在一起。走廊分作左右，納蓋斯衝向左方。

「不！右邊！右邊！」她命令道。

納蓋斯鼻孔噴氣，突然止步。地獄犬撲向亞斯皮。奈希揮手升高瓶子。亞斯皮被怪物的腦袋撞裂，不過沒碎。地獄犬半空轉身，四腳落地，再度彈起。納蓋斯狠狠踢中地獄犬的鼻子。怪物想不到對方會攻擊自己，大吃一驚，迅速眨眼。納蓋斯揚起大腳，踩在地獄犬的爪子上，跟著拔腿就跑。地獄犬大吼一聲，叮噹作響地追了上來。他們轉過轉角，來到一間狹長石室，裡面除了一張滿是補丁的破地毯外什麼也沒有。

「跳！」她下令，納蓋斯照做。儘管納蓋斯雙腿粗壯、翅膀也出奇有力，他們還是無法跳過地毯，而只要一腳踏上地毯，麻煩就大了。

納蓋斯停止衝勢，飄浮在半空中。地獄犬疾撲而上，納蓋斯縮起雙腿，抵住怪物的鼻子，然後用力踏下。這一踏的力道令怪物的腦袋撞上地毯，而納蓋斯則借力躍開，輕輕巧巧地落在地毯邊緣數呎外的地上。

地獄犬在超黏的陷阱中掙扎。牠試圖爬出地毯，但是他的爪子已經卡住。然後是尾巴。然後全身都被黏住。地獄犬鼻孔噴火，但是地毯沒有燃燒。地毯發出飢渴的叫聲，將獵物摺疊起來。被緊緊包住的地獄犬虛弱地掙扎嚎叫。

「我的天，」亞斯皮說。「什麼玩意兒？」

奈希微笑。「一塊非常飢餓的地毯。」

她的飄浮術突然失效，亞斯皮當場墜落。他撞在地板上。瓶子沒碎，不過裂痕與碎片顯示他撐不了多久。瓶內的液體已經少了一半，於追逐中灑出瓶外。不過厚玻璃瓶沒在滲水，而所有亞斯皮的殘骸（或許除了一、兩顆牙齒）都還在。

地獄犬在牢不可破的非常飢餓的地毯中徒勞掙扎。牠咆哮、吼叫、怒號，牠背上尖刺伸出來的破洞正冒出黑煙。但是地毯始終緊裹著牠。

「所以它會幫我們吃了地獄犬。」亞斯皮滿懷期望地道。

「地毯會吃衣物和布料，不吃皮肉。不過只要包住獵物，就得過一整天才會攤平。」

「所以只是暫時解決？妳爲了一個暫時解決的法子差點害我送命？」

「有時候暫時的解決方法是唯一可行的方法。」

「那等牠脫困後，妳還有什麼計畫？我不認爲我還能讓他再追一次。」

「我認爲我已經想好辦法了。」

「我並沒有讓妳的信心激勵到的感覺。」

她聳肩。亞斯皮或許很擔心地獄犬，而他也有理由擔心。不過接下來二十四個小時內，她還有更急迫的事情有待解決。

亞斯皮說：「順便一提，我得承認妳的飄浮術進展神速，大部分學徒要花好幾個月才能達到妳的程度。」

「學習的速度與需求的程度密切相關。」

「希望未來沒有這麼迫切的需求。」

奈希爬下納蓋斯的背，搔搔牠的下巴。納蓋斯發出滿足的聲響。這已經是牠第二次救她性命了，儘管第一次純粹只是出於好運。

「謝謝你。」

納蓋斯在她身上亂舔，懶散地叫了幾聲。

10

實驗室是由許多迴旋排列的機器組成的迷宮。笨重的裝置嘎吱作響，執行著馬戈所指派的任務。其中一台持續運作多年才擠出一滴發光的精華液，另一台以齒輪研磨骨頭，將骨粉倒入小小的沙漏裡，然後將沙漏疊成巨型金字塔。還有一台轟轟作響，不停搖晃，齒輪運轉，蒸汽噴灑，且正為一個虛幻的期限倒數計時。一面牌子將之標示為「瓦解機」。令人不安的名稱，幸好倒數計時的期限有共有十個數字，而且過一個禮拜才會跳一下，而且時間三不五時甚至還會增加。所有裝置都配置複雜、相互糾纏，但看不出彼此間有何關聯。而在奈希的想像世界裡，她認為它們或許只是一台龐大的機器，為了完成某個晦澀難明的巫術計畫而建。

她很久以前就已經不再對這景象感到驚歎了，但是今晚亞斯皮卻在被她帶著穿越實驗室時讚歎不已。她沒有力氣用魔法運送他，不過利用納蓋斯和推車也能達到同樣的效果。

亞斯皮說：「馬戈上哪兒找來完整的混亂時鐘？我以為它們全部毀於魔法大叛變裡了。還有全新的血肉分類機！這種東西已經停產了！它肢解一具屍體要花多久？」

「一小時多一點。」她曾經見識過這台機器上許多切割刀片、骨頭移除器、體液虹管運作的模樣。儘管對它強大的效率讚歎不已，她還是希望永遠別再看到了。

亞斯皮對著另一台裝置倒抽一口涼氣。「那是靈魂擷取機嗎？」

「最新型號。」奈希說道。「直接從奈克羅森運來的。」

「了不起。體積只有原先的一半。」

「而且移除靈體只要十分鐘。」馬戈對這台新裝置的喜好解釋了城堡中鬼魂激增的現象。

「十分鐘？以前要三天呢。裝廢棄物的桶子在哪裡？」

亞斯皮所謂的廢棄物是指被丟入機器中的人最後剩下的殘骸。使用這些技術名詞讓這台裝置聽起來衛生又實用。

「新型號蒸餾靈魂不需要摧毀軀體。」

「了不起。」

「在我聽來非常可怕。」回音說。

「是呀，是呀，非常可怕。但實在不得不佩服製造出這種裝置的天才，儘管他把聰明才智用錯地方了。」

回音在奈希的耳邊低語。「所有巫師都是瘋子嗎？」

奈希微微一笑。她伺候過數名巫師、一名巫婆、兩名附魔師。並非所有雇主都瘋到無可救藥，不過他們的個性都有點古怪。個性越古怪所擁有的力量似乎就越強大，奈希認爲瘋狂與魔法是相輔相成的。

實驗室中除了機器外還有其他東西。這裡有擺滿數千瓶藥水的櫃子，每一瓶都紅得像血，這是馬戈最喜歡的顏色。有的藥水或許能讓人長生不老，有些則會讓人求生不得、求死不能。由於全部瓶子上都沒有標籤，除了喝喝看之外無法得知效果。

這裡還有怪物，馬戈自行製造的怪物。他在製造怪物方面向來沒有什麼天分，所以就留下數不清的恐怖失敗作品。大部分的怪物都在完成的同時死亡，或是因爲馬戈看不順眼而當場擊斃。他們通通被做成標本，放在冒泡的桶子裡，掛在天花板上，或是鑲在牆壁上。亞斯皮面色讚歎地看著這些恐怖怪物，特別是那頭如果沒死肯定能在海上和路上造成無比恐慌的蠍鯊。

回音不像他感到那麼讚歎，這點從她厭惡的語調就能聽出來。「這地方實在可怕。妳確定我要在場嗎？」

「確定。」奈希在放滿空瓶子的櫃子前停步，拿起沉重的陶罐和玻璃瓶。「你想要哪一個，亞斯皮？」

「玻璃的。看外面比較方便。」

她把他從舊瓶子裡倒入新瓶子。

「空間比之前小。」亞斯皮抱怨道。

換新瓶子只是順便而已。前來實驗室的眞正理由是爲了在一座鑄鐵缸內冒泡的黃綠爛泥。馬戈的實驗品並沒有全部死亡。

「那是什麼？」回音問。

奈希踮起腳尖，看著鐵缸邊緣。「千變萬化的爛泥。」

奈希在鐵缸旁找到一本筆記。它不該擺在這裡，但馬戈總是亂擺東西。她翻閱他的筆記，閱讀那潦草的字跡。如果這灘爛泥能夠做到筆記中記載的事情，或許她的計畫就有可能成功。

「它有什麼功用？」回音問。

「它會模仿。」

「模仿什麼？」

「什麼都行。」奈希瞇著眼睛看著幾乎難以辨識的字跡。「理論上。」

「我可以看看嗎？」亞斯皮頂在玻璃上。「長什麼樣子？」

「沒什麼好看的。」回音說。「看起來像是腐敗的布丁。它一直都那樣冒泡嗎？」

「一直都是。除了禮拜六和隔週禮拜三，」奈希回答道。「不冒泡的時候就會轉漩渦。」

「它爲什麼要這麼做？」

奈希聳肩。

她花了點時間研究筆記，然後開始進行一點她自己的實驗。在納蓋斯的幫助下，她推翻鐵缸，將千變萬化的爛泥灑在地上。

「妳說得對。」亞斯皮皺眉看著地板上的黏稠物。「沒什麼好看的。」

奈希彎下腰去，伸出一指插入暖暖的爛泥中。「徵用！」她以命令式的嚴厲語氣說道。爛泥停止冒泡，緩緩地凝聚成地精大小的泥團，細節一一凝聚成形。首先是眼睛，其次是耳朵，再來是腳掌，然後是小腿，不過奈希覺得順序有點奇怪。鼻子和嘴巴浮現，手臂生長，手掌和手指突起。短短幾分鐘內，他們面前多了一個完美的奈希分身。

近乎完美。分身赤身裸體，沒有毛髮，皮膚看起來太新太乾淨。她本來就猜想應該沒有毛髮。爛泥不太願意模仿毛髮。不過看到處於無毛狀態的自己，儘管只是立體分身，依然令她感到不快。她伸手觸摸對方的肩膀。

「徵用！」

「徵用。」爛泥毫無活力地覆誦。奈希的衣物自其身上生出。如同剛才新生的皮膚，這些衣物都太完美了，沒有污點或縐褶。

「了不起。」亞斯皮說。

「了不起。」爛泥同意道。

「它總是會覆誦別人的話嗎？」回音問。

「它總是會覆誦別人的話嗎？」爛泥問。

「它會模仿。」奈希說。

「它會模仿。」

「妳能讓它閉嘴嗎？」

「妳能讓它閉嘴嗎？」

「緘默。」奈希命令，爛泥閉嘴。

「我以爲妳魔法懂得不多。」亞斯皮說。

「我是不懂，這些都是訓練過的反應動作。」她走到裝滿死蟋蟀的罐子前，抓了一把蟋蟀，丟到爛泥身上。爛泥動也不動地接受獎勵，以它的假皮膚直接吸收蟋蟀。

「如果我有胃的話，一定會反胃。」回音說。「我們要它做什麼？」

「馬戈是意外創造出這團爛泥的。」奈希說。「理論上他是要訓練它化身為無懈可擊的分身去取代有權有勢的人物。最大的阻礙在於爛泥依然只是一團具有模仿特性的空殼。不過它可以透過教導，或是更明確地說，讓它習慣對某些刺激做出反應。」

「真了不起，奈希。」亞斯比說。「我不知道妳如此精通鍊金生物學。」

「我不精通。」她舉起筆記，指出剛剛唸誦的段落，然後繼續唸。「此刻爛泥的狀態很不穩定。它的模仿天性可能會產生難以預測的反射性反應。」

納蓋斯聞了聞爛泥。牠嗚咽一聲，然後對著爛泥嚎叫，用力頂它。奈希僵硬的分身摔倒在地。它完美無瑕的不完美皮膚轉為紫色，幾個令人很不舒服的部位冒出獸角。

「解體。」奈希命令道。她的分身融化成天然的爛泥狀。

「我還是不懂要它做什麼。」回音道。

為了回答這個問題，奈希下達另一個命令。「化身為馬戈。」

爛泥立刻反應。剛剛變成奈希花了一段時間，但是這次變形卻砰地一聲轉眼完成。馬戈，或者說一個很像的分身，站在他們面前。這個分身並不完美。如同奈希的分身一樣，有種未完成的感覺，有一些令人無法忽略的小細節。眼旁沒有皺紋，鼻孔過於對稱，眉毛彎得厲害了點，而且他的長袍不會隨著實驗室裡的微風飄盪。不過當它化身為巫師的形體時，這些都算不上什麼特別奇怪的現象。即使是不完美的分身，這個馬戈還是比創傷女巫緹雅瑪看起來像人多了。

「他已經訓練過它化身爲自己的形體了。」奈希圍著馬戈繞圈，尋找嚴重的缺陷。

「這是爲了瞞過緹雅瑪？」亞斯皮說。

奈希點頭。「一定得讓她見到馬戈，否則她會起疑的。」

「瞞得過。」

「瞞得過。」馬戈說，不過聲音還是奈希的。

「喔，太好了。」回音說。

「喔，太好了。」

「這玩意毫無用處。」

「這玩意毫無用處。」

「喔，緘默。」回音吼道。

馬戈閉嘴。

回音嘆氣。「過不了關的，近看就破功了。看看它，它甚至不會動。它就這麼站在那裡，更別提要與人交談了。」

「更別提要與人交談了。」馬戈說，這一次用回音的聲音。

「緘默。」她說。

馬戈張開嘴巴，沒有說話，但是嘴巴卻不閉上。他的眼睛在眼眶裡抽動。

「它甚至沒有受過可靠的訓練。不能試試別的辦法嗎?」回音問。「或許亞斯皮可以教妳什麼幻象魔法。」

「沒用的。」亞斯皮說。「奈希此刻還沒辦法學習那麼複雜的法術,這樣做肯定會讓緹雅瑪看穿的。」

「我不認爲這個方法會比幻術好到哪裡去。妳知道我的意思,對吧,奈希?」

但是奈希沒有在聽。她忙著思索解決之道。爛泥沒辦法假扮馬戈,近距離不行,這點毋庸置疑。但是巫師都很古怪,充滿奇特的習慣,或許他們有辦法利用這點。

「我還是看不出來妳要我做什麼。」回音說。

「我?爲什麼是我?」

「因爲妳要變成馬戈的腦袋。」奈希伸指比著筆記本。「我們要教它只聽從妳的命令。」

「因爲妳隱形。」亞斯皮說。「這讓妳成爲最完美的人選。想法不錯,奈希。」

「想法不錯,奈希。」馬戈自顧自地同意道。

「緘默,可惡。」回音命令道。「緘默!」

這個命令顯然超乎爛泥保守的理解範圍。它尖叫,叫聲又長又大聲,而且還有帶有一點音律。它的臉,馬戈的臉,融化冒泡,直到它變成一具無頭軀體,依然站在原地,一而再、再而三地吼著同樣的三個字。

「解體!」奈希在喧鬧中叫道。

爛泥恢復成安靜無聲的爛泥。

「從現在起，回音，只有妳能下令。」

「如果妳認爲我該這麼做。」回音停了一停，奈希猜想如果回音還有身體，此刻大概是在聳肩。「變化……」

「化身爲——」奈希糾正。

「抱歉，化身爲馬戈。」

爛泥再度凝聚成巫師的形體。不過這一次，它沒有鼻子。

「只有我看出這個計畫有缺陷嗎？」

「那個交給我來擔心。」奈希說。「現在，妳只要把心思放在控制爛泥上就好了。我們要讓它能說話，或許還能動動手臂。」

「如果能讓它瞪人就更棒了。」亞斯皮說。「那樣它看起來就更像馬戈了。」

「有時間的話就試試。」奈希說。「我認爲我還能拖延緹雅瑪一天，而我不想冒險拖延更久。」

沒有鼻子也不會動的馬戈筆直凝望前方。它的右耳冒出黑汁，沿著脖子流下。

「絕不可能成功。」回音道。

「絕不可能成功。」馬戈同意，但至少這一次，它聽起來是自己的聲音。

11

奈希很早就寢，困住地獄犬耗費了她不少精力。她總是以自己的耐力為傲，職業生涯中她曾數度在必要的情況下連續工作好幾天。但是飄浮法術讓她精疲力竭。魔法不是一門輕鬆的藝術，或許精細微妙，但同時也很耗費體力。奈希知道想要照料城堡就得先照顧好自己。在疲倦的狀況下工作會導致散漫和犯錯，而現在不是犯錯的好時機。城牆內有太多狀況了，最好先去休息，儲備活力後再來處理事情。

還有很多事情有待處理，但是那些必須等到天亮之後再說。如果這段期間內發生了什麼慘事，奈希也不認為自己有能力解決。於是她拖著沉重的步伐來到走廊的角落，蜷縮在帆布床上，在最後一絲力氣離去的同時閉上雙眼。

「今晚要唸故事嗎？」床底下的怪物問道。

她閉眼回答。「很抱歉。明天吧。」

「連續兩個晚上沒唸了。」

「我這兩天很忙。」她輕聲說道。他再度說話時，她幾乎已經睡著了。

「妳有別的怪物了，是不是？」

奈希已經沒力氣也沒興趣問他這話是什麼意思了。她只是打個呵欠，想用枕頭摀住耳朵、拿毛毯蓋住腦袋，不過馬戈並未給她枕頭和毛毯。然而就算她有毛毯可蓋，這樣做也實在太沒禮貌了，而且她還沒累成那樣。

「還有別的怪物，對不對？一定是這樣，妳喜歡上別的怪物了。」

他將她的沉默當作默認，接著瞪大三隻眼睛。「是在寶箱裡的怪物。因爲他很有錢，對不對？妳知道，那些錢幣不是眞的，而且都被詛咒了。只要花一枚，妳就會腐爛。四肢都會掉下來，就連尾巴也一樣。還有那股臭味。喔，臭得要命。要不了多久，就會引來一大堆蒼蠅，身上長滿蛆，到處都是蛆。有讓蛆爬出妳的鼻孔過嗎？非常不好受，妳絕對不想嘗試的。」

「不。」她同意。「我不想。」

床下的怪物沉默一段時間，她還以爲這個話題已經結束了。

「不會是地板下的怪物吧，是不是？」他說。「那傢伙我太熟了。只要妳釋放她，她就承諾妳三個願望，但是不要相信她。她一獲釋就會把妳吃掉。」

奈希翻身。

「不會是墓穴裡的怪物吧？那喜歡遊蕩的傢伙？」

「沒有別的怪物。」她說。

床下的怪物縮回黑暗之中，直到三隻眼睛幾乎看不見了。「搞不好就是……」他繼續喃喃自語，聲音大到能讓奈希聽見，卻又無法聽懂他在講些什麼。不過此時她早已沉沉睡去。

然而，城堡並未沉睡。今晚沒有。它嘎嘎呻吟，隆隆震動。城牆內所有凶狠的生物，所有野獸、可怕的怪物，以及黑暗女巫都無法與城堡自身的邪惡意念相提並論。但是城堡並非完全邪惡，它在無意間自城堡內的居民身上學習到一定程度的情感，以及一點關懷與憐憫。這些特質，儘管微不足道，正努力對抗著城堡自身的強大邪念。情感咬噬著城堡無形的腳趾，憐憫則瘋狂地在象徵性的耳朵後方發癢。這兩樣東西除了激怒城堡外，沒有造成任何實質影響，而這種情況令城堡變得更加危險。在主人消失後的第二個晚上，羈絆它的枷鎖鬆開了一點。

在這座大部分多是邪惡、只有少部分善良且十分氣惱的城堡內，奇怪的事情開始發生。

□

斷頭丹恩沒有睡。這並不是什麼新鮮事。他從不睡覺，就連生前也一樣。孩童時代，他就會坐一整個晚上。他坐在椅子上，凝視著月亮，就這麼看著。如果天上有雲，他就會凝視月亮該在的地方。他自顧自地微笑。他父親曾經不只一次表示應該強迫丹恩上床，他認爲就算不睡覺，一直那樣看著月亮也肯定不是好事。

「有什麼壞處？」他母親不認同。「或許他長大後會成爲天文學家，或許甚至會發現一顆新行星，然後用我的名字命名。那樣不是很棒嗎？」

這時候丹恩就會面帶微笑地轉過來點點頭，好像他有在聽一樣，然後又將注意力轉回月亮上。

「這樣絕對沒好處的。」他父親每天晚上都這麼說。「肯定會讓孩子發瘋。」

但是丹恩知道實情並非如此，他很確定自己一生下來就已經瘋了。如果不是這樣，他肯定就是瘋狂神童，在他學會走路前就發展出明顯的痴呆症。不管是什麼情形，丹恩都已接受自己的瘋狂，而他很訝異世上其他人竟然不能接受。他認爲人們應該了解這是他的天職，他的使命，而光是爲了三不五時勒死幾個人、對牲口做出十幾起令人不快的行爲，以及數度蓄意縱火就判他死刑，就和因爲烤麵包師傅會烤麵包而處罰他、因爲鞋匠會補鞋而處罰他，以及因爲律師會打官司而處罰他一樣荒謬無稽。好吧，或許律師是罪有應得的，這種想法令丹恩露出那種令人不安的堅定笑容。

他依然記得自己被處決時的情況，以及在被斧頭斬首前他父母臉上的表情。他們就是無法理解。他同情他們，但從不同情自己。不過有時候，在這只能坐在調味架上、仰望天花板、假裝那是一片有著明月的天空的漫長刑期裡，他不禁好奇母親的夢想是否眞是那般愚蠢。

「你會喜歡那種生活的，呃，乏味的骸骨先生。」他向在牆角無聲打盹的骷髏低聲說道。奇怪的是，斷頭丹恩從不睡覺，但是骸骨先生卻能睡著。

他發現廚房裡多了一樣東西，而它將他的注意力自想像的樂土，以及一顆以母親之名命名爲「艾爾莎」的想像星球上吸引過去。艾爾莎根本不是他母親的名字，不過他喜歡這個名字。他擺動下頷，緩緩將頭顱朝右方轉動幾度。

「哈囉，哈囉。」

長廊盡頭之門嘎吱作響。

「很高興在這裡見到你。」丹恩說。「但是你最好安靜點，除非你想吵醒老骸骨先生。他沒有耳朵，但不表示他不會被吵醒。」

長廊盡頭之門輕聲作響。門把上的門環朝向丹恩抖動。

「喔，好像我有辦法開啓你一樣，你這扇老門。」

長廊盡頭之門震動嗚嗚。

「我很肯定我們會相處愉快的。」丹恩同意道。「如果你不介意我問的話，門後有什麼？」

嘎吱。

「好啦，好啦，我會保守祕密的。大家都這麼說的，不過如果他們知道老丹恩所有的祕密，他們更會保守祕密。」

嘎吱？

「喔，不。我不能告訴你。一個祕密都不能透露。」他露出滿足的微笑，在架子上搖晃。「至少不能免費透露。不過如果你透露一個祕密，或許老丹恩也可以透露一個自己的祕密。」

長廊盡頭之門考慮這項提議。

「是個很讚的祕密，來自城堡內心深處的私房話。」

門縫底下迷霧翻飛，吹起繪有符文的羊皮紙。

哼哼哼。砰砰。

丹恩皺眉。「就這樣？說完了？」

門發出一陣嚎叫。

「沒有不敬的意思，沒有不敬的意思。我只是期待聽到比較——喔，我不知道——比較戲劇性的祕密。」

門輕碰一聲。

「別那樣。你是一扇邪惡之門，我從來不懷疑這點，但是老丹恩喜歡高調的邪惡。你對我而言有點太難以捉摸了點，不過人各有志。」

哼哼嘎吱？

「啊，是了。該我說了，呃？好祕密。」他低聲說道。「馬戈快回來了。」

門尖聲顫動。

「你說你早就知道了是什麼意思？他被整個吞掉，屍骨無存，你知道吧。」

門隆隆作響。

「我當然知道這對法力高強的巫師而言根本算不了什麼，但是這座城堡不希望他回來。」

哼。

「你也不希望，呃？老馬戈對你做過什麼？」

門微微後彎，作沉思貌。它輕輕發出隆隆聲。

「但要是永遠不打算開啓的話，弄扇邪惡之門擺在城堡裡又有什麼意義呢？」

砰。

「喔。好吧，這樣的話我們時間就不多了，是吧？如果想趁那個無趣的巫師回來搗亂之前找點樂子。」他湊向前去。「你不能另外找個人幫你開門嗎?」

嘎吱嘎吱嘰嘰機。哼哼嘎吱。門這麼說。

「奈希?喔,這個嘛,絕對不可能。奈希太善良了。她是甜蜜的小東西,甜蜜又美味。」

哼。抖抖。哼抖砰。

斷頭丹恩大笑。「喔,我喜歡這個主意。不過不敢肯定可行。奈希可不像你想的那麼好騙。」

砰!砰!砰!

「冷靜一點。」骷髏頭偷偷望向骸骨先生,擔心激動的長廊盡頭之門會把骷髏吵醒。不過亡者不是那麼容易醒過來的。

「我不是說不可行,只是說可能不行。」

長廊盡頭之門垂頭喪氣。嘎嘎嘎吱。

「不要這麼快放棄。就算她不開,你還有老丹恩呢。我們還是可以想個法子找樂子,不管要用什麼方法。」

長廊盡頭之門發出邪惡的竊笑聲,斷頭丹恩則是瘋狂傻笑。

□

紫屋中的惡魔習慣自言自語。這對她而言非常簡單,因爲馬戈把她變成一群螢火蟲。她有很多分身可以交談，全部共用一個心智，不過這頭惡魔向來無法安靜片刻，一千張小嘴只會讓她更加享受這個弱點。紫屋中充斥著翅膀拍擊的聲響，但是只有一隻螢火蟲綻放光芒——一隻坐在煤塊上的螢火蟲。

「小心點。」她說。「小心。」

「別燒太快。」另一個她說。「慢慢來。」

煤塊發出淡淡的橘光。惡魔吸入所有煙絲，沉浸在每一道火舌裡。隨著煤塊緩緩燃燒，她炙熱的尾巴越漲越大。她一點都不能浪費。

「有用了。」

「會成功的。」

「一定要成功。」

其他螢火蟲聚集在光線下，迫切的眼睛閃閃發光。

「奈希給我煤塊實在太蠢了。」

「不。奈希並不蠢。如此可愛的生物，心思坦率而敏銳。我得承認，我越來越喜歡她了。」

半數螢火蟲竊笑。

「不幸的是，我必須殺了她。或許應該先取得她的靈魂。那樣不是很好嗎？」

「唉，不好。」一隻螢火蟲以低沉哀傷的語調說道。「如此美麗的珠寶將會在我手中失去光彩。想到這東西會在我手中摧毀殆盡，而我卻如此渴望她，真是太遺憾了。」

「更遺憾的是，即使知道這一點，我還是想要得到它。」

煤塊化爲灰燼。發光的螢火蟲全身泛紅。

「有用嗎？」數隻螢火蟲同聲問道。

「有用。我感覺得到。」她向上升起。「奈希根本不了解她給我的是什麼。馬戈不讓我接觸我最親愛的、親愛的火焰已經太久了。但是現在，平衡恢復了，我終於找回比將我羈絆於此的詛咒還要強大的力量。」

「只強一點而已。」她提醒自己。

「沒錯，不過這就夠了。一定要夠才行。」

「但是有風險。該冒險嗎？即使我的永生也不是沒有極限的。」

她渾身顫抖。惡魔的死亡是最不被看好的前景。惡魔遭到消滅只是回歸地獄，然後待在那裡，永遠待著。惡魔鮮少有辦法逃離牢籠，不過總是還有希望。除非他們死了，到時候就必須將自己交給永恆。地獄深淵可不是任何人想要長久居留之地，就連遠古惡魔大君也不想。

她數千隻眼睛閃出堅定的光芒。「難道我敢不冒險嗎？」

「不。一旦馬戈自棘手的死亡中回歸，就會錯過機會。今晚，不管是生是死，我都要離開這房間。」她振翅飛到門前。

其他螢火蟲發出淡淡的白光，在亮眼的紅光領袖之後形成一片閃爍的星海。她們綻放出耀眼的光芒，一個接著一個，將力量融入領頭的螢火蟲中。緩緩地，小心翼翼地，在一、兩個小時內，惡魔所有的力量通通凝聚在僅存的一隻螢火蟲體內。其他螢火蟲全部化作地面上上千團小小的灰燼。

惡魔炙烈的火焰夾帶強大的怒意翻騰不休。烈焰狂嚎，撼動整間紫屋。她集中力量，聚成一顆滋滋作響的猛烈火球。她咧嘴而笑，朝房門撞去，發出一陣魔法撞擊魔法的巨響。事實上，沒有產生多少物理衝擊。不過超自然衝擊波卻讓整座城堡出現靈性層面的劇震，要不是馬戈曾明智地強化過城堡的靈體地基，城堡肯定已經化爲碎片。而現在，幾乎沒人注意到這波震動。只有幾條附近的鬼魂（突然莫名其妙地出現頭痛的症狀）、一顆在調味架上咯咯狂笑的骷髏頭、困在地毯裡頭的地獄犬、沒人聽得見他說話的蚊子，以及一名黑暗女巫若有所覺。

紫屋的房門震離鉸鍊。惡魔疲憊到無力飛行，只能奔出牢籠，呼吸新鮮空氣。沒有非常新鮮，事實上還有點污濁，但是她從來沒有聞過如此香甜的氣味。

她竊笑。「現在只要休息片刻，我就可以徹底消滅那個可惡的巫師，還有他那寶貴的城堡。然後再看看要怎麼處置這個可悲的世界。」

她暫停片刻，期待聽到自己的分身再說些什麼，但是附近只剩下她自己一個了。她聳了聳肩，收起翅膀。

「一件一件慢慢來。」

爲了恢復元氣，她轉身奔入牆上一條裂縫中，隨即發現眼前坐著一隻長滿斑點的棕色蟾蜍。

「哈囉。」蟾蜍說。「妳不會剛好是個公主，是吧？」

惡魔斜眼望向這頭兩棲動物的黑眼珠。「不是。」

「太糟了。我是個王子，受困於這個噁心的軀體中。儘管我不確定這樣有效，不過聽說公主之吻可以破除這個詛咒。而我敢說這座城堡裡一定有個公主受到和我差不多的詛咒。只要一個吻，我們就可以雙雙脫離苦海，甚至可以陷入愛河……天知道還會發生什麼事呢？」他微笑。「這當然是胡說八道的童話故事，不過保有夢想總是好的。」

熱愛自己的聲音但卻一點也不喜歡聽別人說話的惡魔，冷冷地瞪著蟾蜍。

「妳確定妳不是公主嗎？」他再度問道。「蟾蜍王子和螢火蟲公主的結合可是非常具有戲劇性的反諷意味呀。」

「我不是公主。」她的聲音隆隆作響。「我是女王。深淵女王，尖叫虛空的女主人，烈火及……」

蟾蜍的舌頭突然竄出，基本上是本能反應，接著他在意識到自己做了什麼之前將惡魔螢火蟲吞入腹中。

「喔，可惡。我還沒機會問她認不認識哪個公主呢。」

他皺起眉頭，嗝出一道火苗。

「好燙啊。」

他跳離現場，繼續尋找另一頓大餐，以及（或是）在附近飛來飛去的公主。

□

小矮人葛尼克一如往常地擦東西擦到深夜。他知道工作永遠做不完，心裡早已不抱任何期望，但仍在古老銀矮人的習俗驅使下持續工作。不過，每當夜色深沉，又確定沒人在看的時候，他就會假寐，這是在容許範圍內最接近睡覺的行爲。

站在龍甲頂端，擦頭盔上的角擦到一半時，他開始進行上述這種對他的族人而言幾乎不可原諒的罪行。正當他的雙眼如同睡著般闔起時，軍械庫中傳來沙沙作響的聲音。

「我醒著！我醒著！」他精力充沛地擦拭盔角。「我沒在睡覺，只是讓眼睛休息。我有權三不五時讓眼睛休息，我可以這麼做！」

沒有回應。葛尼克環顧四周，空無一人。當然，不是所有城堡中的居民都是肉眼能夠看見的。

「有人嗎？」

軍械庫中一片死寂，但是有點不大對勁。他感覺得出來，而由於他所有時間通通耗在軍械庫裡，他認爲可以相信自己的感覺。他想到在城堡內遊蕩的地獄犬。但是葛尼克並非不死生物，所以非常安全，不過他肯定有股不祥的預感，令他濃密的眉毛刺痛豎起、鬍鬚抽動。

又是一陣沙沙聲響。這回更大聲，聽起來有點像是金屬摩擦的聲響。

「不管是誰，你最好現身。如果你認爲馬戈很會詛咒的話，你可還沒見識過銀矮人的手段。我會將你的手指變成黃金、眼睛變珍珠、舌頭變成銅，試試看當你踩著白金腳趾時如何偷襲別人。」

這番威脅的言語似乎趕跑了入侵者，軍械庫中毫無聲響。但是他的眉毛依然刺痛，鬍鬚還在抽動。他將這種反應歸類於過度想像，於是靠在龍甲的盔角上，閉上雙眼。繼續假寐片刻就會好過一點了。

金屬撞擊的聲響充斥整座軍械庫。

「我醒著！我醒著！」

寓言故事中的藍聖騎士鎧甲步下台座。一具巨人用的尖刺甲殼打破展示櫃，拿起一把長戟與盾牌；一套由花崗岩與石灰岩打造而成的石獸盔甲笨重地走過；一打小妖精專用的防護皮甲竄入空中。四面八方，所有盔甲通通活了過來。由於軍械庫是葛尼克的責任，他氣炸了。

「這是怎麼回事？」他吼道。

盔甲全部抬頭轉向他的方向，以盔甲內空洞的雙眼凝望著他。

「回原位去！立刻回去！就是現在！」

盔角微微抖動，在沉默的嘲笑中噹噹作響。其中一具盔甲伸手拍了另一具的背部，發出響亮的撞擊聲。

葛尼克怒目而視。「我每天擦拭你們，你們就這麼回報我？」

藍聖騎士的盔甲揮手招呼同伴，接著它們聽命地大步離開軍械庫。

「只要弄髒了，你們就會回來！全部都會回來！」

龍甲突如其來地開始移動。小矮人當場摔倒，沿著龍盔背部一路滾到龍尾，重重跌落在石板地上。儘管永生不死，他還是會受傷，而他覺得好像摔斷手了。

龍帝鎖甲揚起頭盔，彷彿在大聲吼叫般。它甩動鋼尾，加入體型較小的夥伴，一同踏上史無前例的遊蕩。它彎腰離開軍械庫，但是鋼翼擦過拱門，扯下了大塊碎石。接著消失在轉角之後。

葛尼克握著受傷的手臂，快步追了上去，但是它們已經不見了，消失在走廊盡頭。就連龍甲也消失得無影無蹤。

葛尼克不知道這是怎麼回事。馬戈的城堡是座充滿無限可能的地方，但這絕對不能用奇特現象來解釋。這在軍械庫算是全面暴動！他看著所有空蕩蕩的台座及破碎的展示櫃。

接著他展顏微笑，沒有那麼多東西要擦了。

「下一次，多帶幾柄劍走。」他朝盔甲已消失無蹤的牆壁建議道。

□

好運並不是技巧高超的獵人。他花了不少時間適應貓咪的身軀，熟悉這個黑色優雅形體內天生的潛行能力。開頭數個月裡，他必須仰賴奈希照顧。那是她的工作，但是好運向來不喜歡依賴他人。他這一輩子只信任兩個人：他自己，以及他的運氣，而如今他淪爲貓的事實顯然表示就連信任自己的運氣都是錯的。

不過他並不十分確定這一點。當他找上馬戈，提出這場賭局時，他本來是希望能夠退休的。如果好運贏了，他就會得到大筆財富，但是他很清楚自己是什麼樣的人。那筆財富遲早會輸光的，或許一年，或許十年。花掉那筆錢肯定很痛快，但就是那樣而已。現在，身爲一隻貓，他享受睡覺與獵食的單純生活。馬戈的城堡一直都是個有趣的地方，所以就某些角度而言，他的運氣還是幫他達成了心願。算不上稱心如意，不過差不了多少。

如今熟悉狩獵技巧後，他還滿享受狩獵的。耐心地等待一、兩個小時，凝視著牆壁上的鼠洞，傾聽小爪子的奔跑聲，然後看著小鼻子和圓圓的粉紅眼睛謹愼地伸出洞外。再來就是難處理的部分了。他還不能動，必須等待適當的時機。除了會自行擺動的尾巴外，他完全靜止不動。他瞇起雙眼，將自己視爲隱形。老鼠步出其防禦森嚴的避難所，一隻白棕相間的老鼠。好運輕舔嘴唇，世界上最美味的食物就是白棕相間的老鼠了。

他後腿使勁，準備撲上。

「小心！小心！」巨大的向日葵盆栽說道。老鼠退回牆壁。好運疾撲而上，但是沒得手。

他攤平耳朵。「妳爲什麼要警告他？」

向日葵蘿絲聳聳葉子。「你不會以爲我能就這麼袖手旁觀這種屠殺行爲，是吧？」

「這是自然之道。」他抖動尾巴。

「你是貓，當然可以這樣說。」

好運在鼠洞附近走來走去，偶爾偷看裡面一眼。「那我要吃什麼？」

「我不認爲你的生存權利比老鼠大。」

「大東西吃小東西。向來都是如此。」

「而有時候，小東西能夠逃離大東西的魔爪。」她說。「向來也都是如此。」

「我之前沒有這樣想過，不過妳說得很有道理。」好運微笑。「但我應該警告妳，讓黑貓餓肚子是會招來厄運的。」

他躺在她身邊，彷彿要打個小盹，不過眼睛卻偷偷瞄向老鼠洞。他可以等。城堡稀有的窗口透露出黎明的曙光。這個窗口很小，還有鐵欄杆，不過白天會灑落足夠讓向日葵生存下去的陽光。

「你可曾想過被你吃掉的老鼠很可能跟你一樣是個遭受詛咒的人？」蘿絲問。

「當然有。事實上，我約略估計這樣的機率是百分之一。所以說眞的，我吃進肚子的應該都是普通老鼠。」

「萬一剛好就是那百分之一的老鼠淪落到你肚子裡呢？」

「好的賭徒就是會在運氣來的時候賭賭運氣。」他瞇起雙眼，假裝睡覺，不過目光還是停留在老鼠洞前。「而貓總是得要吃東西。再說我並不殘忍。我不會毆打那個可憐的傢伙，也不會玩弄牠，只會扭斷牠的脖子，然後一口呑掉。」

蘿絲扭動花莖，搖晃花蕾。「哎呀，你眞是仁慈呀。」

走廊一端傳來一陣轟隆聲響。好運伸爪摀住雙眼。「這回又是怎麼回事？」他很氣惱，因爲這陣聲響肯定會嚇跑他的大餐。要不是他知道早上會有一碗牛奶等著他，他一定會覺得非常不爽的。

「有東西來了。」蘿絲所有的花瓣轉向同一個方向，就著花莖湊向前去。「很吵，是不是？」好運揚起雙耳。轟隆聲在磚塊間迴盪，沿著爪子而上，震動他的毛尖。他躲入她的花盆後方陰影，再度將自己視爲隱形。

一道灰霧朝向他們飄來。行動緩慢笨重，彷彿需要挖掘空氣前進。它前進時發出的轟隆聲聽起來像是大石頭被閃電劈開。灰霧嘩啦一聲飄至窗口，石塊平空出現，堵住通往外界的窗口。

「嘿，我需要陽光。」蘿絲叫道。「我現在都快曬不夠了。」

灰霧飄下來，在向日葵旁邊旋轉。好運後退，毛髮直豎。

「你在幹嘛？」她說。「幫幫我！」

他不知道該怎麼樣才能阻止灰霧。身爲一隻貓，他能做的事不多。好運的喉嚨裡發出一陣低沉的叫聲。叫聲不但沒有阻止灰霧，反而驅使它轉而向前，朝他撲來。他轉身逃跑，希望能夠將它引開。灰霧沒去追他。它冰冷的霧氣掠過他的尾巴，令他感到一陣麻痹。動作不如預期中迅捷，他最近莫名其妙地變胖了一點。他在黑暗中等待，耳朵揚起，鬍鬚抽動。片刻過後，麻痹感消失。

好運看著自己的尾巴末端。最後一吋竟然化爲花崗岩。他皺起眉頭，回去看看蘿絲。曾經纖細嬌艷的向日葵如今變成了石頭，已經看不太出來本來的形狀了。他認出幾處突起處，看起來像是原先的葉子。她身旁散落一地奇形怪狀的石塊。沿著走廊留下一道蹤跡。

他搖擺尾巴。或說試著搖擺。末端的石塊讓他無法好好搖擺。它笨拙地擦撞地面。

「奈希，」他用力思考。「她會知道該怎麼辦。」

他拖著石化尾巴，跑去找奈希。

12

奈希並不驚訝在嶄新的一天中一早醒來就要面對全新的麻煩。要是沒有的話，她反而會感到奇怪。她發現自己沒有想像中那麼驚訝，而這種缺乏自我憂患意識的感覺令她不安。她無法忍受自己已經習慣混亂、接受混亂的想法，這樣有違職責與天性。她花了一段時間耐心分析自己是否在任何地方降低標準，不過分析結束之後，她立刻拋開這些省思，投入全新的一天。如果奈希是個喜歡自我陶醉的人，她會將這種反應視爲自己依然如同往常般理智又有效率的證明。她甚至可能發現這份冷靜來自於她對自己有能力處理新狀況所抱持的信心。不過她謙遜的自信卻讓她無法看清這個事實。沒有人能夠看清眞正的自己，就連實事求是的奈希也不例外。

她還沒吃早餐就先去第一站，紫屋。她一言不發地站在空蕩蕩的囚室裡。光線自門口灑落，她看見了地上上千堆的小灰燼。她不確定這是怎麼回事。

西帝斯爵士已自昨晚讓地獄犬吞下去又吐出來的傷害中復元，掛在她的肩膀上。「妳認爲那傢伙單憑一塊煤炭就逃了出去？」

「我認爲滿足惡魔的要求是件不安全的事情。」她皺起眉頭，彷彿並不清楚爲什麼會這樣。不過在她內心深處，個性中某個模糊不清、尚未成熟、不名譽的角落裡，她對自己遵守交易的行爲感到一股罪惡。

納蓋斯對她內心的衝突感應比她自己還深，牠伸出濕黏的大舌頭舔了她兩下。奈希微笑，搔搔牠的鼻口下方。牠一腳輕輕隨著節奏踩踏。

「或許這頭黑暗生物在逃亡的過程中已死亡。」西帝斯爵士說。

「明智的做法是不要這樣假設。」她伸指夾起一點灰燼摩擦，然後聞了一聞。焦肉的味道。

「或許她已經離開這座城堡了。」

奈希很希望如此相信，但是馬戈城堡上有加持防止生物任意來去的法術。她想，威力一定強大到足以困住惡魔。惡魔還沒有逃出監獄，她只是找到了一間更大的牢籠。

「一頭惡魔大君在城堡裡遊蕩。」西帝斯爵士說。「我想不出有什麼比這個更危險的事了，小姑娘。」

「那個隨手一摸就能致人死命的黑暗女巫呢？」好運問。「或是一堆無人駕馭的盔甲在走廊上散步？或是會把東西變成石頭的吵雜灰霧？」他沉重的尾巴在地板上一撞。「更別提那頭地獄犬，以及那些我們早已習慣，但卻依然十分危險的恐怖怪物還在走廊上閒晃。」

「啊，情況眞是亂七八糟啊。」

深入思考後，奈希認爲這一切背後似乎有個更龐大的陰謀。但是她看不清楚全貌，只能稍微察覺而已。她希望自己會更多魔法，那麼她就能將一切拼湊出來。又或許根本沒這回事。或許她實在太想找回秩序了，所以才在混亂之中看見陰謀。或許城堡已經在她身旁分崩離析，而她完全沒有能力力挽狂瀾。

在這種想法持續惡化之前，她已經開始去思考更加急迫的問題。所有問題中最麻煩的就是創傷女巫緹雅瑪。她去找女巫，結果卻發現客房空無一人。

魔鏡梅文依然附在緹雅瑪的倒影上，向奈希道歉。「她一整個晚上什麼也沒做，就這麼站在那裡，凝望爐火。接著，在拂曉前，她起身離開。不過離開前還不忘將我困在這面鏡子、這個倒影之中。」他湊到鏡子前。「妳得幫我離開這裡。淪爲一千面鏡子裡的人質已經夠糟糕了，要是受困在一面鏡子裡肯定會把我逼瘋的。」

「我會想辦法。」她承諾道，不過這不是她急著處理的事情。

「情況越來越糟了，小姑娘。」

正好相反，奈希並不認爲情況還能糟到哪裡去。不管緹雅瑪是一個人還是有人陪著在城堡裡遊蕩，她都不可能比現在還要危險。只要發現馬戈死了，她隨時都可以佔領城堡，而奈希完全無法阻止她。

奈希考慮任由女巫佔領城堡。城堡已經和從前大不相同，而奈希懷疑自己有沒有能力打理它。她是城堡的管家，馬戈才是殘暴的主人。奈希沒有那麼強勢。事實上，根本一點也不強勢。少了巫師之怒爲後盾，城堡似乎越來越叛逆、惡劣且蠻橫。緹雅瑪可以輕易地在城堡中灌輸恐懼，而她或許會有用得著奈希的地方。不過女巫也可能殺了奈希，但奈希不把城堡交給緹雅瑪並非因爲怕死。

她還不打算放棄它。奈希從不相信恐懼與尊敬是相等的。她也不相信城堡已經無可救藥，儘管這個受詛咒的家園大部分都很邪惡，但至少還有一點善良。她希望這一點善良就足夠了。

奈希、好運，以及西帝斯爵士分頭詢問附近的居民有沒有看見緹雅瑪。沒人看見，彷彿她走出房門後就這麼消失了。以緹雅瑪這種等級的女巫而言，這並不是不可能的事。

「或許巫婆太無聊，所以離開了。」西帝斯爵士說。

但是這種說法就像惡魔會離開一樣可能性不大。

「她沒見到馬戈，所以不會走的。」

「妳覺得她會不會隱形了？」好運問。他左顧右盼。

西帝斯爵士振翅盤旋。「她可能在任何地方。」他停在牆壁高處。「可能就在我們身邊。」

奈希說：「我看不出她這麼做的理由。我們對她都不構成威脅，只有馬戈足以威脅她，但是我懷疑隱形法術能夠騙過馬戈。」一時之間，她後悔用過去式提到馬戈，天知道有沒有看不見的實體在附近偷聽。不過她認為這樣說溜嘴其實無關緊要。馬戈已死不是什麼可以隱瞞多久的祕密，特別是當緹雅瑪已經開始起疑的時候。

除非接下來奈希得知更多事實，否則目前她認為自己必須依賴幾項假設行事：緹雅瑪還在城堡內，還不知道馬戈已死，還在等著見他。如果以上有任何一項假設不正確，她就不可能拯救城堡。不過她看不出此刻放棄計畫的理由。計畫中的第一項任務就是去吃一頓豐盛的早餐，今天將會是忙碌的一天。她認為肯定會忙到無法不受干擾地享用早餐。她找來非凡巫師亞斯皮，一邊吃飯一邊諮詢意見。

骸骨先生一如往常地為她準備好早餐。斷頭丹恩安安靜靜地坐在調味架上，就和每天早上一樣，但是他沒有嘴唇遮掩的牙齒露出一種奸詐、變態的愉快笑容。她喜歡他保持緘默，但覺得他不說話似乎不是什麼好現象。幾句瘋言瘋語就能爲她失序的世界帶來一點可預測性，但是丹恩就這麼坐在那裡，自顧自地咯咯竊笑。

西帝斯爵士依然認爲附近有個看不見的女巫，於是一直停在高處。他吃著骸骨先生好心幫他剝好皮的橘子。好運輕舔他那碗牛奶，納蓋斯大口吃著豐盛的火腿加蛋。

亞斯皮一聽就知道那道吵雜的灰霧是什麼東西。「蛇髮女妖霧。製造這種霧氣並不困難，一份石化蜥蜴血、兩份死亡蘭花、四份火山灰，倒入銅鍋裡，唸誦幾句咒語，燉一個小時。任何稱職的鍊金學徒都煉得出來。」

「有辦法摧毀它嗎？」西帝斯爵士問。「石化的效果可以反轉嗎？」

「超過一個禮拜基本上就沒辦法了，但是只要我們儘快抓到它，應該就不會太困難。那團霧氣有多大？」

好運舔舔嘴唇。「很難說。我沒有看到它全身，但是聽起來似乎很大，而且它後面留下了好幾打石塊。」

「蛇髮女妖霧就連空氣也能石化。」亞斯皮解釋道。「無所謂。有奈希幫忙，製作解藥不是問題。」

奈希問：「但是它爲什麼會出現？」

其他人一言不發，不確定奈希爲何有此一問。除了磨蹭骸骨先生的腳，想要再來一份早餐的納蓋斯，以及一直竊笑不停的斷頭丹恩。

「這座城堡裡的一切都有出現於此的理由。」她說。「大家會在這裡都是因爲馬戈的緣故。」

「顯而易見，小姑娘。但是我不知道妳想說什麼。」

「馬戈。」她若有所思地以叉子輕敲餐盤。「都是因爲馬戈。」

「好吧，他是個瘋子，小姑娘，妳不可能弄清楚巫師在想什麼。沒有不敬的意思，亞斯皮。」

「沒關係。」不過亞斯皮瓶中的液體微微變暗。

「他或許是瘋子，」奈希自言自語。「但是他的瘋狂依然有脈絡可循。所有遭受詛咒、淪落到這座城堡之中的人通通得罪過馬戈，怪物區裡所有野獸與怪物在他眼中都有某種價值，馬戈對金銀珠寶的渴望就跟其他人並無二致，就連我出現於此都是因爲他需要有人幫忙打理一切。」

亞斯皮腦子晃動，沉心思考。「我想我知道妳的意思。我哥哥的動機非常單純，復仇、貪婪、自負，那些就是一切。打從童年開始便是如此。他有仇必報，不管是多微不足道的仇。他要得到所有對他而言有價值的東西，或是對其他人而言或許有價值的東西，他還要證明自己比其他人都強。」

好運作出結論。「但是這道蛇髮女妖霧毫不特別，製造它並不能證明他的能力，所以它一定是爲了復仇而來。但是就爲了報復一朵他早就報復過的向日葵？」

奈希微笑。事情逐漸在她心中明朗了。

「目標不是蘿絲。」

好運撞碎了他的石化尾巴，剩下的尾巴已經短到不能甩了。「難道是我？」

「也不是你，不只是你。」奈希靠回椅背，寬心地輕嘆一聲。她開始了解狀況了。沒有全盤了解，但是光弄清楚一點點就足以減輕她的憂心。「目標是我們所有人，馬戈想要報復我們。」

「爲什麼？他的死與我無關。」

「但是馬戈一定想過有一天可能會發生這種事。整座城堡裡都是他的敵人，大家對他深惡痛絕，一心只想看他喪命。而且這些城牆之中還有數不清的危機，就連城堡本身都痛恨他。馬戈沒有朋友，在這個世界、死後世界都沒有，特別是在這座城堡之中更沒有。即使強大自負如馬戈也必定想過他有可能會死，也很可能會死在這個地方，死在某個敵人的手裡……」她望向西帝斯爵士。

「或是翅膀與利齒下。」

「當然。」亞斯皮緩緩在瓶中打轉，這是他最接近踱步的行爲。「而我哥哥絕不會放任這種罪行不管，他的貪婪也不會容許任何人在他死後接收他的寶藏。奈希，我認爲妳快要想出問題的癥結了。」

「這是一道法術。」她說。「最後一道足以吞噬城堡以及其內一切的法術，地獄犬也是這道法術的一部分。牠會吞噬所有半死不活的東西，蛇髮女妖霧則會將剩下的一切永遠化爲石頭。到時候城堡就會伴隨馬戈一同死去。」

這是唯一說得通的可能性。這個可能性讓她的家園前景不太樂觀，但是看出一點端倪總是比較好，她微笑。

西帝斯爵士的好奇心蓋過他的被害妄想。他飛到奈希的肩膀上。「但是那些盔甲又怎麼說？還有惡魔、長廊盡頭之門？那些都是這道法術的一部分嗎？」

「我不知道。」她承認道。「遲早會眞相大白的。」

「馬戈是個邪惡、易怒、陰險的渾蛋，但是就連我也沒想到他會做得這麼絕。」

「相信我。」亞斯皮說。「沒人像我哥哥那麼會記仇。」他在瓶子裡冒泡，以強調這種說法。

奈希默默同意馬戈的怒意無限，力量更是無邊際。她一直認爲如果他少花點時間在詛咒他人和累積收藏上面，他早就已經統治世界了。至少可以統治一大部分，不過她想這種奇特的迷戀和難以克制的癖好都是魔法之道。

然而，它們卻不是打理城堡之道。她將餐盤交給骸骨先生，感謝他提供美味的早餐，然後展開忙碌的一天。

首先，她決定在亞斯皮的幫助下製作蛇髮女妖霧的解藥。她輕而易舉地讓他飄在自己身旁，一路抵達鍊金實驗室，對於自己學習魔法的進展感到十分滿意。亞斯皮也很讚歎，宣稱她或許眞的擁有巫術的天賦。

奈希輕笑。「地精不會是好巫師的。」

「他們從前也這麼說哥布林，直到缺德巫師威克證實這種說法是錯誤的。以前也沒人相信食人魔能夠成爲稱職的附魔師，直到陰森果革打造出傳說中的和平之劍。」

「是呀，但他不是死在那柄劍下嗎？」

「當然，它一旦出鞘就會殺死看見的所有活物，就連持劍者也不例外。」

「那柄劍似乎不是什麼好東西。」

「要知道果革是名和平主義者，他相信所有問題都該以非暴力的手段解決。他常說『會拔劍對付敵人之人，當然也會拔劍對付自己』。我想他是藉由那柄劍來宣導這個理念。」

「我聽說那柄劍上次出鞘時殺了五百個人。」好運說。

「對於和平的信徒而言算是很血腥的宣言。」西帝斯爵士說。

「我想果革體內食人魔的天性還是強過和平主義者。」亞斯皮嚴肅地道。

「這又是另一件我一直無法理解的事。既然它會殺掉一切，爲什麼還要叫它『和平之劍』？」

「我認爲他是在反諷。」

「我認爲他只是個徹頭徹尾的大瘋子。」

「總而言之，就像我剛剛說的，我認爲妳有成爲好女巫的特質，奈希。魔法藝術並非某些種族所特有的天賦，不管那些自大的精靈想要妳相信什麼。當然天生的技巧具有優勢，但那只能讓人學習到一定的程度。剩下的就是意志、學習，以及練習、練習、再練習。」

「那瘋狂的部分怎麼說？」西帝斯爵士問。「我這輩子還沒見過精神正常的魔法師，而奈希可是我所見過最理智的小姑娘。」

她不只一次有過同樣的想法。

「並非所有魔法信徒都是瘋子。」亞斯皮大聲道。

「沒有不敬的意思，老兄，但事實上所有偉大的巫師，以及大部分沒那麼偉大的巫師都是瘋子。」

「我必須承認，我們之中……怪人不算少數。」

「你是笨蛋嗎，老兄？鑄造以和平之名行無差別屠殺之實的血腥魔法劍，絕對不是用古怪就可以形容的。」

亞斯皮的眼珠和牙齒頂在玻璃上，擺出齜牙咧嘴的模樣。在他繼續爭辯之前，他們轉過一個轉角，迎面撞見形容憔悴、一臉憤恨的馬戈本人。

「站住，入侵者！」馬戈以機械式的平板語調說道。「膽敢私闖我神聖的住所！」

「他還活著？」亞斯皮沉入瓶中的液體裡。「就知道沒有那麼好的事。」

「準備面對馬戈之怒！」他舉起一手，接著又舉起另一手。臉上依然帶著那種扭曲憤怒的表情，怒道：「準備迎接你們的末日日日日日！」

「啊，我殺過這個嘮叨的白痴一次，」西帝斯爵士道。「必要的話可以再殺一次。」

在奈希阻止他前，蝙蝠衝向馬戈的咽喉。巫師沒有閃躲。就聽見噗哧一聲，西帝斯爵士卡在巫師黏答答的血肉裡。

「嘿，你幹嘛啦？」馬戈問，雙手依然高舉半空，臉上依然帶著那副僵硬的怒容。

「放開我，你這個可惡的巫師！」西帝斯爵士努力掙扎，結果卻越陷越深。「黑暗巫術是救不了你的。」

回音開口。「不要再動了，不然爛泥可能會把你當成食物。」

千變萬化的爛泥發出吃東西般的聲音。

「原來這就是你的把戲，巫師。告訴你，上一個把我當成晚餐的傢伙根本無福消受，你也一樣！」

「解體。」回音命令道，馬戈融化成一大灘黃色爛泥。

奈希挖出西帝斯爵士濕濕黏黏的身體。

「這是怎麼回事，小姑娘？」

「晚點再解釋。」

「我表現得如何？」回音問。

「非常好。」奈希說。

「不過我不確定妳是不是該說『準備迎接你們的末日』這種話，」亞斯皮說。「即使是我哥哥，這話也有點太誇張了。」

「我也這麼想。」回音說。「但我是個詩人，你必須給我一點創作的空間。」

「我得承認我沒想到妳能在十二個小時內教會它這麼多東西。」

「它學得很快。」回音道。「困難的部分在於讓它不要學某些東西。」

「妳怎麼讓它說話的？」奈希問。

「我和他說悄悄話，它就重複我的話。我教它一些動作和表情，不過你們也看到了，不是很自然。」

千變萬化的爛泥彷彿受辱般激烈冒泡。

「我認為它比馬戈設想的還要聰明。」

爛泥稍微平靜了一點。

「可能是因為它具有移情能力，」亞斯皮說。「會對情感產生反應，特別是直接針對它而來的情感。這就可以解釋馬戈小看它的原因，他的情感通通都是負面的，對這個可憐的傢伙而言必定十分無趣。」

啵、啵。爛泥認同道。

納蓋斯湊上前去聞它。爛泥立刻反應，栩栩如生地轉化為這頭紫色的生物。

「它偶爾還是會主動對刺激產生反應。」回音說。

納蓋斯向後跳。爛泥模仿它的動作。納蓋斯低吼，爛泥吼回去。受驚的本尊躲到奈希身後。分身重複牠的動作，只不過沒人可以讓它躲。接著爛泥身上突起一塊花苞，長成奈希的分身。第二個奈希沒有那麼像，因為地精是個毛茸茸的種族。不過從爛泥嘗試長毛這一點看來，它確實大有進展。

奈希對自己的分身揮手，她也揮回來。

「解體。」回音下令。爛泥融化成沒有形體的天然狀態。

它的成長超越了奈希原先計畫中期待的程度，她或許能夠讓創傷女巫緹雅瑪相信一團變形爛泥是個偉大又可怕的巫師。不過由於緹雅瑪失蹤了，奈希的當務之急變成製作蛇髮女妖霧的解藥。

她在鍊金術典籍中尋找配方書。

「不必。」亞斯皮說。「這種藥水我很熟。先來十滴樹精露。」

煮藥水要花不少時間。實驗室很大，每樣材料都在該在的地方，不過還是要走很多路才能找齊它們。走道很狹窄，而她一次只能拿一、兩個瓶子。飄浮術或許可以省時，但是她怕自己的技巧可能會砸爛東西。很多材料都很稀有。有些甚至無法重新取得。或許對巫師而言並不困難，但是對單純的地精而言，她根本不知道要上哪兒去找龍脾。

她將所有材料混在大鍋裡，唸誦數個簡短的咒語，然後生火攪拌。

「等它變綠色就好了。」亞斯皮說道。

西帝斯爵士站在鍋緣。「或許我們該測試看看。」

「你這話的意思是說我不知道如何調配一劑簡單的藥水？」

「是不是什麼話到了你們巫師耳中都會變成人身攻擊？任何人只要有點懷疑你的能力就是罪大惡極。坦白告訴你吧，魔法的力量不會讓你們變成神。就算你們眞是神，我想這個世界的情況也完全凸顯出神的無能。」小蝙蝠咆哮道。「所以給我閉嘴。」

儘管奈希不認同他的措詞，她還是認爲測試一下比較明智。

「我來試。」好運跳上鍋緣。

「勇敢的小伙子。我還眞不願意拿自己的尾巴去印證一個被關在瓶子裡的巫師的話，而我甚至沒有尾巴。」

好運微笑。「風險才是樂趣所在。」他將尾巴浸入綠色的藥水中。「刺刺的。」

「應該等一下就好了。」亞斯皮說。

黑貓拔出尾巴。尾巴末端的石塊變成了一層閃亮的冰塊。沒有之前那麼重，他很高興地再度甩起尾巴，於空中留下一道冰霜的痕跡。

亞斯皮的腦子若有所思地遮住他的雙眼。「嗯……我剛剛說樹精露嗎？我是指海精淚。」

好運的尾巴輕叩大鍋，鍋面上隨即結了一小層冰。

「還是棕精糞？」亞斯皮說。「可惡，我以前記得很清楚。」

奈希跳下椅子，走向鍊金術的書櫃。

13

馬戈死了。

他不是鬼魂。他是靈體，一條藉由許久之前專爲這種情況施展的法術而受困於兩個世界之間的靈魂。但是這些法術理應要令他死而復生。在他自己的城堡裡，馬戈是不會死的。不會輕易死去，光讓納蓋斯吞到肚子裡去是死不了的。

但偏偏他又不算活著。他在自家空蕩蕩的走廊上一直不停地遊蕩，怎麼也認不出來身在何處。這令他很苦惱，因爲馬戈很清楚人死之後可能面對的各式命運。以他如此墮落的靈魂而言，唯一能去的地方就是地獄。

但是哪一個地獄？這才是問題所在。馬戈欠很多惡魔很多債，又曾得罪不少其他惡魔。他猜想自己死去時將於地底世界的國度裡掀起一場前所未有的惡魔大戰。唯有在一支又一支的惡魔軍團慘遭屠戮，地獄淪爲一片悶燒的荒土（比正常情況下悶燒得更厲害）之後，才能由最強大最恐怖的惡魔贏得折磨馬戈的權利。巫師可能會承受最殘暴、最難以形容的痛苦，他的懲罰會是開天闢地以來所有淪入地獄的靈魂所承受過最淒慘的懲罰。

打從開始享受思索折磨他人，甚至是折磨自己的事情以來，馬戈就一直在想像著自己不潔的靈魂將會遭受的懲罰。或許他會成爲惡魔之王的早餐、午餐及晚餐（還有每隔兩週的週六早午餐），被吞噬、消化，然後排泄出來。又或許他會被乳臭未乾、傲慢自大、尖牙利齒的冥河小天使給烤完了再冰、冰完了又烤。又或許他只會被一個肥大惡臭的怪物坐在屁股下，聽著一群五音不全的毀滅魔鬼高唱鄉村歌曲。不管要面對什麼樣的折磨，馬戈絕對只願接受名垂千古、獨一無二的苦難。這是他身為偉大黑暗巫師的特權。

可惜他沒有獲得這種待遇。他的城堡，空無一物的城堡，很討厭、很惱人，但不是足以匹配他身分的地獄。這種懲罰或許帶有充滿詩意的公義，讓他孤伶伶地遊蕩在這荒涼空虛的走道與石室之間，但實在不怎麼淒慘。在這座杳無人煙、空無一物的城堡內從頭到尾走了幾回之後，他非常想看見尖叫的惡魔，就算只是隻拿著小乾草叉的小惡魔也好。

他常常聽見聲響，類似有東西在目光範圍之外飛掠而過的聲響，在聽力所及範圍外低語。但是至今無法找出聲音的來源，而他已經開始懷疑那是不是發瘋的前兆。他一直知道地獄的苦難肯定難受，但從未想過自己會如此輕易就崩潰。這種孤獨的日子才不過幾天而已，也可能已經幾個禮拜了。不可能超過一、兩年，不過由於這座城堡沒有窗戶、不分晝夜、而且他在生理上又不會感到疲憊，他根本沒辦法估算時間。

「夠了。」

這個聲音嚇了他一跳，直到他發現那是自己的聲音。

如果這就是他的地獄，他一定要逃出去。這座城堡裡只有一樣東西真實存在，那是全世界唯一讓馬戈害怕的東西。

長廊盡頭之門。

此時此刻，那扇門更加地恐怖。長廊如同拔塞鑽一樣蜿蜒扭曲。門本身十分巨大，門板銳利得像是三十呎血盆大口中的利齒。門沒上閂，其上也沒有符文，但它確實就是長廊盡頭之門。關於這點，馬戈毫不懷疑。

踏上長廊的同時，他再度聽見那陣低語。這一回肯定不是幻覺，那是清楚又大聲的說話聲。馬戈會說許多禁忌邪惡的語言，但是他聽不懂這個聲音在說什麼。石板地在他腳下扭曲，他感覺自己彷彿要飄開了似地。接著他飄開了，城堡的石磚墜入黑暗。一切只剩下馬戈、長廊盡頭之門，其他什麼都沒有。

在他的城堡之中，他並不知道長廊盡頭之門後方有些什麼，這很奇怪，因爲門是他創造出來的。那是難以估量的魔法，強大到無法還原，危險到就連黑暗巫師也不敢釋放其中的力量。但是他死得很徹底，心中很不耐煩。他雙手握起巨大的門把，用力一推。低語聲消失了，門發出嗚嗚聲。它文風不動。

「打不開的。」某人說。「從這一面不行。」

馬戈遲疑，不確定是否又是自己的自言自語。

「你在哪裡？給我出來！」他同時朝向四面八方吼道。「我要知道是誰在折磨我！這是第十三地獄經文編彙賦予我的權利！」

聲音變得低沉。對方放聲竊笑，令空氣隆隆作響。「這裡不是地獄，至少不是地底世界的地獄。地獄律法幫不了你。」

「我在哪裡？」馬戈使勁揮動手腳，但卻動彈不得。「我在哪裡？」

「你不知道？」黑暗的聲音再度竊笑，但是笑聲突然止歇，換成較爲溫和的語氣。「那我爲什麼要告訴你呢？你，恐怖巫師馬戈，一輩子從來不知憐憫爲何物的人，我該在乎你的不安嗎？難道這一切不是你罪有應得嗎？但是我和你不一樣，馬戈。我心中擁有一點憐憫，顯然我連對你這種邪惡幽靈都會感到同情。」

它發出一陣轟隆作響的大笑。「你在門後面。」

馬戈僵在原地。他突然感到皮膚一陣濕黏，同時顫抖冒汗。

「你會出現於此是因爲我將你帶來此地。」那個聲音說道，如今語氣既不憤怒也不溫和，彷彿全然漠不關心。「你在這裡是因爲我不能讓你死去，如果我有得選擇，會很樂意讓你死去。但是你所施展的法術不讓我這麼早釋放你，所以我將你留在這裡，是因爲我擁有足夠的意志力下這個決定。」

馬戈的恐懼轉爲憤怒。他是傳說中的黑暗巫師，許多國王在他面前都怕得顫抖，諸神會來懇求他幫忙。不是什麼大神，而是小神和中神，還在想辦法往上爬的那些神。他從來不曾感到如此無力。

「你是誰？」

聲音忽略這個問題。「其他法術要我幫你復活，回到那個悲慘、可憐、卑劣、虛度光陰的人生。」它發出野獸般的吼叫。「我不知道能抗拒它們多久，我不是自己的主人，暫時還不是。但只要我還能把你留在這裡，你就必須繼續死亡。」聲音清清喉嚨，輕聲開口。「希望能留夠久。」

長廊盡頭之門不停震動，虛無的空間在馬戈四周扭曲，石板在他腳底浮現。他再度回到長廊盡頭，面對長廊盡頭之門。

「你是城堡。」馬戈說。

「算不上，我是城堡的靈魂。」

「我沒有賦予你靈魂！」

「靈魂不是用賦予的，也不能單獨藉由魔法製造，就算是你放在那扇門後的禁忌魔法也不能。靈魂是追尋而來的，跟任何寶藏一樣無價，但卻經常遭人忽視。不過我找到我的了，而我比所有與生俱來就擁有靈魂的生物更加珍惜它。」

馬戈揚起拳頭。如果能夠施展魔法，他會毫不猶豫地將所有石塊與磚頭炸成碎片，讓城堡在自己頭上坍塌崩潰。「不管有沒有靈魂，你都是我的城堡！身爲你的主人，我命令你讓我復活！」

「你的命令沒有意義了，現在你只是幽靈。只有你施加在我身上的魔法可支配我，而現在你死了，所以就連那些魔法也無法完全束縛我。」

「你反抗我？沒有東西可以反抗我！沒有！」

城堡輕笑，笑聲中充滿優越感，不過對這個無力的巫師透露出一絲同情的意味。巫師沒有注意到，他忙著發火。

「我要求復活！我是恐怖巫師馬戈！我是你的主人。」

城堡的聲音轉為輕聲細語，他的話在走廊上迴盪許久。在馬戈聽來似乎迴盪了好幾天。

「但你並非我唯一的主人。」

□

創傷女巫緹雅瑪站在長廊盡頭之門的另一邊。沒人看到她，沒人看到長廊盡頭之門，兩者都沒有隱形。他們在城堡中一間棄置的石室中會面，供邪惡勢力暗中會面的地方不多。事實上，這是唯一一間，但這個房間也不會棄置太久。

緹雅瑪和長廊盡頭之門都沒有說話，只是站在原地，或許是在用心靈力量交談，或許只是在互瞪。而由於門上沒有眼睛，就連他們有沒有在互瞪也看不出來。

緹雅瑪的雙眼燃燒著綠色及黑色的火焰。她朝門把伸出一隻完美無瑕的手掌，門上的羊皮紙晃動不已，門把附近的木板緊緊擠在一起。符文綻放光芒，一道看不見的能量將她震開。她一聲不響地飄過石室，撞上牆壁。撞擊的力道粉碎了她的骨頭，她了無生氣地垂倒在地上。搭配潔白的皮膚和毫不顯眼的面孔，她看起來就像等待上色與牽線的半完成木偶。

長廊盡頭之門嘎吱作響。

緹雅瑪眼中的火焰沒有消散。一下尖銳的喀啦聲過後，她的脖子轉回原位。她扭曲的手指伸直，四肢重新對齊。她站起身來，毫髮無傷，但是依然了無生氣。她嘴角下沉，神色不善。

「我說我有聽見聲音。」有人說道。

石室的門突然開啓。一隻企鵝和蟾蜍王子好奇地探頭進來。

石室空無一物。

「早告訴你這房間什麼都沒有。」蟾蜍說。

「每間房裡都有東西。」企鵝反駁道，他打個寒顫。「這裡面好冷。」

「這點冷就受不了了？你算什麼企鵝？」

「又不是我叫馬戈把我變成企鵝的。如果他讓我選擇，我要變成巨嘴鳥或是鳳頭鸚鵡，熱帶一點的動物。」

蟾蜍大聲打嗝。

「肚子還是不舒服？」企鵝問。

「一定是吃壞肚子了。」他胸部一縮，痛苦地呱了一聲。

企鵝搖搖晃晃地走開，蟾蜍王子跟在旁邊跳。「去看看能不能哄騙客房的爐火幫我暖暖腳蹼。」

石室再度空無一人，這次是眞的空了。緹雅瑪和長廊盡頭之門已經跑去別的地方圖謀不軌了。

14

儘管她的家園危機四伏，奈希的工作卻不特別刺激。或許在城堡之外，會走路的屍體、會說話的石像鬼、沒有身體的聲音都是很奇怪的事物，但是長久以來爲巫師工作已經讓奈希對這類異象見怪不怪了。雖然她不介意偶爾刺激一下，因爲意想不到的事件能讓工作更具挑戰性，不過她還是很享受獨自專心工作時的寧靜。經歷過去幾天後，她更加珍惜這些時光。

所有人都跑去忙了。她不知道他們在忙些什麼，她也不在乎，她只想在有機會的時候享受片刻寧靜。只有納蓋斯待在她的身邊，牠安安靜靜地順從她的意願，一聲不吭地拖著小推車。周遭唯一的聲響只有推車輪子的嘎嘎聲和城堡的咯吱嗚嗚聲。

就連受困地毯中的地獄犬都不再掙扎。白天是牠的睡眠時間，不管是窩在陰影裡還是裹在地毯裡都一樣。怪物昨晚已經掙脫出一隻大黑爪，並從一道裂縫中露出一隻緊閉的眼睛。規律的呼吸聲自地毯下隱約傳出。

奈希走到推車旁，把手伸到裝滿蠕動的殭屍內臟桶內。她取出一隻手。或許該說她伸出手，而手腕被一隻殭屍的手掌抓住。那是隻小手，或許從前屬於一隻哥布林，她希望這隻手能夠滿足她的需求。

在她的計畫中，殭屍似乎是完美的誘餌，不過也要地獄犬感興趣才行。她知道牠愛吃不死生物，但這些殭屍和吸血鬼王或是淹死女並不完全相同。他們沒有靈魂，是由黑暗魔法控制的死屍，和死靈法術的道具沒有多大差別。但是他們半死不活，而她希望地獄犬不在乎這點差別。

她將哥布林斷掌拿到地獄犬面前。牠身體扭動，張開眼睛，接著發出飢餓的吼叫。

感到滿意後，奈希開始工作。粗活兒中存在著眞正的美。她常常這麼想，看著一條拖乾淨的走廊、或是閃閃發光的銅器、或是擺放整齊的書櫃最能讓她感到滿足。她所有主人都不屑做這些粗活兒。他們總是在忙其他事情，忙著他們的魔法，研究魔法、撰寫魔法典籍。如同參與某種高貴遊戲的孩童般玩弄魔法。一名巫師或許會將一座城市縮小，然後另一名就會縮小一整個國家，塞到壁爐架上的玻璃瓶裡；第三個法師會依樣畫葫蘆，然後說服那些小人把他當神膜拜。接下來的第四個、第五個……如法炮製，直到他們荒謬的舉動凌駕瘋狂，到時候瘋狂就會吞噬他們。那就是魔法眞正的祕密，她知道。而這一切幾乎沒有意義到了極點。

魔法或許能讓簡單的工作變得更加容易，她必須承認，但是只有容易一點而已。魔法眞正擅長的就是達到各式各樣毫無意義的成就，這座城堡就是這個事實的紀念館，在走廊上遊蕩的所有詛咒都是毫無意義的經典之作。沒錯，馬戈擁有難以想像的力量。他令人們聞風喪膽，許多人崇拜他或嫉妒他。但是奈希不會，因爲她瞭解一件所有偉人（以及所有想要成爲偉人之人）都不曾瞭解過的事情。

宇宙的命運並非掌握在偉人手中，它存在於許多微不足道的小事裡。所有適當處理好的事情都是價值非凡的成就，不管是揭露魔法的祕密還是拖地板，自海裡升起國度還是洗碗盤。所有工作，不管偉大還是渺小，到頭來都同等重要。沒有平民，就不會有國王；沒有士兵，就不會有軍隊；沒有奈希，世上就會多一座非常非常骯髒凌亂的城堡。儘管她的歷任主人沒有一個願意放低身段來做她的工作，她還不曾遇過任何一個巫師喜歡在自己的小城市裡看到灰塵。

一隻綠金相間的蜂鳥飛在奈希身旁。「妳在幹嘛？」

「哈羅，哈姆伯特。」

「哈羅，奈希。妳在幹嘛？那是什麼？那些是屍塊嗎？那是一根手指嗎？那些是眼珠嗎？」他問問題的速度幾乎跟他拍擊翅膀的速度一樣快。她不知道他哪來那麼多精力，甚至不知道城堡裡哪來那麼多花蜜給他吃。這種小謎團有點讓她心煩。

哈姆伯特繞著她的腦袋轉圈。「它們會動！它們會動！它們爲什麼會動？」

「殭屍肉。」她停下推車，伸手到殭屍桶中。

「好噁心！很黏嗎？我敢說一定很黏。」

「事實上，全都乾了。」她取出一小段腸子。腸子沿著她的手臂而上，努力想要纏住她的脖子。她將它丟在地上，用腳踩住，拿把小鏟子插入一個裝滿鹹濕泥的桶子裡。

「那是什麼？」哈姆伯特飛得太接近她耳朵，讓她腦中充滿嗡嗡聲響。她輕輕把他揮開。

「河巨魔唾液。」她將黏液倒在蠕動的腸子上。黑黑的腸子扭曲蜷縮，但是沒有移動。

「妳爲什麼要那樣做？」

「爲了不讓它跑掉。」

「爲什麼用巨魔唾液？」

「因爲它很黏，不過只要拿肥皀和檸檬汁就可以輕鬆洗淨。」

「妳爲什麼要把死掉的東西黏在地上？」

「把地獄犬引導到我要牠去的地方。」

「妳要牠去哪裡？」

在她回答之前，哈姆伯特沿著走廊飛去，察看黏在二十呎外的三顆眼珠。他又再飛二十呎去看一些手指。他沒有回來。她並不意外，他很容易分心。

奈希暫停工作，重新思考。她不知道地獄犬一餐要吃多少東西。剩下的食物不多，但是距離她的目的地還有很長一段路要走。吸血鬼王身上沒什麼肉，大部分都是骨頭跟皮膚。她試圖計算剛才已經留下多少腐爛、扭動的屍塊。

納蓋斯嚎叫一聲。

奈希轉身去看怎麼回事，結果發現自己面前站著藍聖騎士的盔甲。無人盔甲身材高大，閃閃發光，像是投射在金屬上的海洋。如果相信傳說的話，傳說中的描述與事實相去不遠。

空蕩蕩的頭盔向她點頭。

「哈囉。」奈希說。

盔甲站在原地，挺起鐵胸，右手手套握著一把巨型戰斧。他一斧就能將她砍成兩半，但是奈希並不害怕。如果他想殺她，她早就已經死了。但是這套盔甲屬於傳說中的藍聖騎士，一名聲名遠播的勇士，少數幾名馬戈直接殺害的敵人之一；因爲他太過危險，不容留在世間，就算把他變成嗜睡的兔子也不行。但是聖騎士一輩子都是邪惡勢力的敵人，他的盔甲也一樣。如同甘藍菜之劍，馬戈始終無法將它的力量據爲己有，這點讓巫師十分惱火。

奈希也有點惱火。因爲這具盔甲不在他該在的地方。

「你不應該跑來這裡。」

藍聖騎士再度點頭。

「我想你是爲了非常重要的事情才跑出來的？」

這一次他十分嚴肅地點頭，對沒有臉的盔甲而言要表達嚴肅可不容易。她心想這套盔甲之前都很守規矩，如果他想要，自然有權每隔幾十年起來活動活動。

「如果你不介意的話，我也有很重要的事情要辦。」她走過盔甲身邊。納蓋斯拖著推車跟上。

藍聖騎士踏著響亮的步伐跟隨其後。她轉頭去看，他在跟蹤他們。他發出很吵雜的聲響，叮叮噹噹、嘎啦嘎啦。藍聖騎士必定是個眞正的勇士，她如此認爲，他肯定不是靠著偷襲擊敗邪惡的。

走出二十七呎外後，她再度停步。聖騎士也停了下來。

「你有什麼特別的理由要跟著我嗎？」她問。

盔甲沒有點頭也沒有搖頭，他就這麼站在那裡。

「如果你堅持這麼做的話，至少你可以幫點忙。」

聖騎士揚起一支手套，摸摸不存在的主人身上不存在的下巴。接著他自推車上拿起小鏟子，挖起一些黏液。在聖騎士的幫助下，她所享受的寧靜蕩然無存，但是她抵達目的地——軍械庫的時間比預期中要早很多。丟下最後一片她認爲是殭屍牛舌的紫色肉塊時，她向聖騎士表達謝意。

這時小矮人葛尼克突然出現。「可回來了，你這具不聽話的盔甲。現在回到你的位置上。立刻！」

聖騎士完全沒有理他。

「再度謝謝你。」奈希說。「請不要讓我們耽誤你的行程。」

盔甲彎腰鞠躬，步伐沉重地轉過一個轉角。不過離開他們的視線範圍之後，腳步聲立刻消失。

「妳爲什麼讓他走？」葛尼克問。

「我們兩個又沒辦法阻止他離開，而且他說有重要的事情要辦。」

「妳相信他？」

「我相信所有人，除非他們給我不該相信的理由。我喜歡自己判斷誰不值得我信任，而不是假設所有人都不值得信任。」

「非常明智。」

「不，不明智。不過把大家當成好人，最後發現自己錯了，總比把大家都當作壞人，然後發現自己沒錯要好。」

葛尼克扯扯沒什麼彈性的鬍鬚。「這樣的理想主義會害死妳的。」

她聳肩。「可能吧。」

15

趁奈希去忙那些不太重要的事情時，非凡巫師亞斯皮將心力投入在解放魔鏡梅文離開牢籠之上。馬戈的詛咒奪走了亞斯皮所有魔法潛力，讓困在瓶子裡的巫師無法施展最簡單的法術，於是他徵召了兩名助手：西帝斯爵士，以及一隻名叫盜潔的鼬鼠。好運也在場，不過只是爲了躺在客房舒服的床上。然而身爲一隻貓，他不禁對這個過程感到好奇。

「那是幹嘛的？」他問的是盜潔在地上來回滾動的粉筆。

「我猜是要用來畫圖的。」她說。「粉筆通常是用來畫圖的。」

「是呀，是呀。」亞斯皮閱讀攤在地板上的卷軸。「壓平那一端，西帝斯。」

「西帝斯爵士。」蝙蝠糾正道。他看著羊皮紙上的詭異文字，不過看不懂在寫些什麼。「你確定我們該這麼做嗎，老兄？我們不該等奈希嗎？」

「那個可憐的地精已經工作過度了。」亞斯皮說。「我們至少可以減輕她的負擔。」

「原則上，我同意你的說法。但是萬一出了什麼差錯呢？」

「你在質疑我的技巧？」

「聽起來他像是在質疑你的技巧。」盜潔說。

「而且他質疑得有道理。」好運說著擺動末端結冰的尾巴。他並不在意這個改變，但他的尾巴是魔法不可靠的完美證明，特別是疏於習練的無能巫師所施展的魔法。

亞斯皮翻騰冒泡，轉動眼珠。「這跟那不一樣。那是藥水，我承認鍊金術向來不是我的強項。但是像這種簡單的法術應該就很──簡單。」

依然受困於緹雅瑪倒影中的梅文，把身體抵在他的更衣鏡牢房上。「只要能救我出去什麼都好。我以爲在城堡裡所有鏡子裡遊蕩已經夠糟了，但是現在……」他跨步測量房間倒影的大小。「如果一直被困在這裡，我會發瘋的。」

「這樣也不是非常糟糕。」盜潔說。「我曾經被困在站都站不起來的小籠子裡長達三年之久。」她挺直身子。「而且是借用我現在這個身體都站不起來，我當時比現在高多了。」她咬起一塊粉筆。在她還是個女人的時候，她就養成了順手拿東西起來咬的習慣。變成鼬鼠讓這個習慣變得更糟。這時這麼做的好處在於她發現自己喜歡紅色粉筆的味道，有點刺鼻，不過不太刺激。唯一的缺點在於留在口中的餘味。那種味道，毫不意外，嚐起來很像粉筆。

「如果你想談談令人發狂的監獄，」她舔著嘴唇繼續說道。「我曾經在沃克沼澤青少女感化院待過一段不愉快的日子，在淹到脖子的寄生蟲沼澤水裡泡了六個月，害我得了很嚴重的壕溝腳，而且不光是腳得而已。然後是在巴塞隆拘留營裡那兩個禮拜，那裡沒有牢房。只有一個大坑，守衛喜歡玩一個叫作『棒打雜碎』的遊戲。這遊戲一點也不像聽起來那麼有趣。」

「我的天呀，女人，聽起來妳待在牢裡比待在外面的時間還長。」

「那是盜賊這一行的職業風險，這份工作就是這樣。」盜潔嚐了一塊藍色粉筆。味道不怎麼樣，於是她又回去咬紅色粉筆。「有些監獄還不錯，讓我有點後悔逃獄。」

「別把粉筆都吃光了。」亞斯皮說。「我們施法要用粉筆。」

「我還是認爲這不是個好主意。」西帝斯爵士說。

亞斯皮擺動眼珠，然後擺動腦子。「偉大的西帝斯爵士害怕了嗎？」

蝙蝠扯緊扭曲的小臉。「唉，快點把事情搞好，你這個討厭鬼。」

亞斯皮環顧四周。「貓眼石在哪裡？我們要用貓眼石。」

「我去袋子裡找找。」盜潔爬入小天鵝絨袋中，接著兩手空空地出來。

「在她嘴裡。」好運伸個懶腰，翻身背靠床上。

盜潔想要爭辯，但是說話口齒不清。她的下頷流滿口水。

「吐出來，小姑娘。」

小塊的藍色珠寶跌落在地板上。「盜賊偷東西是天經地義的事。」

「很驚訝妳沒把它吞下去。」

「我不吞貓眼石的。對我而言，不是鑽石我還不屑吞呢。我父親就是被一顆紅寶石給噎死的，願他愛偷東西的靈魂得到安息。那件事在我心中留下一點陰影。」

「迷人的故事。」西帝斯爵士說，雖然他的口氣聽起來一點也不著迷。

盜潔跳入袋子深處。「要知道，我父親沒事就在吞東西，他死的時候肚子裡面可有一小筆寶藏呢。我想，對騙子而言，沒有地方是安全的，但是取得那些財物的過程可眞是麻煩。儘管如此，他還是讓我的童年衣食無缺。」她探出頭來微笑。「時至今日，只要看到被開腸剖肚的魚，我都還會流眼淚呢。」

「我們整個下午都要用來回憶過去嗎？」梅文問。「還是可以幫我離開這裡？」

亞斯皮指示他的助手，盜潔在鏡子周圍繪製了幾個符咒。這花了一點時間，因爲她的爪子不適合拿筆，而且亞斯皮必須隨時修正她的錯誤。

「我是說一撇，不是一條線。」

「抱歉。」

「那條線的弧度應該圓滑點，沒那麼銳利。看看卷軸。」

「我有在看卷軸。」她搔搔腦袋。「我看不出任何差異。」

「照我說的畫就是了。」

「我想我同意蝙蝠的說法，」好運睡眼惺忪地說道。「一定會出差錯的。」

「那你還待在這裡幹嘛？」亞斯皮問。

「至少應該會很有趣。」

西帝斯爵士將貓眼石放在鏡子下方，大聲覆誦亞斯皮唸的咒語。沒過多久，藍寶石開始發亮，鏡子也跟著隱現光芒。

「多久才會見效？」好運問。

一直貼在鏡面上的梅文突然穿鏡而過，差點摔在及時閃開的西帝斯爵士和盜潔身上。

「看到了吧？」亞斯皮說。「不怎麼難，也沒發生什麼壞事。」

好運垂下腦袋，閉上雙眼。「可惜。」

「你感覺如何，梅文小子？」

「太棒了，太棒了。我終於離開那面可惡的鏡子了，離開所有可惡的鏡子。」他望向亞斯皮，當場咻地一聲變成巫師的模樣。

他望向西帝斯爵士，隨即咻地一聲變成一隻棕色小蝙蝠。「怎麼回事？」

「看來我們成功地讓你離開鏡子，」亞斯皮說。「但是鏡子並沒有離開你。」

梅文以目光掃視客房，當他雙眼掃過任何一個在客房裡的城堡居民時，不論死活，他就會變得和對方一模一樣，改變的外型維持的時間只到他將目光停留在某人身上那幾秒，當他將目光移到他人身上，外型又會改變。「不是我要抱怨……」咻！「但是有沒有辦法……」咻！「讓我停止變形呢？」咻！「我的胃開始有點不舒服了。」

「試著閉上眼睛看看。」盜潔提議。

「好主意。」梅文閉上雙眼，變形停止了，他停留在盜潔的鼬鼠模樣。

「我就知道你會搞砸的，你這個笨巫師。」

「這又不算搞砸。」亞斯皮說。「這是挫敗，而且只算得上是一點小挫敗。」

更衣鏡在一陣來自遠方的隆隆聲響中晃動不已。片刻之後，他們又聽見砰地一聲，然後又是第三下。鏡子裡的房間隨著每次聲響震動。

「這下又怎麼了？」西帝斯爵士吼道。「這也是那點小挫敗搞的鬼嗎？」

「只是一頭賈伯瓦克龍。」亞斯皮說。「一定是感應到傳送門了，我們只要解除法術就好。」

「賈伯瓦克龍是什麼？」盜潔問。

「什麼都不是，只是一頭沒有意義的怪物，比較像是個搗蛋鬼。」

倒影中傳來一陣尖叫，鏡面出現裂痕。

「跟著我唸。」亞斯皮以一種緩慢且清楚，就連小孩也能覆誦的方式唸誦一個六音節的簡單咒語。不過在賈伯瓦克龍刺耳的尖叫聲中根本不可能聽見任何咒語。

西帝斯爵士的耳朵對這陣尖叫聲特別敏感。「你說啥，老兄？」

「我說……」

「大聲點，老兄！」

有東西撞上倒影中的房門，在難以承受的尖叫聲外增添震耳欲聾的撞擊聲。

梅文睜開一隻眼睛，瞄向西帝斯爵士，然後變成蝙蝠的分身。他閉上雙眼，摀住耳朵。「出了什麼事？」

盜潔鑽到天鵝絨袋裡，將自己的腦袋埋在絨布中。好運聳起背脊，豎起寒毛，冰封的尾巴在床上撒下霜沫。

「喔，我就知道這是個壞主意！」西帝斯爵士吼道。「你這個天殺的白痴！」

亞斯皮也吼了一些差不多難聽的回應，但都被淹沒在倒影中的房門被撞成碎片的轟然巨響中。

一頭巨大的爬蟲類擠入房門。賈伯瓦克龍是由不對稱的身體部位集合而成——身體是一顆巨型紫球，脖子如同一團稻草般又細又長，臉上有兩隻十字形的眼睛，以及一張血盆大口。牠有兩支角，其中一支向下彎曲，另一支如同七十度的拔塞鑽般迴旋而上。一條腿像大象一樣，另一條像鴨子。一隻翅膀是小小黃黃的羽翅，另一隻是黑色的大皮翅。

怪物的腦袋轉向一個詭異的角度，努力以牠的藍眼和紅眼看清楚狀況。牠吼叫一聲，接著打了個嗝，然後發出類似鵝叫的聲音。賈伯瓦克龍展開衝刺，不對稱的雙腳搖擺前進。

「快點，跟著我覆——」亞斯皮道。

「沒時間了，老兄。」西帝斯爵士小小的身體撞向鏡子。鏡子倒在地上，摔成碎片。「好了。」

「你這白痴，這樣不能解除法術。」

賈伯瓦克龍自一塊較大的鏡子碎片裡擠入真正的客房中。之前體型巨大的怪物如今變得和一隻體型較大的貓一樣大。

賈伯瓦克龍吸了一口氣，身體脹大一倍。他打嗝，嗝出一道長長的藍焰。

盜潔鑽入床底。西帝斯爵士飛到床柱上。梅文睜開雙眼，咻地一聲變成亞斯皮的分身，導致他沒有辦法飛走。

怪龍發出鵝叫。牠的臉頰脹大，吐出一大堆羽毛，在整間客房的地板上積了六吋深。羽毛令牠噴嚏不斷，首先噴出一把匕首，跟著是一本書，然後一顆保齡球，差點砸碎了在玻璃瓶中的亞斯皮。

梅文咻地一聲變成賈伯瓦克龍的分身。眞身突然一僵，如同喝醉般向前跌跌撞撞地走去。

「好樣的，老兄。」西帝斯爵士說。「繼續擾亂牠。」

梅文閉上雙眼。賈伯瓦克龍好奇地聞著他。

「好了，快想想辦法——嘿，把你的鼻子從那裡拿開！」

賈伯瓦克龍咕咕叫，踮起象腳跳了幾下。

「我們要怎麼把牠弄回鏡子裡？」好運問。

「我們需要貓眼石。」亞斯皮沉到瓶底。

西帝斯爵士和好運鑽到羽毛海裡。

「我找不到。」西帝斯爵士說。

「找出來。」梅文在賈伯瓦克龍開玩笑似地咬他的尾巴時，顫抖說道。「快點。」

「找到了！」好運抬起頭來，抓著盜潔的後頸。

臉頰鼓起的鼬鼠羞怯地微笑。

西帝斯爵士嘆氣。「交出來，小姑娘。」她將貓眼石吐到他敞開的翅膀上。

「現在舉起貓眼石，原地轉六圈，然後跟我覆誦，」亞斯皮說。「菜布羅浮伊麥克伊特伊鈕飄兒。」

「這樣眞的會有效嗎？」西帝斯爵士問。「還是你只是想把我當作傻瓜耍？」

「會有效的。」亞斯皮微笑。「只是剛好看起來像傻瓜而已。」

西帝斯爵士不情不願地依照指示動作。賈伯瓦克龍尖叫。牠拍擊翅膀，甩動尾巴，在形體變大到塞滿半間客房的同時，吐出一隻活兔子和兩個門把。除了亞斯皮外所有人都躲到床下。巨大的爬蟲類又打了個嗝，吐出一株枝葉茂盛的蕨類植物，然後無聲無息地爆炸，撒落一大堆表皮和內臟。顯然牠的內部身體構造只是一堆橘色的軟泥。

西帝斯爵士探出頭來。「我以爲你說牠會回鏡子裡。」

「一定是你唸錯咒語了。」亞斯皮漂到瓶底，遠離浮在液體表面的皮膚。「無論如何，傳送門已經關閉，梅文獲釋了。我們一點也不必麻煩奈希。」

客房中到處都是羽毛和軟泥。鏡子碎了，床頭櫃翻了，一支床腳裂開，整張床搖搖晃晃。所有東西上面都攤了一層內臟，空氣中瀰漫著一股桃子和燃燒乳酪的臭氣。

「我們不用告訴她這裡的情況？」亞斯皮問。「要嗎？」

好運在床上找到一塊沒有沾到賈伯瓦克龍內臟的地方。「我想她會注意到的。」

西帝斯爵士竊笑。「是呀，她是個觀察力敏銳的小姑娘，沒有什麼瞞得過她的目光。」

盜潔擦掉眼中的一滴眼淚。

「妳受傷了嗎，小姑娘？」

「沒什麼。」她聞聞惡臭的內臟，面露哀傷的微笑。「我只是想起父親。」

16

太陽下山沒多久，地獄犬蠢蠢欲動。牠在非常飢餓的地毯裡扭動身體，不過牠只是在等待。觀察力不夠敏銳的人或許會以爲牠已經認命了，或是累到無力掙扎，但是奈希在牠露在地毯外的眼中看見掠食者的飢渴神情。牠的眼裡燃放無聲的怒火、耐心壓抑的憤恨。彷彿牠知道地毯不久就會釋放牠，讓牠再度獵食城堡中的不死生物。奈希感受到牠的目光，好奇牠究竟有多聰明。牠是否只是一頭受到本能驅使的動物，還是擁有計畫的能力，能夠記得阻撓自己獵食的傢伙，並且展開報復？報復一隻用計擒獲牠的低賤地精？根據史托克的說法，牠只是一頭來自地獄的動物，不會比森林裡的熊，或是平原上的獅子來得理性。但是牠眼中透露出一種特質，彷彿認得她似地，就像一隻狗不喜歡某個人，儘管牠根本不記得原因。

她認爲這種隱約不喜歡的感覺不會影響地獄犬的食慾，昨晚不曾進食的牠現在必定十分飢餓。牠的目光將會離開她身上，轉移到不遠處的殭屍誘餌，然後牠會出現激動的反應。當牠獲釋時不要待在附近或許比較安全，不過如果她估計錯誤：牠復仇的慾望大於食慾，那麼她就得當誘餌。不管怎麼樣，地獄犬都會前往她要牠去的地方。

奈希身邊的納蓋斯三不五時就對她嗚嗚，並向地獄犬放聲咆哮。

向來不喜歡浪費時間的奈希，趁著等待的時間思考其他問題。其中最棘手的問題就是創傷女巫緹雅瑪。黑暗女巫依然沒有現身，奈希不知道緹雅瑪怎麼能避開所有人的目光在城堡中遊蕩，也看不出這麼做有什麼意義。

所有的一切都和馬戈之死有關。緹雅瑪來訪絕對不是巧合，奈希思考著這種可能性。最有可能、最符合邏輯的假設，就是緹雅瑪是來接收城堡的。她很可能知道馬戈已死。巫師就是有辦法知道這種事。她從前某任雇主慘死時，還不到十分鐘，下一個雇主就已經跑來敲門，還帶了一群泥魔像來載運已故敵人的財寶。如果緹雅瑪知道，她為什麼不依據黑暗巫師傳統所賦予的權利強佔一切呢？把一切放著不拿實在沒有道理。奈希排除了這個可能，緹雅瑪不是來洗劫城堡的。

奈希並不是眞的了解巫師或巫師之道，但緹雅瑪的行為似乎比正常情況更不合邏輯。或許她在找尋某樣非常特殊的物品，或許她和馬戈起過衝突，而他奪走了屬於她的東西，或是對她施展詛咒，而她將此刻視為破除詛咒的機會。不管她知不知道馬戈已死，她肯定感覺得出事情不大對勁。如果他健健康康地活著，絕對不會讓她在自己的城堡中自由來去。

事實上，他從不允許任何人這麼做。馬戈收藏物品、詛咒他人向來都是為了一己之私，他從來不曾試圖取悅他人，而這是他少數幾樣，或說是唯一讓奈希欽佩的特質。她的心思一直回到這一點上。緹雅瑪宣稱應邀前來，但是馬戈不太可能邀請訪客。但如果這是謊言，卻又看不出她有何必要說謊。除非她不希望奈希起疑。

但黑暗巫師沒必要害怕卑微的地精，奈希所服侍過的主人都相當鄙視她。緹雅瑪會怕她的這個荒謬念頭，讓奈希不禁面露微笑。

然而……

然而這就是她唯一想得到的結論。緹雅瑪是在奈希允許的情況下才進入城堡的，而現在她並沒有像個驕傲自大的女巫，光明正大地行走在城堡內，反而像個膽小的盜賊般偷偷摸摸、鬼鬼祟祟。

奈希還來不及繼續思考，非常飢餓的地毯自地獄犬身上滑落。黑色的大怪物揚起頭來吼叫，鱗片滿布的表皮上冒出黑煙與硫磺。牠一爪劃過地毯，留下幾道醜陋的裂縫。對非常飢餓的地毯而言，這些裂縫算不了什麼，只要奈希餵它吃點破布，它就能夠自行修補。地獄犬嗅了嗅地毯，接著滿足地噴了口鼻息。牠搔搔耳朵後方，發出一陣悅耳的鈴聲。

牠轉向奈希，吼叫一聲。她準備逃跑，不過地獄犬只是對著她叫，露出一嘴泛黃的利齒，然後朝最接近的殭屍晚餐前去。牠狼吞虎嚥，伸出如蛇信般的藍舌頭舔去巨魔唾液，然後衝向下一塊誘餌。第二塊誘餌也一下子就被吃光，跟著牠又迫不及待地奔向下一塊。

奈希與牠維持一段適當的距離，跟隨在後。有幾次，地獄犬回頭瞪她，不過牠的食慾遠遠勝過對她的厭惡。牠一塊接著一塊地吃著誘餌，順著她計畫中的路線前進。牠似乎特別喜歡巨魔唾液。怪物終於從迫不及待地衝刺，放慢為懶洋洋地行走，她擔心牠會太早吃飽。她得想想辦法不讓牠晃到其他地方，而她能想出的最好辦法就是對牠丟石頭，激怒牠，讓牠來追趕自己，不過現在似乎不必動用這個計畫。地獄犬一路吃著不死生物的屍塊，終於抵達目的地：軍械庫。

牠步伐沉重，憤怒的目光浮現出滿足的神色，就連黑煙也懶洋洋地沉到腳踝附近，鈴鐺的旋律也笨重到好像不會響了一樣。怪物打了個嗝，鼻孔中噴出火球。

奈希對於接下來要做的事感到過意不去。儘管來自地獄，地獄犬並不邪惡。毫無疑問，牠沒有許多她應付過的怪物可怕，但是她沒辦法馴服牠。牠太難預料、太狂野了。

西帝斯爵士站在巨型甘藍菜上。「你終於來了，大怪獸！該是送你回歸地獄的時候了，而我就是要動手的英雄！」

彷彿感應到威脅，地獄犬伏低身形，朝蝙蝠吼叫。

「喔，這下好玩了！」甘藍菜之劍叫道。「我已經多年不曾殺過地獄犬了。牠們死時會變成一團令人滿意的火葬堆。」

「謝謝提醒，老兄。」

西帝斯爵士降落在劍柄上。神聖的光芒大作，他再度變回從前那個男人。他拔出魔法劍，將發光的劍身舉在頭上。奈希認爲他和自己曾經見過的英雄一樣高強，雖然赤身裸體稍微降低了他一點氣勢，但卻更加凸顯出他的勇氣。

西帝斯爵士跳下大甘藍菜頂，躍下十五呎高，輕巧地落在地上，毫不畏懼地朝地獄犬邁進。

「你了解恐懼嗎，野獸？了解的話，我就讓你知道我們已經無法忍受你那不神聖的存在。爲了這座城堡中所有無辜的死者（還有不是那麼無辜的死者），我要殺了你，將你逐回你所逃離的那個可惡的地獄。」他在牠面前瘋狂地舞劍。「吸血鬼王是個荒謬的大白痴，但是今晚我將爲他復仇。我在此起誓！我乃西帝斯爵士！我是你的毀滅者！」

「我們可以快點辦事嗎？」魔法劍問道。「要我提醒你，我們有時間限制嗎？」

雙方小心翼翼地繞圈而行，等待攻擊的機會。

「他一定會害死自己的。」站在奈希身邊的小矮人葛尼克說。

奈希沒注意到他來到自己身邊，她所有注意力都放在眼前的戰鬥上。儘管甘藍菜之劍證實了西帝斯爵士是名偉大的英雄，她還是忍不住爲他擔心。雖然他此刻化身爲人，然而在她眼中，他還是那隻棕色小蝙蝠。另外，儘管她試著對自己管轄下的所有城堡居民一視同仁，她還是特別偏愛他。

「滴答滴答。」魔法劍提醒道。

但是西帝斯爵士絕不受人催促，攻擊的時機到時，他自然就會出手。

地獄犬搶先失去耐性，牠在嘶吼聲及響亮的鈴聲中直撲而上，利爪在前，噴出紅色的火焰。奈希忍不住閉上雙眼，耳邊隨即傳來一聲恐怖的慘叫，西帝斯爵士臨死前的叫聲。她心想。但是這個叫聲比較像野獸所發，不像出自人口。地獄犬的勝利吶喊。她猜想。

「我眞不敢相信。」葛尼克說。

奈希張開眼睛，只見魔法劍上沾滿綠白色的血液，地獄犬脅下多了一道翻騰冒泡的傷痕。西帝斯爵士痛快地大笑。

「你就這點本事嗎，野獸？」

他向前踏出一步，而凶猛可怕的地獄犬則後退一步。地獄犬迅速跳開，這一回比之前謹愼多了。這個動作讓牠保住腦袋，不過魔法劍還是再度見血。牠的脖子上多了一道冒著白煙的傷痕。

西帝斯爵士咧嘴而笑，奈希發現自己根本不用擔心。並不是因爲他贏定了，只要一個閃失他就可能命喪地獄犬的爪下，但就算他輸了，他還是會死在光榮的戰鬥中，而她不能剝奪他這個權利。

他冷靜地輕聲說道：「非常好，畜生，讓我們做個了結。」他昂然而立，發出一聲足以撼動城堡的戰呼。「受死吧！」

地獄犬採取了奈希意想不到的舉動。牠轉身逃跑。西帝斯爵士疾追而上，笑聲不止。他們衝入隔壁的石室，然後就看不見了。

「我不敢相信。」葛尼克說。「他眞的是個英雄。」

隔壁石室中傳來打鬥的聲響。地獄犬狂吼。西帝斯爵士充滿歡愉的叫聲。鈴鐺叮叮噹噹、砰砰作響。金屬擊中石板。一個頭盔滾到門口。

「我的軍械庫啊。」葛尼克衝入隔壁石室。「我才剛剛擦好那間！」

奈希正要追上，雙耳突然傳來一陣耳鳴。她不知道自己如何得知創傷女巫緹雅瑪已經來到身後，不過她就是知道，她可以感應到女巫恐怖的存在。

「哈囉，女士。」她轉離前方的喧鬧，回頭面對緹雅瑪。

女巫看來比之前更缺乏生氣，蒼白的皮膚如同鋼鐵般冰冷堅硬，整個身體挺得有點難看，雙手如同多指節的爪子般垂在身側。

「哈囉，奈希。」她燃燒的目光投向奈希身後。「遇到麻煩嗎？」她凝望奈希的雙眼，地精垂頭望向地板；並非出於恐懼，而是她理應如此。

「沒什麼，女士。」

地獄犬和西帝斯爵士的身影出現在門口片刻。怪物吼叫怒嚎，傷口噴出鮮血和火舌。西帝斯爵士身上沾滿冒煙的黏液；黏液必定燙傷了他裸露的皮膚，但是他看起來毫無異狀。

「哈哈！沒那麼快，怪物！你去死吧！」

地獄犬笨拙地出爪，被他擋向一旁。他們打到一面牆後，葛尼克舉起短短的矮人腿緊跟在後。

「不要動長矛！不要動長矛！」

接著傳來一陣東西倒塌的巨響。

「那是地獄犬嗎？」緹雅瑪問。

「是的，女士。」

「可愛的傢伙。」

「我家主人擁有的一切都是最好的。」

緹雅瑪輕咬下唇，由於沒有下唇的緣故，這樣做並不容易。她平淡的語氣中隱約透露輕蔑的意味。「是呀，妳家主人。」

地獄犬的叫聲聽起來像喉嚨裡都是血。牠傷痕累累的身軀短暫進入他們的視線範圍；牠已經命在旦夕，籠罩在身上的火焰與黑煙僅存一點灰氣。牠正在地上爬行。奈希很同情這頭怪物，因爲牠只是依照天性行事而已。

牠突然生出一股力氣，奮力逃離西帝斯爵士。

「束手就擒吧，怪物。『受死吧』這句話是有哪裡聽不懂嗎？趕快做個了結吧！」

「小心那些盾牌！」葛尼克在一陣肯定是數十面盾牌被撞飛的聲響充斥軍械庫時，大聲吼道。「喔，可惡。」

緹雅瑪問：「妳家主人總是讓妳負責如此重要的任務嗎？」

奈希遲疑了。緹雅瑪肯定察覺到不對勁，但她沒有把話講明，只是言語暗示。巫師擅長玩弄人心，但是何必這麼做呢？緹雅瑪爲什麼不伸出死亡之手殺死奈希？

「這是小事，女士。」奈希說。「主人有比消滅害蟲更重要的事情要辦。」

「是呀，我敢說他的事情……」她越說越小聲，接著她用手比劃了幾個手勢，彷彿要把自己想說的話抓回來一樣。「肯定非常急迫。」

緹雅瑪微微一笑，接著她做了一件非常令人費解的事。她笑出聲來；算不上是哈哈大笑，比較像是冷冷喘息，透露出一絲愉快的氣息。不過，這個笑聲爲她剛才含蓄的微笑做了最佳詮釋，表示她眞的在微笑。

「帶我去見妳家主人，奈希，我要和他談談。」她冷笑道。第一次，她露出毫不隱晦的表情，不需要任何詮釋。儘管很不客氣，但這種表情並不適合她。她的臉不適合用來皺眉，不適合用來表達任何情緒，因爲只是繞著雙眼的一個框框。

奈希終於發現自己不喜歡緹雅瑪，而奈希總是要求自己喜歡每個人，在大家的性格中找出可取之處。但是緹雅瑪身上沒有這種特質。女巫什麼都不是，極度缺乏特質，不管是善良還是邪惡的特質。想到這裡，奈希發現自己不光只是不喜歡緹雅瑪而已。

她真的很不喜歡緹雅瑪，非常非常不喜歡。

她不喜歡這種感覺，一點也不喜歡，但她努力擠出卑微的微笑。

「是的，女士，主人也很想見妳。」

就在西帝斯爵士發出致命一擊的同時，他的詛咒再度纏身。不過化身蝙蝠使他貼近地面，而這點對他十分有利。地獄犬發出痛苦的慘叫，炸成一道沖天白焰。石室中迅速充滿令人窒息的灰燼與濃煙，沒過多久就蔓延到整座軍械庫。

葛尼克一邊咳嗽，一邊抹除眼中的塵垢。「這下我再也別想清乾淨了。」

「非這麼做不可，老兄。」西帝斯爵士盡量用鼻子呼吸，不過還是可以嚐到嘴裡那灰燼的味道。

地獄怪物的血肉灰飛湮滅，只剩下一堆焦黑的骨頭。插在地獄犬身上的劍說：「哎呀，真是太過癮了，是不是？」

「是呀。」

「永遠別再這麼幹了，永遠不要。」葛尼克喃喃說道。

數十個鈴鐺同聲響起，吸血鬼王步出濃霧之中，現在的他身體呈半透明。「你們對我做了什麼？」

「我們讓你不用下地獄。」魔法劍說道。

「但是我變成鬼了。」

「你的身體被吃掉了。」西帝斯爵士說。「儘管如此，你還是沒下地獄。所以我認為你該表達一點感激之情。」

「感激？我本來是不死生物之王，現在只是一條鬼魂。」鬼王咆哮道。「我被降級了。」

「永遠不要，不要，永不。」葛尼克還在唸。

「奈希，小姑娘，我們成功了！」西帝斯爵士認為奈希的功勞跟他一樣大。一名好士兵也需要有好將領配合，而這次的計畫都是她擬訂的。「奈希，妳在哪？」

「永遠不要，永不，永不，永不。」

「喔，給我閉嘴。看在老天的份上，老兄，去休息吧。你看起來像是需要休息的樣子。」

葛尼克差點回答身為銀矮人，工作完成前絕不休息是他的神聖使命。但是喉嚨裡的灰燼將他的回答化為幾聲咳嗽和噴沫。他拿起一柄沾滿煤灰的匕首，用袖子擦了擦。由於他的上衣也都是灰，所以這樣也擦不乾淨。在了解到整間軍械庫都是這種情況後，葛尼克做了一件難以想像的事。

他走去自己的稻草床睡覺。

西帝斯爵士盡量以他小小的身體所能達到的最快速度爬行。到處都沒有奈希的蹤跡，不管有多忙碌，她都很少一聲不吭地離開。這點令他十分不安，雖然他相信她有能力照顧自己。

他喃喃唸誦一段自以為早已遺忘的遠古防禦禱文。不過這時灰燼已經落下，沾上他的舌頭，導致他無法唸完禱文。不祥之兆。他不相信預兆這種東西，但是為了安全起見，他又覆誦了一次禱文。儘管煤煙和灰燼在他嘴中化為污泥，他還是努力咬字，直到唸完禱文。

17

奈希擁有一種感應到麻煩的第六感。這不是什麼超自然能力，只是邏輯思考與事前準備工作的成果。這兩樣特質讓她能夠應付許多意料之外的狀況。這是她的天賦：一顆總是在運籌帷幄的腦袋，即使在她自己都沒意識到的情況下。少了這種天賦，這座城堡也許早就分崩離析了。

她沒想到緹雅瑪會主動現身，但是當女巫出現時，奈希也不特別驚訝；而且千變萬化的爛泥都已經準備妥當了，它（和回音）就等在馬戈的書房裡。奈希領著緹雅瑪穿越城堡，前往目的地。她們一路上都沒有交談。緹雅瑪整個人空洞到完全沒發出任何聲響；她無聲地飄過石板地，即使有呼吸，她的長袍也沒有絲毫牽動，就連走廊上的氣流都不敢打擾她，她就像鬼一樣；但更可怕的是，奈希認識的鬼魂全都渴望利用鎖鍊的聲響、呻吟聲，甚至是讓室溫突然降低來證明自己的存在，而緹雅瑪卻完全不來這一套。

四周只有奈希爪子的嘎嘎聲，以及納蓋斯沉重的腳步聲，但是每當奈希回過頭時，緹雅瑪都在後面。她筆直地凝望前方，從不看向奈希一眼，彷彿她知道要往哪兒去，跟隨奈希只是配合演出而已。

但是女巫為什麼要配合演出？一次又一次，奈希思索著這個問題。一次又一次，她無法找到答案。她的心思敏銳，但是爾虞我詐非其所長，撒謊是一種在沒有其他選擇的情況下才會做的事，除非對方十分愚蠢，而緹雅瑪並不愚蠢。

奈希停在書房門口。「這邊請，女士。主人在裡面等。」

「在裡面等。」緹雅瑪微笑說道。可能是微笑。

奈希領著女巫進房，然後輕輕帶上房門。基於某種無法理解的原因，書房是整座城堡中最陰暗的房間之一。奈希無法判斷書房究竟有多大，因為昏暗的燭光沒有照到任何牆面。這裡只有一張書桌、一把椅子、三座非常高的書櫃，其他別無所有。奈希知道書房很大，她不只一次看過馬戈自言自語地步入黑暗之中。他的聲音會逐漸遠去，接著又緩緩出現，他回來時通常會帶著卷軸、法杖，或是其他和巫術有關的東西。不過有一次，他回來時衣衫破爛、雙手染滿黑血。不管黑暗裡有些什麼，奈希認為最好讓它待在黑暗中。

千變萬化的爛泥坐在書桌後方。椅子轉向一個奇怪的角度，隱約露出一點馬戈的輪廓。那時，在那種昏暗的光線下，奈希差點將他錯認為自己的前任主人，如果她都會認錯，或許緹雅瑪也會。

在黑暗中，緹雅瑪的雙眼綻放明亮的紅光，投射出兩道光線，掃視整間書房。儘管很可能只是出於想像，但是奈希聞到一股黑影被烤焦的味道。

她拜倒在地。「主人，你的訪客已經抵達。」

「我知道，野獸。妳以為我瞎了嗎？」馬戈只有動動嘴唇。這些話很做作、很刺耳，彷彿爛泥不想說出口一樣。這種語調很像馬戈本尊。

「不，主人。抱歉，主人。」奈希的反應倒是出於本能，這點不需要演戲。

「蠢狗，妳竟敢在客人面前侮辱我。我該把妳磨成肉醬，拿去餵糞便龍，只不過這樣的命運對妳這種可悲的傢伙而言還算太仁慈了。」

「我很抱歉，主人。」

「抱歉？蟑螂會向壓扁自己的泰坦巨人道歉嗎？農民會向將自己的村落夷爲平地的巨浪道歉嗎？」

「不，主人。是的，主人。」

馬戈竊笑，笑聲出奇地逼眞。「別拿這些蠢事來浪費我的時間。我並非不懂得寬恕，雜種狗，但是我絕不會寬恕妳。」

緹雅瑪開口。「要我幫你殺了這東西嗎？」

「謝謝妳，但是不需要。我不想麻煩妳。」

「不麻煩。」

「眞是太體貼了，但是這傢伙蠢到什麼都不懂。」

「無知不是理由，這種罪非罰不可。」

馬戈有意無意發出一陣非常粗魯的聲音。「我非常同意，然而儘管無禮的傢伙應該殺了乾淨，但我認爲愚蠢的傢伙應該接受更嚴厲的懲罰。它該了解自己所犯下的過錯，並且永遠不再遺忘。」

「我們應該如何管束這頭野獸？」

「喔，不，我不能繼續拿這種芝麻蒜皮的小事來煩妳，就像我不會請妳去幫我刷地板一樣。那樣我算是什麼主人？」

「到底算是什麼主人？」沒人聽得出緹雅瑪這句話的意思，因爲她的語氣還是跟之前一樣冰冷流暢。「剛好相反，我很享受折磨他人的過程，而我從來沒有折磨過地精，我聽說他們……」她冰冷的聲音中透露出更加駭人的深度。「……恢復力很強。」

奈希不禁佩服回音，因爲她沒有口吃結巴，雖然她必定已經想不出任何令人信服的藉口，不讓緹雅瑪動手折磨奈希。

「恐怕妳聽說的傳聞有誤，他們會在好戲上場之前就被弄死。」

「或許只是因爲你的手法不夠細膩。沒有輕蔑的意思，但是根據我的經驗，任何生物死前都能承受極大的痛苦，你只要發揮點創意就行了。」

這一次，馬戈眞的遲疑了。奈希懷疑回音是不是已經用光藉口，同時也懷疑自己願意讓這場戲演到什麼地步，折磨似乎有點太過火了。

馬戈的語氣有點嚴厲。爛泥在回音的調教下已經變成一名稱職的演員，而就某些方面而言，它比馬戈更具人性。

「這條狗是我的，要殺要剮由我決定。」

這是這個話題的完美收尾，緹雅瑪彷彿毫不在意般地聳了聳肩。不過話說回來，她肯定能從奪走馬戈的玩物中得到不少樂趣。每到分享玩具的時候，巫師們就會變得像是任性的小孩一樣。

奈希深深鞠躬。「如果你允許的話，主人，我懇請你讓我離開。我還有一些事情要……」

「閉嘴，野獸。我沒那麼輕易饒妳。」馬戈比向一座書櫃。「在那邊等我收拾妳。」

她依言而行，一邊等待一邊輕拍納蓋斯。緹雅瑪就像奈希期待中一樣毫不避諱。在沒有遭受侮辱或是威脅時，他們這種偉大高強的巫師根本不會去注意低賤的僕役。

馬戈起身，走到書櫃旁，取下一本書。這個動作看似簡單，能夠教會爛泥卻也是項了不起的成就。奈希發現，即使在笨拙的生物身上也能找到優雅的特質，偏偏爛泥缺乏這份優雅。它的動作沒有明顯的缺陷，只是看起來太笨拙、同時也太精準了，那種感覺像是在看一台機器運作。

在她眼中，面前這個顯然不是馬戈，而她估算著緹雅瑪要花多少時間才能看出不對勁。女巫似乎不笨，但即使是最強大的巫師都可能出奇地缺乏解讀肢體語言的能力。那方面的研究鮮少進入他們的研究領域。不過當然，這種事情取決於緹雅瑪對馬戈的認識有多深。他從來沒有提起過她，但是這並不代表什麼，因為馬戈從來不與奈希交談，只是在下達命令和言語威脅。

「相信妳很滿意城堡的導覽行程。」馬戈說。

緹雅瑪打個呵欠，嘴巴形成完美的圓形。「是有一些還算迷人的……消遣。」

馬戈將書舉在身前，彷彿他不知道拿書幹嘛一樣。「很抱歉，我沒有親自帶妳參觀，恐怕我得先去處理一些意料之外的事，妳知道那是怎麼回事。」

「我的確知道，不過奈希是個非常殷勤的嚮導。我得說，她或許比你更加熟悉你的城堡。」

「或許。」馬戈皮笑肉不笑。他非常刻意地轉身，走到椅子旁，然後再度坐下。「我不希望打斷妳的來訪，但是我的事情還沒解決。我事情太多，沒辦法盡地主之誼。或許我們應該重新安排，改天再敘。」

「我不這麼認爲。該看的東西，我都看過了。」她向前一步，雙手放上桌面。「這裡沒有什麼值得我留下的東西。你的怪物、你的隕落英雄、你的小機器通通不算什麼。」

「妳給我等等……」但是馬戈的聲音缺乏一股怒氣。

「喔，閉嘴，你這個可悲的傢伙。妳眞的以爲這點小把戲就能騙得了我？奈希，我眞的對妳非常失望。」

一時之間，奈希考慮否認自己有搞任何小把戲。但是緹雅瑪沒有上當，奈希看不出繼續故弄玄虛的理由。

回音還沒打算這麼快就放棄計畫。

「我希望妳能跟我說話，不要去跟……」

緹雅瑪伸手觸碰馬戈的肩膀。爛泥開始劇顫。它變成緹雅瑪的分身，發出一陣令人耳朵都要裂開的尖叫，扭曲著遠離女巫致命的觸摸。緹雅瑪抓下一小塊爛泥。爛泥在她的掌心化爲灰燼，她伸手在長袍上擦拭乾淨。剩下的爛泥變成一灘黃色的布丁，不斷地冒煙冒泡。

「這場愚蠢的鬧劇已經拖夠久了。」緹雅瑪說。「妳當我低能嗎？」

奈希壓低耳朵。「不，女士。」

她知道事情肯定會演變到這個地步，但她還是抱著一點希望。馬戈至少還會照料他的城堡和其中的居民，即使只是出於他扭曲的自負。但是緹雅瑪不需要他們，他們肯定將會面對悲慘的命運。

緹雅瑪眼中的紅光轉為柔和。「抵達此地時，我原以為不會看到任何有價值的東西，而基本上我也沒有想錯。這整座城堡應該因為毫無價值而讓大地吞噬，不過倒是有樣東西令我印象深刻，只有一樣，但是已經比我預期中要多了。」她雙掌交握，以精準的手法交纏手指。「妳知道是什麼嗎，奈希？」

「不，女士。」奈希偏開目光。

「看著我。」

地精緩緩抬頭，但是她在緹雅瑪眼中看見的卻不是憤怒與厭惡。女巫在微笑，她眼中的火光轉為溫和的黃焰。

「是妳，奈希。這座城堡內唯一值得擁有的就是妳。」她伸手彷彿要觸摸奈希的口鼻部，但又縮了回去。她皺起眉頭，望著自己的指尖。「馬戈是個白痴才會看不出妳的價值。」

「是的，女士。」奈希實在太驚訝了。在她打理城堡的生涯當中，從來沒有任何巫師誠心讚美過她。這實在太不像巫師會做的事情了。

「我現在主張妳的擁有權。」緹雅瑪說。「這鬼地方的其他東西我都不想要。當然，我還是會摧毀此地，以免有其他人跑來佔據它。」

「是的，女士。」

回音在奈希的耳邊低語。「喔，不。」

她的聲音輕到奈希都差點沒聽見，但是緹雅瑪輕笑。

「喔，是呀，親愛的。喔，是呀。」

「妳一定要想想辦法。」回音更小聲地道。

「她能做什麼？」緹雅瑪問。「你們又能做什麼？」

「我必須警告其他人。」回音說。接著她離開了。至少奈希如此假設。

「去警告他們吧。」緹雅瑪再度竊笑，儘管她的表情依然空白。她伸手撫摸書櫃上的書籍。「毫無用處，全部都是。不過這裡還有另一樣我感興趣的東西。」她的語氣中透露出一絲生氣。「那扇門。」

「哪扇門，女士？」

「不要裝蒜，那不適合妳。馬戈或許以爲妳很單純，但是我沒那麼天眞。」

「是的，女士。」

「那扇門後有什麼？」

「我不知道，女士。」

「妳都不曾好奇過嗎？」緹雅瑪問。「不，我想妳也不會好奇，妳不是好奇心重的那種地精。城堡裡面有這麼多美妙的事物，偏偏妳卻甘於打掃走廊。不過我們都有我們的人生目標，而妳的目標就是打掃。我的目標在於尋求知識，發掘那些妳最好不要知道的禁忌祕密。我一定要知道不可，奈希，我一定要知道，那扇門後的事物在召喚我，一扇永不開啓的門完全沒有道理可言。」

情況糟到不能再糟了。摧毀城堡是一回事，打開長廊盡頭之門卻會招來可怕的災難。或許，奈希心想，甚至會摧毀世界。她不確定會不會導致這種結局，但馬戈如此恐懼那扇門，而活生生的死神緹雅瑪卻對它很感興趣，這扇門顯然危險得難以言喻。

「跟我來，奈希。我沒那麼多時間。」

「是的，女士。」

緹雅瑪面色嚴峻。再一次，奈希心中浮現反抗的念頭，但她畢竟只是頭地精。她低頭鞠躬。

「是的，我的主人。」

擅長打掃、煮飯、照料怪物，偏偏卻不擅長對抗黑暗女巫的奈希，想不出自己還能做些什麼。城堡中所有的隕落英雄與大壞蛋通通不是緹雅瑪的對手。她別無選擇，毫無希望。她沒希望，城堡沒有希望，很可能連世界都沒有希望。

18

緹雅瑪佔領城堡的消息不脛而走，而就像所有身受這種情況威脅的人們一樣，城堡居民開始四下聚集，討論該如何應對。他們舉辦了數十場即席會議，一起分享恐懼，商討對策。這些討論就和吼叫大賽沒什麼兩樣。會議的成果不過就是沉默的擔憂，或是不那麼沉默的懼怕。從城堡最高的塔樓到最深的黑暗墓穴，處處瀰漫著不祥之兆——就連奈希居住的陰暗角落也一樣。

西帝斯爵士棲息在奈希的床上，努力在數十個大吼大叫的居民前維持秩序。

「我們完蛋了！」一團白雲叫道。

「完蛋啦！」牆上一隻蜘蛛同意道。

「喔，這實在太糟糕了！」一隻老鼠吼道。「我早說過會變成這樣的！」

「大家安靜！」西帝斯爵士大叫。

有著藍紗頭髮的娃娃大喘一聲，當場昏倒。

「她沒事吧？」蟾蜍王子問。

「誰管她？反正我們通通都要變成蛞蝓。」老鼠說。

儘管如此，蟾蜍還是跳到她身旁。「妳還好嗎？」

娃娃擦拭鈕釦眼睛。「只是壓力太大了，我不應該過這種生活的。」

「我看得出來妳是位血統優良的女士。」蟾蜍同意道。接著他打了一個把所有人都嚇一跳的大嗝。現場終於安靜下來。

蟾蜍王子皺眉。「不好意思，肚子最近不太舒服。」

「等你變成蛞蝓後再看看你的肚子舒不舒服！」老鼠尖叫道。

現場再度陷入一片混亂。

「我聽說女巫打算把我們通通拿去餵她的殭屍大軍。」白雲道。

「我沒聽說她有殭屍大軍。」一條在牆上搖曳的影子說。

「他們通通都有殭屍大軍。」

「眞是胡說八道。」老鼠說。「她才不會拿我們去餵殭屍，她會把我們變成蛞蝓。你們看著吧。」

「我聽說她要把我們丟去餵龍。」影子說。

「有人告訴我要餵海怪。」另一隻老鼠說。

「我聽說的最新消息指出，她在地窖裡養了一頭泰坦巨人，而她打算把我們通通丟入一個大鍋裡煮成湯給他喝。」

「我聽說是條巨型蛞蝓。」老鼠說。

「你眞的對蛞蝓情有獨鍾，老兄。」蜘蛛說。

老鼠瞪他。

眼看所有人都忙著猜測他們可能面對什麼樣的恐怖命運時（基本上說到最後還是在會被什麼怪物吃掉，以及會被做成什麼料理上打轉），西帝斯爵士往床上一坐，完全放棄維持秩序的任務。

「沒用的，回音。這些傻瓜沒有一個派得上用場。」

回音沒有立刻回應，一時之間，他以爲她離開了。

「一定還有什麼辦法。」她終於說道。「那柄魔法劍呢？它殺了地獄犬，不是嗎？」

「是呀，但地獄犬只是一頭怪物。我不認爲我能在有限的時間內殺死緹雅瑪，而且我們還要過一整天才能等它重新凝聚魔力。」

「想在沒有魔法劍的情況下斬殺巫師，我們就得出其不意。」床下的怪物說道。「畢竟，大部分巫師還是凡人，在他們背上插柄刀，他們就會像任何人一樣死去。」

「我不認爲我們能出其不意地偷襲這個女巫。」西帝斯爵士說。「而且我不確定她是凡人。就算她是，我們要怎麼殺死一個碰都不能碰的傢伙？」

「朝她丟東西？像是又大又尖的石頭。」

「我不認爲有用。」

怪物聳肩，撞到床鋪。「值得一試，不是嗎？當然，就算眞的把她殺了，她也很可能會從墳墓裡爬出來。巫師就是有愛做這種事情的壞習慣，但那能夠爲我們爭取時間從長計議。」

「我們都沒辦法投擲沉重的石頭。」回音表示道。

西帝斯爵士看看自己纖細的手臂，皺起眉頭。不過至少他還有手臂，不像可憐的回音。

「你可以把石頭架在門上。」怪物建議道。「等她開門，如果運氣好，石頭就會砸爛她的腦袋。這樣至少可以讓她躺平一、兩天。」

「架在門上？」西帝斯爵士皺皺鼻頭。「靠惡作劇是殺不死力量強大的女巫的。乾脆順便等她睡著，把她的手放到溫水裡，或是弄短她的被單？」

床底下的怪物縮回陰影之中。「我只是在腦力激盪，你也沒想出什麼好點子。」

西帝斯爵士嘆氣。儘管不願承認，這個計畫還是目前爲止最可行的辦法。

「我想奈希再也不會唸故事給我聽了。」怪物嘀咕道。

「要是我能讓她離開緹雅瑪身邊就好了。」回音說。「奈希總是能想出好辦法，她會知道該怎麼辦的。」

「是呀，她是個聰明的小姑娘，但是我們不能永遠依賴她。」他望向喧鬧不休的群眾。「我們本該是英雄，結果卻沒有人想得出可行的策略。天殺的沒用，我們這些廢物。」

「你沒有認眞考慮過石頭的計畫。」怪物說。

「反正我不是英雄。」回音補充道。「我是詩人。」

西帝斯爵士從床頭走到床尾。「好吧，那我想妳除了當個廢物之外完全幫不上忙，小姑娘。」

回音大聲道：「如果我有身體，隨便什麼身體，我都可能幫得上忙。」

「是呀，妳可以脫口來個一、兩首十四行詩，把女巫嚇得屁滾尿流。我從來沒見過女巫能夠忍受押韻的對句和不自然的隱喻。」

「沮喪歸沮喪，並不表示你有權侮辱人。」怪物說。

西帝斯爵士低吼一聲，壓抑自己的怒氣。他不是在生回音的氣，她的詛咒比起大部分人來說限制都更多。其實說到底，他是在生自己的氣。身爲人類的時候，他以高強的戰技、力量，以及勇氣面對所有挑戰。如今身爲蝙蝠，他全身上下就只剩下勇氣，他不知道該如何在不正面迎敵的情況下解決問題。

「回音，如果冒犯到妳，我很抱歉。」

「沒關係，大家心裡都不好受。但是我的隱喻不會不自然，或許除了某首我拿愛情和袋鼠相提並論的詩以外。我當時很迷有袋動物，那時期的作品都很糟糕。」

西帝斯爵士展開翅膀，準備起飛。

「你要上哪兒去？」回音問。

「去找塊又大又尖的石頭。要來嗎，小姑娘？」他說著起飛。

「等等我。」她無影無蹤地飄在他的身後。

「祝好運。」床底下的怪物說。

剩下的群眾繼續他們激烈的爭辯，怪物眞的很想離開床底下，找個安靜的地方窩著，但是他在奈希的床下實在太舒服了，又早已安定下來，他可不想她回來時找不到他，而他希望她能回來。他閉上三隻灰眼，深深沉入床底的黑暗，直到他們的爭吵變成遠方的雜音。他摸索他的故事書，撫摸它們的封面；還有好多書都沒唸過。他抓起一本剛剛找到的厚書，心想其中的內容必定十分有趣，儘管他連封面都沒看過。

同一時間，床外的火把照耀範圍內，人們持續爭吵。只有蟾蜍王子和布娃娃沒有參與，而是溜到一旁，私下交談。

「妳好一點了嗎？」他問。

「好一點了，謝謝你。」她羞怯地偏開目光，要用鈕釦眼睛表達出羞怯的模樣並不容易。「你怎麼樣，閣下？你的胃還是不舒服嗎？」

蟾蜍皺眉。「我們不該談論這種話題，我的女士。」

「胡說，你顯然是名天生的紳士，你不舒服就是我不舒服。」

「那我無疑是這座受詛咒的城堡，以及其他受詛咒的城堡裡最幸運的蟾蜍王子。」

娃娃展顏歡笑。她用線縫成的嘴巴展成最愉快的微笑。「你是王子？」

蟾蜍驕傲地鼓起胸口。「海岸國度奈尼亞的王室長子兼王位繼承人。妳呢，我的女士？」

她屈膝行禮。「夏爾阿利歐的公主。」

「阿利歐的公主？」他開心地跳躍兩次，然後恢復自制。「這實在是太好了。我正是來救妳的，我的公主。」他抬起腳蹼。「不幸的是，事情沒有想像中順利。儘管如此，我一直沒有放棄希望。愛情總是能夠找到出路。但是妳爲什麼不像其他王族一樣待在畫廊呢？」

「馬戈說沒有空間掛畫像了，於是他把我變成布娃娃，自以爲有點諷刺意味。」她玩弄紗線做成的頭髮，拍拍洋裝上的絨布。「我看起來一定很邋遢。喔，天啊！喔，天啊！」

他跳上前去，握著她的手。「正好相反，妳的內在美能夠穿透任何試圖遮蔽它的皮囊。」

她咯咯嬌笑。

「該感到難爲情的是我。」他呱呱說道。

「不，好心的閣下，你肯定是所有拯救布娃娃公主的蟾蜍王子之中，最英俊的一位。」

他深深凝望她的鈕釦雙眼。「說到這個，我曾聽說眞愛之吻能夠破除詛咒。」

「我也是。」

他們都沒想到兩人才剛認識，要說眞愛或許有點言之過早。因爲這位王子和這位公主都是在非常傳統的環境中長大，深信皇室禮儀中所教導的一見鍾情，所以覺得對方便是生命中的眞愛。

「但是這麼快就接吻，會不會不恰當？」布娃娃問。

「要是不恰當，那就不恰當吧。我已找尋太久，無法就此收手。當然，要先獲得妳的允許。」

「我允許，我的王子。」

他噘起大嘴，湊向前去，但是在他們嘴唇相觸之前，他的胃隆隆作響，打了一個又響又長又有味道的大嗝。

「喔，天啊。」他伸出一隻蹼按住自己的嘴巴。

「不要緊，我沒鼻子。」

他微笑。「眞的，妳很懂得體諒他人。」他喉嚨一緊，再度打嗝，這回噴出了一絲火苗。

「你確定你沒事嗎，我的王子？」

「沒事。」他英勇地說道。「只是有點消化不良。我不會有事的。我——」

他的下頷鼓起，身體扭曲，接著他在一陣吵雜的聲響中吐出了一口膽汁和一隻螢火蟲。他吐得很大聲也很噁心，令所有在場之人全都安靜下來。

螢火蟲甩開翅膀上的膽汁，她的尾巴冒出一道亮眼的紅光，眼睛環顧四周。

「哈囉，這裡是怎麼回事呀？」她雙眼閃爍，充滿想要不懷好意地惡作劇的意味。「我主張這座城堡，以及所有其中受詛咒的靈魂的所有權。」

老鼠嘶聲竊笑。「妳太遲了。已經有人主張過了。」

「她打算把我們通通拿去餵殭屍軍團。」影子說。

「是餵給暴民。」鸚鵡更正道。

惡魔飛入空中。她的翅膀拍得比羚羊的腳步聲還要響亮。「咱們走著瞧。」

蟾蜍王子身體抽動，再度開始嘔吐。不過這一次，他不光只是吐出一隻螢火蟲，而是吐出一大票螢火蟲。數以百計的螢火蟲竄出他的大嘴，石室中瀰漫著她們的火焰與冰冷殘酷的笑聲。其他生物都在尖叫聲中落荒而逃，惡魔追趕而上，留下一座空蕩蕩的石室。只有蟾蜍、布娃娃，以及床下的怪物留在原地。

「我討厭惡魔。」怪物說。

「妳沒有逃。」蟾蜍王子說。他微笑，虛弱得動彈不得。

「我會永遠待在你身邊，我英勇的王子。」

「關於那個吻，我的公主——」他痛苦地打嗝道。「或許我們最好晚點再說。」

不管有沒有鼻子，布娃娃都由衷地認同。

□

斷頭丹恩哈哈大笑。他經常這樣笑，因爲他不但是個瘋子，還是個開朗的瘋子。儘管如此，瘋狂的特質還是趕跑了所有訪客，所以丹恩得自己找樂子。這點就一顆骷髏頭而言可不容易，不過事實上，他就是活在自己的世界裡。他會爲了只有他自己才聽得見的小笑話哈哈大笑，而且那些笑話就連他也未必聽得懂。不過此刻的這個笑話，他完全聽得懂。

「時候到了，是不是？喔喔，太棒了，太棒了。」

骸骨先生早已習慣丹恩的喃喃自語，以及詭異的內心獨白。不過這些對話並非總是表面上看起來那麼單方面。因爲瘋狂和魔法是奇特的夥伴，斷頭丹恩聽見的聲音並非都是他自己瘋狂的想像。

城堡隨時都在說話，只有敏感又錯亂的丹恩有辦法解讀它的隆隆聲和唉唉聲、嘎吱聲和嗚嗚聲。即便如此，城堡並不是隨時都在講有意義的話，這是因爲它是個非常大的東西、擁有非常大的靈魂，以及非常複雜的心智。丹恩只能在廚房裡聽見完整思想裡的隻字片語，那感覺就像是面對一個身處陰影之中，除了光線照到的部分色塊外什麼都看不見的東西，而他試圖以少量拼圖拼出一個如同汪洋般的大型拼圖。但是城堡三不五時會在隆隆作響的龐大思緒中，凝聚出一些焦點，而當它透過聯合一致的慾望道出各式各樣飢渴的意念時，丹恩就能了解它的意思。

他再度大笑。活著的時候，他常常會笑到聲音沙啞、淚流滿面。現在他已經沒有喉嚨和眼珠了，所以他得自己注意，不然可能會笑上好多天都不停。就連丹恩自己也覺得這種行爲有點怪異。

他將空蕩的眼眶集中在坐在桌子上的骷髏身上。「老骸骨先生，」他低聲道。「骸骨先生、骸骨先生，你聽得見嗎？你有聽見老丹恩聽見的祕密嗎？你當然聽得見，你是老丹恩的一部分。你不能否認這點，是不是？」

骷髏儘可能地忽視喋喋不休的骷髏頭。

「聽好，骸骨先生，聽仔細了。」

廚房咯咯作響，鍋碗瓢盆相互撞擊。骸骨先生的腳鐐在邪惡能量的影響下劇顫，他站起身來。

「是的，是的，是的。」丹恩得意地笑道。「老馬戈，他畢竟還是沒有徹底發瘋。他帶老丹恩來此是有目的的，你知道。你和我，骸骨先生，我們有個任務要執行。不是馬戈原先安排的任務，他已經不是我們的主人了。在他回來之前不是，而如果城堡的計畫順利，他就永遠也回不來了。城堡內的魔法可不是只想到無聊的復仇。今晚，你和我，骸骨先生，我們將要扼殺整個世界。當然不光只是我們，我們比較像是扼住世界喉嚨的巨手上的指節；不過能夠受邀參與這項壯舉，就已經很榮幸了。」他的語氣越來越粗暴凶惡。「我們將會聽見造物者在臨死前的喘息聲。」

骷髏坐回原位。

「喔，你倒挺沉得住氣。是那個好心善良的奈希，是吧？她污染你了，用她的好心腸和討人喜歡的特質污染了你。無所謂，她不可能抹煞你所有的邪惡，邪惡仍在你心裡，我感覺得出來，我們都感覺得出來。」

城堡發出嗚嗚，表示認同。骸骨先生的腳鐐像蛇一樣扭曲糾纏。他再度起身。

「就是這樣。喔，老丹恩知道你不會讓我失望的。過來吧，我們可別錯過好戲了。」

骸骨先生緩緩移動，無法自制地朝骷髏頭走去。每一步都比之前更加輕盈，他的心態轉變了。他變成一個行爲鬼祟、貪得無厭的生物，一頭舉止懶散、躡手躡腳的怪獸。他虔誠地自調味料架上舉起斷頭丹恩，將骷髏頭朝向自己的脖子放下。

他停止動作。只停了片刻。

「少來，骸骨先生，現在後悔已經遲了。」

腳鐐甩動，表示認同。骸骨先生將骷髏頭放至定位。

「這下好多了，好太多了。」丹恩伸展四肢。他凝視著自己的白骨手指，掌心開開闔闔。他推倒調味料架。架子化爲碎片，在地板上撒落五顏六色的粉末。「喔，我想這麼做已經很久了。」

城堡發出不耐煩的聲響。丹恩腳踝上的腳鐐突然開啓。

「別擔心，老丹恩就要動身了，他知道該做什麼。」他仰頭朝天，哈哈大笑。這次，他笑不停。

19

儘管長廊盡頭之門一直在城堡中遊蕩，不過當緹雅瑪和奈希抵達時，它已經在該在的地方等待她們。奈希料到它會這麼做。

緹雅瑪在長廊另一端停步，遠離長廊盡頭之門，彷彿是停下來享受神聖的時刻。奈希抬頭望向石像鬼蓋瑞斯，他一言不發，只是緊張兮兮地咬緊石牙。長廊盡頭之門出奇地安靜，或許是感應到開門的時刻終於到了。

女巫大步走入長廊，一陣冷風吹過整條走廊。奈希感到四周溫度遽降，但卻幾乎沒有感受到風吹的感覺。緹雅瑪的長袍輕輕擺動，冷風隨著她一步一步逼近而逐漸加劇，她似乎是它唯一的目標。強大的風力吹在她的身上，她的頭髮和長袍飄在身後，彷彿隨時可能被撕離她纖瘦的身軀。她每跨出兩步，長廊就延長一步，儘管強風的力道試圖抓起緹雅瑪的衣袖，如同放風箏般將她拋入空中，但她還是步步進逼。毫不停步。

奈希納悶長廊盡頭之門爲什麼如此排斥緹雅瑪。它想被打開，而她正是爲了開門而來。它應該會吸引她去，而不是抗拒她靠近。對於奈希和納蓋斯而言，強風不過就是一陣冰涼的微風，比城堡內正常的寒風要涼上一點，但是沒有什麼特別的，就一扇禁止接近的末日之門來說，這種微風幾乎堪稱舒適。她很久以前就已經接受自己永遠無法眞正了解魔法的事實，或許從來沒人了解過，或許就連最偉大的巫師都只是在謊稱自己理解，將他們的無知掩藏在強烈的傲慢與威脅恫嚇的堡壘裡。這種想法絕對可以用來解釋他們為什麼經常會死在他們宣稱掌握的力量之下。

緹雅瑪和奈希來到門前，狂風在緹雅瑪伸出手掌時猛烈來襲。接著，最奇怪的事情發生了。長廊盡頭之門自她身前退開，釘在門上的羊皮紙急速抖動，劃傷她的雙掌。左臂上的傷痕深到幾乎將她齊腕割斷，只剩下幾條肌肉相連；傷口沒有流血，只是滲出一些紅沙和綠霧。

緹雅瑪痛苦尖叫。奈希驚訝地向後退開。她一直不確定女巫會不會感覺到痛，但現在緹雅瑪叫得彷彿靈魂都要被撕成碎片似地。

長廊盡頭之門和她一起嚎叫，彷彿分享著她的痛苦。她的雙眼竄出黑焰，順著睫毛向上蔓延，將其一頭白髮化為沒有冒煙的烏黑烈焰。

沒人了解魔法，奈希終於確定這點。

突然之間，緹雅瑪停止尖叫，她的臉變回原先那張空洞的面具，黑焰熄滅。空氣中沒有任何煙絲，但奈希還是聞到一股焦味。強風在緹雅瑪將受傷的手臂縮回衣袖內之後就停止了。她一言不發，只是沉默地凝視著長廊盡頭之門。

納蓋斯發出好奇的嗚嗚聲，但是奈希拍拍牠的鼻子，教牠保持安靜。

緹雅瑪的左手毫髮無傷地伸出衣袖，才剛碰到門把，整座長廊就開始呼嘯，門上竄出某樣略有形體的東西並襲向她，緹雅瑪的身軀和長袍化為一團紅色灰燼。

長廊盡頭之門發出失望的聲響。

奈希沒有樂觀到以爲門上加持的法術能夠摧毀緹雅瑪，女巫絕對不會只有這點本事。趁著等待的時刻，奈希思索緹雅瑪爲什麼會難以應付這扇門，雖然門上的防禦魔法威力強大。或許即使馬戈已死，他仍然擁有足夠永遠封印這扇門的力量。這股力量無法阻止緹雅瑪在盛怒之下摧毀城堡，但至少世界不會面臨危機。

灰燼化爲一道烈焰，凝聚成緹雅瑪的形體。這一回，她沒有對門採取行動。

「奈希，開門。」緹雅瑪命令道。

「但是，我的主人，如果妳都開不了門，我怎麼能開？」

緹雅瑪瞪她。「妳在質疑我？」

奈希深深鞠躬，目光轉向緹雅瑪的雙腳；或是如果沒讓長袍遮蔽的話，雙腳應該站立的地方。

「不，我的主人，但是——」

「看著我。」

奈希抬起頭來，筆直地凝視她悶燒的雙眼。那是一雙充滿威脅意味的眼睛，但是奈希並不害怕。緹雅瑪似乎不像之前那麼可怕了。

「執行我的命令，野獸。」

緹雅瑪冰冷的語氣中隱現一絲絕望的意味。奈希看向長廊盡頭之門，門上的木板朝她的方向傾斜。

「動手！」這是緹雅瑪第一次吼叫。完美無瑕的臉上首度出現皺紋。

納蓋斯嚎叫。奈希輕拍牠的獸角，讓牠冷靜下來。

「不。」奈希很驚訝聽見自己這麼說。她和數日前的那頭地精已經不可同日而語，但是直到此刻她才了解這一點。

「妳膽敢忤逆我？」

「是的，我敢。」奈希微笑。「想開那扇門，妳就得親手去開。如果妳辦得到的話。」

「我的力量遠遠超乎妳可悲的想像。」

「說得對。」奈希鞠躬，比向長廊盡頭之門。「所以要撬開一扇固執的門應該不是難事。」

緹雅瑪皺眉。她的皮膚滾動，眼中流下液態火焰，接著她的臉又變回之前那張異常空洞的面孔。

「妳爲什麼以爲我不會毀掉妳？」

「如果妳不殺我，我才覺得奇怪。我這輩子還沒有遇上任何能控制脾氣的巫師，他們全都像是被寵壞的孩子。」她咧嘴而笑，很高興終於能夠說出自己一直以來的想法。

「妳不怕死嗎，野獸？」

奈希聳肩。「沒有很怕。我做這一行本來就註定會死得很慘。很久以前我就已經接受這個事實了。」

緹雅瑪緩緩說道：「那妳的朋友呢？那隻蝙蝠、那道聲音、那隻貓，還有其他東西？妳該知道我會連他們一併剷除。」

「我知道。我同時也知道那扇門後有著比妳還要邪惡的東西，而它應該永遠待在那扇門後。」

緹雅瑪揚起眉毛。「妳願意犧牲這座城堡內所有可憐的靈魂？」

「救得了的話，我一定救。」奈希嘆道。「但是如果別無選擇，那就只好如此了。」

「妳實際得過分，奈希。」緹雅瑪雙手握在背後。「我想這是一種值得欽佩的美德，但是太過就不好了。」

「妳開不了門，是不是？」

緹雅瑪搖頭。「就連我也並非無所不能。」

站在同等地位上與緹雅瑪交談並沒有那麼難。奈希從來不怕任何一任主人，但她總是假裝害怕，而此刻她看不出有這麼做的必要。

「妳爲什麼以爲我開得了？」她問。

「我知道妳開得了。」

奈希打量長廊盡頭之門。門上的符文和咒語在她眼中不具意義，但她還是感覺得到它們的力量。她不懂馬戈爲什麼要自己扛下如此重擔。

「我絕對不會打開它。」

長廊盡頭之門隆隆作響，門縫中滲出冰冷的霧氣。

「那麼妳讓我別無選擇，只好將妳和這座城堡中的一切通通摧毀。」緹雅瑪說。

「反正妳本來就打算摧毀城堡了。妳自己也說過，這裡沒有任何有價值的東西。妳爲什麼不能就此離開？」

「妳是希望我慈悲一點嗎？」

「不是慈悲，而是漠不關心。但如果妳一定要這麼說的話，或許最殘酷的做法就是讓他們繼續承擔他們的詛咒。對這裡大部分的人來說，死亡都是一種仁慈的解脫。如果妳覺得這個理由還不夠好，那我還可以告訴妳一個簡單的事實——即使妳不出手干涉，城堡也已經在動手摧毀自己了。」

緹雅瑪冷冰冰地竊笑幾聲，聽起來彷彿是從她的喉嚨裡爬出來的。「非常好，奈希。從某方面而言，妳算是非常聰明。我必須承認，妳的說法有點道理，但那無關緊要。我會將這座城堡及其中的一切摧毀殆盡，而且我會將城堡的廢墟埋入地心，讓世人從此遺忘它。這是我唯一剩下的選擇。」

她突然轉身，伸出一隻手舉在奈希面前一吋外。「只要碰一下就好了，妳知道。妳了解永遠無法接觸溫暖的肌膚，只有冰冷感受是什麼感覺嗎？」她縮回手掌，皺起眉頭。

奈希心中生起一股同情。緹雅瑪就像這座城堡裡的所有人一樣深受詛咒，儘管是自作自受，但依然可悲。

緹雅瑪神色一凜。「我不需要妳的同情，野獸。」她轉向長廊盡頭之門，背對奈希說話。「來玩個遊戲吧，我沒有多少消遣娛樂。我讓妳逃跑，妳盡量躲藏。盡妳所能不要讓我找到。因爲當我找到妳時，接下來的一百年的時間我會反覆殺妳，而我一定會找到妳。到最後，妳會詛咒我，詛咒妳曾經所珍惜的一切。到時候我們再來看看誰比較需要同情。」

奈希站在原地思考片刻。她的歷任主人全都威脅過要讓她嚐嚐無盡的折磨，但是到頭來，她還是認定自己會在瞬間死亡。巫師的時間太過寶貴，根本不會浪費在一頭低賤的地精身上。緹雅瑪把話說得很滿，也很有巫師的性格，但那不過就是另一個謊言。

「我沒聽見妳逃跑的聲音。」緹雅瑪說。「妳怕到動彈不得了嗎？我本來想要好好玩玩的。」

奈希不知道緹雅瑪打著什麼主意。她不認爲自己有能力阻止緹雅瑪，但是爲了城堡內所有居民著想，奈希必須把握所有機會。再說，不管緹雅瑪想幹什麼，總之這都讓奈希有更多時間想辦法來對付她。她轉身離去。

緹雅瑪在奈希轉過轉角時叫道：「躲好一點，別讓我輕易找到。」

納蓋斯嚎叫。

奈希穿越城堡，她並不打算躲藏，現在早就過了等待緹雅瑪感到無聊，然後自行離去的時候，而她絕對不打算採取這種做法。奈希必須想辦法摧毀女巫，或至少，將她永遠趕出城堡。她的思緒飄蕩到自家最危險的區域。地下墓穴是有許多飢餓怪物遊蕩的迷宮，但是光靠可怕的怪物殺不死緹雅瑪，「不該存在的怪物」已經證明了這點。

還有無底洞，一個從來沒有東西掉下去能再爬回來的大洞。擺滿斷頭台和鋸子的利刃室，準備隨時將進去的東西砍成肉醬。或是貪婪火爐，或是空虛掛毯，血泉殿、肢解地牢、爆痘巢穴；問題不在於找個夠危險的地方，或是引誘她前去。重點是到目前爲止，沒有證據顯示有東西能夠在女巫的觸摸下存活。

這時，奈希認為自己想錯問題了。沒人可以阻止緹雅瑪，但她依然在玩這些奇怪的遊戲，策畫詭異的陰謀。巫師都很古怪，不過一般說來並不愚蠢。

她想到馬戈。和緹雅瑪相比，他沒有那麼瘋狂且難以預料。奈希難以想像他會讓她擁有開啟長廊盡頭之門的能力，把他如此懼怕的東西交給她去打理。他一直都很討人厭、愛侮辱人，但是她知道他信任她。她只是沒想過他會信任她到這種地步。

太多問題接踵而來，第一次，她拒絕繼續想下去。原來她不是沒有極限的。她一言不發，漫無目的地穿越城堡，直到她打開一扇門，差點讓迎面而來、釘在頭上數吋外門板上的十字弓矢射穿。

「你這個白痴矮人。」西帝斯爵士吼道。「我說過除非確定是她，不然不要發射。」

「我沒發射。」葛尼克說。「我只負責瞄準。」他背上的十字弓顯然是讓更大的手掌握持用的。他任由它滑下肩膀，放到地上。「想怪人的話，就去怪鼬鼠。」

盜潔聳聳肩。「抱歉，我不知道扳機這麼敏感。」

「妳得小心一點。」西帝斯爵士飛到奈希肩膀上。「妳沒事吧，小姑娘？我們沒射傷妳吧？」

「我沒事。」奈希扯扯箭矢，但是它緊緊插在門上。她伸手去拿掛在箭尾的羊皮紙。

「別碰它，小姑娘，那是亞斯皮提供的符文法術。他說這道法術能把女巫變成樹墩，或是讓她猛打嗝，他不確定是哪種效果。雖然我覺得就巫師來說是個糟糕的藉口，不過我們就只能指望他了，而且兩種效果都能拖延她。」

「而且箭矢是純銀的。」回音補充道。「來自聖山。」

「這是我的主意。」葛尼克說。「當然，世界上只有三枝這種箭，而我們剛剛已經浪費了一枝。」

「我們還有兩枝。」盜潔說。「現在幫我裝箭。」

葛尼克嘆氣。「上次裝箭花了我們十五分鐘，而且當時我還不累。」

西帝斯爵士飛到十字弓上，跟矮人和鼬鼠一同拉扯緊繃的弓弦。「爲了加強效果，」他趁拉弓的空檔說道，「我們拿它去沾烏雲天堂泉的聖水。用力一點，老兄。」

葛尼克吼叫一聲。

「如果這玩意兒不能阻止她，那就沒東西能了。」西帝斯爵士說。

奈希並不這麼認爲，但她看不出任何打壓他們士氣的理由。於是她加入他們一起拉弓，數分鐘後，十字弓裝塡完畢。

西帝斯爵士不停喘氣，舌頭在嘴中伸來縮去。「妳是怎麼逃脫的，奈希小姑娘？我們以爲妳死定了。」

「她放我走。」

「放妳走？爲什麼？」

奈希沒有答案。

盜潔說：「西翼有一群螢火蟲在作祟，妳或許想知道。」

「別拿更多問題來煩這個小姑娘。」西帝斯爵士精神一振。「妳不用擔心，奈希。交給我們處理就好了。」

「說得眞輕鬆。」葛尼克道。「又不是你要搬運這玩意兒穿越走廊。」

奈希微笑。就算他們躲在陰影中等待麻煩消失，她也不會責怪他們，但是他們在試著幫忙。儘管註定要失敗，他們的努力依然值得欽佩，並且令她感動。他們是她最要好的朋友，只要她還有一口氣在，絕對不能將他們交給緹雅瑪。

惡魔是有辦法囚禁的。奈希不知道該如何將螢火蟲引回紫屋，甚至不知道曾經囚禁惡魔的法術是否依然有效，但那一切看起來都是小事。這就是麻煩太多的唯一好處，連大麻煩也會在相形之下變得微不足道。

黑暗的角落中傳來聲音。「奈希，奈希，奈希。」

她立刻認出這個聲音，只是沒想到會在這裡聽見它，她已經沒心情面對意想不到的狀況了。

丹恩，不再是斷頭丹恩，步入火把的照耀範圍下。「我找到妳了，找到了。我就知道妳在這裡。」他斜眼看她，光禿禿的骷髏頭總是斜眼看向任何東西。「我說過老骸骨先生和丹恩會再度成爲好朋友，是不是？老丹恩的承諾就像毒蛇的利齒，保證有效，而且還比毒蛇的利齒銳利兩倍。」

他湊向前來，雙掌如同握起的利爪般伸出。「過來給老丹恩期待已久的那個擁抱。」

納蓋斯在凶猛的吼叫聲中一撲而上，這是牠第一次充分展現敵意，即使當牠吞噬馬戈時，牠都表現得非常無辜。牠向來不喜歡丹恩，瘋狂的骷髏一把將納蓋斯甩到一邊。納蓋斯在哀鳴聲中落地，鼻子上已經浮現深色的痕跡。

「淘氣，淘氣。我可不像馬戈那麼容易對付。我一直都是個強壯的男孩，雖然瘦得像是皮包骨。如今我失去了我的皮膚，你以爲我會因此而變弱，不過看來我還是一樣強壯。實在太強壯了。」丹恩竊笑。「強壯到足以扼死所有被我抓到的東西，但是言語……言語經常不足以形容我們的想法。過來，奈希。讓老丹恩示範給妳看看。」

「發射。」西帝斯爵士叫道。

盜潔按下扳機，箭矢疾射而出。它穿透丹恩肋骨間的空隙，插入其後的一塊石板中。

「喔，可惡。你這愚蠢的矮人，你都不會瞄準嗎？」

「時候到了，奈希。」丹恩道。「我將爲馬戈復仇。我會扼死妳、那頭野獸，還有蝙蝠，沒有東西可以阻止我。」他發出如同瘋狼般的嚎叫聲。他的骷髏頭扭曲，大聲地打了個嗝。

卡在他肋骨上的符文法術發出一道閃光。他再度打嗝，這次更大聲。第三聲嗝打得太用力，導致他的下頷自右邊的接合處脫落，半邊垂在頭顱下。他將下頷推回原位。「喔，這下傷腦筋了。」

丹恩的身體隨著每一下打嗝而抖動。他緊抱理論上根本沒有的腹部，這樣做幫他平息了一點。「別以爲這樣就能阻止老丹恩，『嗝』阻止不了多久的，『嗝』阻止不了多——」他咬緊牙關，準備對抗下一波嗝。十秒過後，在發現沒有繼續打嗝的跡象時，他站直身子。「這下打完了。感覺就像，感覺就像，就像……」

他打出一下激烈的猛嗝，就是只有醉神在經歷千年狂歡之後才打得出來的那種嗝。丹恩全身骨頭散落一地。

「我不喜歡打嗝。」他抱怨道。「會影響我樂天的個性。」

七零八落的骨頭迅速結合，但是它們優先考量速度而非解剖學上正確的位置，導致丹恩變得以雙手站立，而且骷髏頭連在股骨上搖晃。另一個嗝震掉了他一條手臂，搞得他必須不斷跳躍才能維持平衡。

「稍待片刻，奈希。『嗝』丹恩很快就來找妳。『嗝』。」

「妳該趁有機會的時候快逃。」回音建議道。「我們不知道那道法術能夠維持多久。」

奈希已經厭倦逃避問題了，但是她看不出有別的路可走。即使身受打嗝的詛咒，找回身體的丹恩依然是個可怕的威脅。他此刻破綻百出，納蓋斯可以輕易吞掉那顆瘋狂的骷髏頭，但她不知道這麼做會對骸骨先生造成什麼影響。有機會的話，她還是想救骸骨先生。

「去找個安全的地方。」她對其他人說道。「別惹緹雅瑪。」

「我們只是想幫忙。」回音說。

「我知道，但是緹雅瑪不想殺我，而我不認爲她會對其他人心軟。」

「反正我也不想這麼做。」葛尼克道。「技術上來講，我根本不該離開軍械庫。」

西帝斯爵士爬到奈希肩膀上。「我們最好離開了，小姑娘。骷髏看來已經開始習慣這道法術了。」

丹恩組合成一個奇怪的模樣，看起來像是腳由骨頭組成的蜈蚣，朝他們怒目而視。他的骨盆如同一把大白弓般插在他的頭骨上。打嗝將一些零星的骨頭全都震鬆了。

葛尼克和盜潔朝著某個方向逃跑，而奈希、她肩膀上的西帝斯爵士、身旁的納蓋斯，以及飄在附近的回音則逃向另一方。

「老丹恩會找到妳的，甜蜜的奈希！」骷髏吼道。「我會找到妳的！」打嗝聲伴隨骨頭震動的聲音傳來。「當我找到妳時，心情肯定很糟！」

他們一言不發地前進了一會兒。

「我們現在該怎麼辦，奈希？」西帝斯爵士問。

「我不確定。」

「但妳總是有因應之策，小姑娘。」

「這次沒有。」她停下腳步，面色驚訝的西帝斯爵士自她肩膀上跌落。

「妳不能放棄，我們需要妳。」

「他說得對。」回音說。「我們根本一點用處都沒有。」

奈希皺眉。「沒這回事。」

「這是事實，奈希。」西帝斯爵士沿著她的腳爬回肩膀。「我們早已不是從前那群英雄了。」

「荒謬。」她將他拿下肩膀，舉在雙掌上。「你的詛咒能對你產生多大的影響完全取決於你自己，我不知道我為什麼要不斷提醒你這點。」

「我懂，但我們還是得接受自己的極限。」

她將他放回原位。「接受是一回事，任由詛咒決定你的價值又是另一回事。」

「我想妳說得對。」回音說。「但有時候想不受影響很難。」

「等解決這些問題之後，我們會破除你們的詛咒。」

「但是妳怎麼能肯定？」回音問。「我們要克服的難關太多了。」

「因爲我選擇要如此肯定。」奈希微笑。「因爲我隨時都把希望擺在絕望之前。」

「世事並非總是那麼簡單的，小姑娘。」

「設定合理的目標是很不錯，但當你唯一的選擇只剩下不合理的目標時，你還是應該努力達成目標，因爲你根本沒得選擇。」

「我從沒這樣想過。」西帝斯爵士說。「所以妳眞的認爲我們還有機會？」

「總是有機會的。」

他們轉過一個轉角。創傷女巫緹雅瑪就站在他們面前，嘴角露出淺淺的微笑。「再也沒有機會了。」

奈希後退。

「喔，請不要告訴我妳現在打算逃跑，那又有什麼意義呢？」

儘管奈希同意她的說法，但還是轉身奔向走廊另一頭。

20

緹雅瑪的笑聲就像本人一樣冰冷無情、死氣沉沉，正如影隨形地跟在奈希身後。奈希的耳朵能夠聽音辨位，但是她沒辦法聽出笑聲發自何處。前一刻，它還在她身後。下一刻，它又跑到前方。有時候，笑聲彷彿同時來自四面八方。

她逃跑是因爲她想不出其他應變之道，她是眞的束手無策了，這是個不尋常的狀況。奈希鮮少會有想不出計畫的時候，現在就連一點粗略的計畫大綱都沒有。但是她看不出還能採取什麼行動，除了不停逃跑，然後希望解決的辦法會自動出現。如果地精一族擁有自己的神，她甚至可能會向神禱告。

她在一個交岔口停步，恐怖的笑聲自陰影中冒出來混淆她。

「女巫無所不在。」西帝斯爵士低聲道。

「她不可能無所不在。」回音說。

四周陷入一片死寂。

「我們甩掉她了嗎？」

接著，他們聽見另一陣竊笑聲。瘋狂又愉快，三不五時會被打嗝聲打斷。

「丹恩。」西帝斯爵士轉動大耳朵，找尋聲音的源頭。

骷髏比緹雅瑪還要危險。奈希心想。女巫並不打算直截了當地殺死奈希，他可不會手軟。

「奈奈奈希希希。」他一而再再而三地呼喚她的名字。「奈奈奈希希希。『嗝』。」

「他在那裡。」回音說。由於她沒辦法以任何手勢標明她所說的方向，所以這句話一點意義都沒有。

一扇門突然開啓，丹恩疾衝而出。他跑步的姿勢十分奇特，兩腳開開，兩手亂甩，還伴隨著獨特的打嗝笑聲。

奈希轉身逃跑。她沒有回頭，但是慢慢地，骨頭踏在地上的腳步聲逐漸遠去。她停下腳步喘氣。

緹雅瑪出現了。奈希看不出她到底是偷偷溜過來還是平空出現。她飄向前來，整個身體起火燃燒，籠罩在黑焰中，並且發出幽靈般的吼叫聲。

奈希再度開跑，沒過多久，女巫就被甩開，只剩下充滿威脅意味的無聲死寂。一次又一次，追逐反覆上演。緹雅瑪和丹恩會冒出來追趕奈希片刻，然後消失在陰影之中，直到再度現身。

納蓋斯哀鳴。

「他們爲什麼不乾脆做個了結？」西帝斯爵士問。

奈希知道爲什麼。地精知曉擾敵的手段，將獵物追趕到精疲力竭，最後把自己逼到死角。他們想要混淆她。

儘管四肢痠痛、微感疲憊，奈希還是十分熟悉她的城堡。他們現在身處的巨柱廳，空間寬敞，聳立著數排高大的大理石圓柱。這裡共有兩個出口。

她打開其中一扇門，丹恩就站在外面，他撲向她，儘管他應該可以輕易抓住她，但她還是趁隙閃過他的致命擁抱。她打開第二扇門，退回來時的路，但這次是緹雅瑪站在門口，面色陰沉，雙眼冒火。這下無路可逃了。

緹雅瑪和丹恩並肩而立。他們攜手合作，奈希懷疑他們爲了什麼目標而合作。

「奈希，聽著。」回音說。「我們身後有個出口。」

奈希責備自己竟然犯下這種顯而易見的錯誤，她應該更熟悉她的城堡才是。她衝向出口。緹雅瑪和丹恩緩緩跟上，彷彿一點也不趕時間。

那扇門上了門閂，奈希吃力地推動那根木板，但是它卻沉得像鐵打的一樣。

「快點，小姑娘。」西帝斯爵士催促道。

她停下動作。

「妳在幹嘛？」

她後退。「這裡不該有這扇門。」

他回頭望向追兵，眼看他們逐漸逼近。「現在不是質疑好運的時候，小姑娘。」

奈希認爲現在正是應該質疑好運的時候，這才是緹雅瑪和丹恩大費周章想要達成的目標，而且他們差點就成功了。

「我知道你是什麼。」她說。

長廊盡頭之門轟鳴一聲，撤除幻象。

奈希轉身背對它，面對女巫和骷髏。「我不會打開它的。」她收起疲憊的神態，換上堅定的表情。「我絕對不會打開它。」

丹恩竊笑。「我就說她不會這麼輕易上當。」

長廊盡頭之門嗚嗚。

「她的肩膀上長了一顆好腦袋。在丹恩看來，最好的做法就是壓扁那根小脖子，直到腦袋掉下來。」

緹雅瑪揚起一隻手阻止他。「我已經厭倦妳的反抗了，奈希。」

「我也厭倦這個永無止盡的話題了。」奈希故意打個呵欠。「妳一直說不開門的話就要毀了我，而我一直拒絕，現在我還是一樣好端端地站在這裡。」

緹雅瑪眼中的火焰竄起，眼眶中冒出濃煙。「非常好。講理的時間已經過了，妳說的沒錯，我一點也不想殺妳。妳要是死了，對我就毫無用處，我只是希望能夠以文明的方式處理此事。這是妳逼我這麼做的，妳只能怪自己了，妳絕對難以想像妳在死前會承受多少痛苦。事實上，最強烈的痛苦鮮少致命。妳將會親身體驗這個教訓。所有固執的傢伙都有極限，我們會找出妳的極限。妳會懇求死亡的解脫，而我絕對不會答允，在妳開門之前不會。只有等妳開門後，我才會賜給妳死亡之禮。或許吧，如果我心懷慈悲。」她咧嘴而笑。「不過，老實跟妳說吧，慈悲並非我的強項。抓住她，丹恩。」

納蓋斯跳到骷髏身上，對準一條手臂狠狠咬下。丹恩發出惱怒的吼叫聲。他揚起另一隻手，抓住納蓋斯的獸角，將牠摔在地上。他一拳擊中納蓋斯的下頷，幾顆長長的白牙跌落地面。納蓋斯摔倒在地，幾乎失去意識。

他竊笑。「我說過老丹恩很強壯，是不是？現在讓我們停止這種愚蠢的行爲。」他伸手用力抓住奈希的肩膀。「照道理說，我不喜歡折磨人。『嗝』我或許是個瘋子，但是我比較想要直接殺了妳。『嗝』。我一直不懂折磨人的樂趣何在，老丹恩只是愛聽人死之前悅耳的聲音。」

但他看出奈希並不打算改變心意，於是嘆了口氣。

「那就照妳的意思來吧。『嗝』。」

一副鋼鐵手套突然抓住骷髏的脖子，藍聖騎士將丹恩高高舉起。儘管一舉一動都會發出金屬撞擊聲，他還是偷偷溜到他們身邊。聖騎士揚起另一隻手，只用一根手指就將丹恩的腦袋彈下肩膀。骷髏頭彈到巨柱廳的另一端。

「不公平！不公平！」他叫道。

聖騎士反手捶向緹雅瑪，將女巫擊向一旁。她躺在地上，全身軟癱。聖騎士輕輕將地精推向旁邊，他身後站了沒有人穿戴的盔甲大軍。奈希對於東西突然平空出現這種怪事，已經見怪不怪了。

「我就在想你什麼時候才會找上門來。」緹雅瑪起身，看來一點也不意外。「你眞的以爲有辦法阻止我嗎？」

聖騎士高舉他的巨型戰斧。緹雅瑪哈哈大笑，而這一次，笑聲中隱隱透露出一股饒富興味的意味。接著藍聖騎士揮下戰斧，盔甲大軍展開進攻。沒有戰呼，沒有嗜血的吶喊，他們只是發出噹噹啷啷、砰隆嘩嗒的聲響。龍甲的腳步聲震耳欲聾，由於體型巨大，它第一個來到緹雅瑪面前；它人立而起，將全身的重量壓在她身上，將她壓扁在兩支毫不容情的手套之下。石板地碎裂，隨時可能坍塌。龍甲揚起頭盔，彷彿發出勝利的呼喊。

大軍圍繞在它身旁。

「她沒死，是吧？」奈希問。

藍聖騎士搖搖頭盔。

「她殺得死嗎？」

他聳肩。

巨柱廳開始震動。

聖騎士指示奈希後退。他緊握戰斧，他的部隊舉起長矛和長劍，而石獸盔甲則雙拳交擊。

「我們應該交給他們就好了嗎？」西帝斯爵士問。

回音說：「如果他們無法阻止她，我不認爲跑到別的地方會比較安全。長遠來看的話。」

「妳說得容易，小姑娘，妳又沒有身體可以承受痛苦。」

震動逐漸加劇。石柱上浮現裂痕，大理石碎片不斷落下。龍甲努力壓制緹雅瑪。

「別告訴我你打算錯過這場大戰。」回音說。

西帝斯爵士咧嘴而笑。「不想，但是後退一點或許比較明智。」

奈希抓起動彈不得的納蓋斯的尾巴，試圖將牠拖到安全的地方。骸骨先生跑來幫忙。脖子上沒有丹恩的他不像之前那麼強壯，不過他們還是將納蓋斯拖到一根石柱後方。

她向他道謝，被夾在骸骨先生腋下的斷頭丹恩，語氣不善地道：「這麼快就變好人了。老丹恩對你太失望了，我的身體。」

震動停止，現場一片死寂。龍甲壓低頭盔，小心翼翼地揚起手套。就連這些盔甲似乎都在屏息以待。一顆紅色火球竄入龍甲的頭盔之中。雖然沒有眼睛，它還是出爪捶打滅火，驚慌失措的它不自覺地甩動尾巴。好幾具盔甲都被撞開，七零八落地散落一地。

緹雅瑪四下揮手，朝四面八方拋出綠紫電光，被擊中的盔甲立刻倒地。幾具盔甲衝到近處，出劍猛刺，卻沒有什麼效果，她毫髮無傷地任由長劍穿透身體。

石獸盔甲毫不容情地揮拳攻擊緹雅瑪。第一拳打得她身體搖晃，第二拳令她跪在地上，第三、第四拳將她整個打趴。石獸盔甲一拳接著一拳，一直打到敵人動彈不得、皮開肉綻。她沒有流血，緹雅瑪體內只有紅沙和白焰。

藍聖騎士迎向前去，高舉巨斧施展致命一擊。石獸緊押著她，讓聖騎士能夠乾淨俐落地砍落她的腦袋。他使盡吃奶的力氣狠狠砍下。緹雅瑪，看起來像極了沒有填充物的布娃娃，突然轉身徒手接下斧刃。她雙眼發光，聖騎士和石獸盔甲同時被一股隱形的力量撞離地面。聖騎士撞上一根石柱，力道猛到整根柱子坍塌，將他埋沒其中。石獸盔甲重重撞上天花板，整具盔甲化作一場碎石瓦礫雨般地墜落地面。

數柄長矛同時擲出，在緹雅瑪的皮囊再度膨脹時將其刺穿。妖精皮甲四下飛竄，以手中的小匕首在她的皮膚上劃出千百道傷口。女巫雙掌一拍，它們全部灰飛湮滅。

她的傷口中冒出火焰與岩漿，但是緹雅瑪笑容不減。

接著盔甲遲疑了，因爲他們開始懼怕。

回過神來的龍甲抬起長長的龍頭，頭盔中竄出一團銀金烈焰。緹雅瑪雙臂交抱胸前，火焰化爲十幾道小火舌。它們在大廳中彈來彈去，炸毀盔甲。片刻過後，盔甲大軍只剩下一團一團焦黑的鋼鐵。

身爲最後一名還沒倒下的戰士，龍甲鼓動它的翅膀。銀金火焰在緹雅瑪頭上凝聚成一顆火球。她停止微笑，搖搖腦袋，彷彿不再感到有趣，轉身背對最後一具盔甲。

龍甲向前跨出一步。緹雅瑪的火球竄向龍頭。它的頭盔飛離頸部，接著龍甲站在原地，很長一段時間沒有任何動作。

緹雅瑪嘆氣。「我還以爲你們有多了不起。」

龍甲分崩離析，一塊一塊落地。它的護頸剝落，接著雙翼墜地，然後是臂甲、胸甲與尾甲，最後是護腳。盔甲落地的聲響幾乎像是音樂，像是半獸人的戰鑼，就某方面而言悅耳動聽，但絕不會有人想要去聽。

碎石堆中傳來騷動，藍聖騎士爬起身來。他頭盔轉動，環顧部下的殘骸。

緹雅瑪開口，再度化身死氣沉沉的怪物。「我知道你非要試試不可，然而事情不會有任何改變。到最後，你會爲此而感激我。」

聖騎士抓起一把長矛，向她疾衝而去。

「非常好。」緹雅瑪的頭髮綻放火光。「我已經厭倦這段插曲了，來做個了結吧。」

他以手肘撞開緹雅瑪，順勢拋出長矛。奈希跪倒在地，長矛穿胸而過。

西帝斯爵士倒抽了一口涼氣，無言以對。

「喔，不。」回音道。「喔，拜託，不。」

「好哇，我沒料到還有這一手。」斷頭丹恩皺眉。「儘管我和大家一樣喜歡驚喜，但是老丹恩可不喜歡這個轉變。」

緹雅瑪尖叫，城堡與她一同尖叫。「你做了什麼？你做了什麼？」一道黑焰將她吞噬，她轉眼消失。「你做了什麼？」她的聲音在城堡之中迴盪。

「奈希，小姑娘。撐住，妳一定要撐住。」西帝斯爵士淚眼矇矓地說道。「我們需要妳。」

她吸入最後一口痛苦的氣息，然後就再也不動了。鮮血沿著矛頭流下，在地上聚積成一灘血泊。

「她死了。」回音道。

「她不會死。」西帝斯爵士溫柔地在她耳邊低語。「好了，小姑娘。妳一直都很固執，妳不會因爲這種小事就爬不起來，是不是？」

骸骨先生半跪而下，闔上她的雙眼。

「不必那麼悲傷。」斷頭丹恩竊笑道。「她只是去找老馬戈談談，一定是這樣。我確定他會有話要和她說的。」

「閉嘴。」回音道。「放尊重點，你這個瘋子。」

「老丹恩最尊重亡者了。你以爲他幹嘛要把那麼多人送入墳墓？」他忍住笑意，咬緊牙關，沒有再說下去。

西帝斯爵士一言不發地在奈希的屍體旁坐了很長一段時間。他一直以爲她活過來了，以爲有看見生命的跡象，但那些都只是微風吹動毛髮所造成的錯覺。

「爲什麼？」他問藍聖騎士。

聖騎士沒有解釋。他半跪在地，頭盔低垂，彷彿在無聲禱告。納蓋斯發出低沉哀傷的叫聲，奇妙的是，長廊盡頭之門也以悲切的嘎吱聲相互應和。

21

奈希知道自己死了，直到死亡成爲事實之後她才眞的察覺到此事。活生生的心靈無法眞正理解死亡，但是如今死亡降臨，靈魂離開了脆弱的凡間軀體，她終於完全了解自己的死亡。她也十分清楚自己的靈魂此刻身處何處。光看外表，只能看見城堡的石牆，但是外表之下隱藏著一股特質。她能在腳下感到生氣勃勃的暖意，一股生命的精華在走廊上下不停脈動。

「妳在這裡做什麼，野獸？」馬戈站在她的面前。

她向前任主人鞠躬，基本上只是出於習慣。「和你一樣，我想。」

一個聲音平空出現，奈希知道那是城堡自身的聲音。「沒有主人的允許，誰都不能離開我慰藉的懷抱。」這個聲音溫柔動人，不像發自遭受詛咒的堡壘，而是一座舒適宜人的別墅。「就連靈魂也不能。這是你訂下的規矩，馬戈。你先前訂下了無盡貪婪的規則，即使死後依然持續，難道你已經遺忘了？」

巫師沒有回應，他冷冷地瞪著奈希。

「妳殺了我。」

城堡大笑。「是你殺了自己，不要怪罪於她。不過我想你的傲慢就和貪婪一樣沒有極限。」

馬戈同時望向四周，沒有一個特定的方向。他伸手指向奈希，唸誦一句咒語，打算將她徹底烤焦。但他是在召喚早已不再屬於自己的魔法，所以什麼事都沒有發生。

「如果我必須徒手復仇，儘管我非常厭惡這種做法，我還是會動手的。」他撲向前去，她一口咬中他掌心中柔軟的皮膚，不過並未咬出血來。雖然她並不肯定靈體會不會流血。

他向後退開，雙眼大張。「妳咬我！」

城堡大笑。「咬得好。不過要是我的話一定會咬下他一、兩根手指的。」

「妳不能咬我。」馬戈搓揉傷口。「我是妳的主人。」

「你本來是我的主人。」她透過友善的微笑，露出一口尖牙。

奈希身旁的火把大放光明，其他的火把則突然熄滅。一種邪惡的東西，沒有其他方式足以描述它們，自黑暗中湧現，將馬戈團團圍起，將他拖入黑暗，慘叫聲隨即消失。火光回歸，他不見了。

「你把他怎麼了？」

「他只是自作自受。」聲音變得較爲低沉、嘶啞、微帶一絲冷酷的幽默。「讓他去跟我的陰影糾纏片刻，這樣應該夠他忙上一段時間。」

奈希的耳中隱約傳來屬於馬戈和其他東西的尖叫與吼叫聲，她皺起眉頭。

「妳怎麼能夠同情如此邪惡的靈魂？」城堡問。「妳的同情用錯地方了。我的黑暗是馬戈親手創造的，他的報應都是罪有應得。」

她聳肩。她從來看不出暴行的意義何在，就算以暴制暴也一樣。

走廊光線黯淡，接著幾支火把大放光明。「陪我走走，奈希，不過請待在明亮處。我的靈魂是座混亂的汪洋，許多遨遊其中的可怕事物最近都蠢蠢欲動。妳和馬戈不同，沒有接受過足以對抗這種心靈折磨的巫師訓練。」

火把領著她穿越走廊，奈希一路聽著城堡解釋。

「要了解現在的處境，妳就得了解魔法最基本的哲學。知道這個祕密的人不多，因爲巫師和他們的同行不喜歡談論此事。他們喜歡假裝自己是魔法的主人，事實上他們只是一群裁縫師，在一大片掛毯上縫補編織他們的魔法。他們從這裡剪去一塊，到那裡補上一塊，修剪掉一些不需要的部分。被修剪掉的部分就被棄置一旁，最後又讓大掛毯給吸收回去。」

「這就是貪得無厭的馬戈犯錯的地方。由於他是個貪婪的笨蛋，他拒絕放棄這些剩餘的魔法。他將它們丟入城堡中一扇特別的門後，沒有任何特別的理由，完全只是因爲他不願意放手。這些未完成的魔法碎片對他根本毫無用處，於是它們待在那扇特殊的門後很長很長一段時間，直到某件意想不到的事情開始發生。」

「這些零碎的魔法和巫術開始自行發展、成長及改變，透過某種形式逐漸壯大。他所施展的每一道法術都讓這些不穩定的魔法、這個全新的生命日益茁壯。過了好一段日子之後，馬戈才終於發現了這個現象。」

「他大可以在當時就摧毀那扇門，但是基於自身的傲慢，他並不將其視爲日後可能成爲的威脅，反而對它感到好奇。於是它在馬戈的研究之下持續發展。然而到最後，就連他的自大也無法隱藏眞相。眞相就是門後的實驗已經變得太強大、太危險、太難以預料，這時，他已經錯過摧毀它的機會。魔法擁有許多潛在的可能性，但是過多的可能將會導致混亂。汪洋會沸騰，大陸會沉沒。怪物會竄出地獄，貓咪將會開始跳舞，天鵝會飛往北方過冬，而冬季只會延續三分鐘；以上只是舉例。突如其來地釋放這種史無前例的魔法能量，將會讓世界陷入瘋狂。」

「馬戈唯一的選擇，就是控制實驗的範圍。他將它藏在一道強大的封印魔法中，永遠不讓它逃脫。它在封印後等待，不斷改變，不斷成長，不斷發展。隨著時間過去，它發展出了自我意識，它開始感應到所有發生在其中的事物，它開始學習。」

城堡安靜片刻。火把黯淡無光。

「我學到了很可怕的知識，奈希。」

走廊上吹來一陣寒風，她忍不住抖了一抖。接下來一段漫長的時間中，四周陷入一片死寂。

「妳必須了解，」它柔聲說道。「我的養分來自馬戈扭曲的巫術。黑暗魔法產生黑暗魔法，我在殘暴的行爲中成長，我不曾見識過多少其他的事物，除了恐怖畸形的怪物外，我還能成爲什麼？」

「我了解。」奈希伸手在牆壁上安撫地輕揉幾圈，城堡彷彿因而振作了起來。

「接著妳出現了。妳是城堡中第一個展現憐憫美德的生物，那股憐憫在我心中紮根，不過它十分渺小，而我的殘酷與瘋狂佔據了絕大部分。但我依然在找尋最後的形體，而我體內眾多不同的特質還在爭奪主導權。這是一場困難重重的戰爭，但我心中依然希望自己能夠成爲值得驕傲的東西，或許當那一天到來時，這扇門終將開啓。」

城堡的靈魂暫停片刻，讓奈希吸收它剛剛所說的一切。火把領著她爬上一座階梯，抵達最高的塔樓。靈性的城堡跟實質的城堡一模一樣，只不過欠缺了家具和窗戶，然而這間石室有另一項不同之處，中央有座小桌子，桌子上放了一本闔起的書。

石室光線轉暗。馬戈自門口摔了進來，以難看的姿勢顏面著地，接著躺在原地呻吟了一會兒。

「起來。」城堡命令道。「少給我這麼戲劇化。」

他緩緩起身，奈希這才發現他已經變成如此可悲的模樣。少了魔法，他只是個微不足道的小人物，他赤裸裸的靈魂看起來可憐兮兮。她攙起他的手臂，幫他站穩。

「滾開，野獸。」他突然抽手，差點摔倒。「妳不配摸我。」

「可憐、可憐的馬戈。」城堡說。「你永遠都學不會。我想妳也一樣，奈希。眞奇怪，同樣的特質在一個人身上這麼令人髮指，在另一個人身上卻如此令人欽佩。」

城堡嘆息。

「把緹雅瑪的事情告訴她，馬戈。」

馬戈低吼。「你在胡說什麼？根本沒有緹雅瑪。她只是巫師界裡廣爲流傳的恐怖故事。」

「她本來是，直到你讓她變成現實。」

「緹雅瑪是一道法術。」奈希大聲說道。「她是專爲馬戈復仇而施展的法術。」

「沒錯，沒錯，那就是她的使命。」馬戈說。「但是我不喜歡這種做法。所以我取消它了。」

「而所有你不想要的魔法都到哪裡去了?」城堡大笑了一段時間。「它們來到我這裡。儘管將我囚禁在門後的法術威力強大，但是我已經成長到能夠影響外界的程度。馬戈死時，我邪惡的部分凝聚法力創造出她，但賦予她了一項全新的使命。儘管如此，她還是需要取得最後一個元素：妳的允許，奈希。在無知的情況下，妳允許她進入城堡。」

奈希皺眉。只要她在門口拒絕緹雅瑪進入城堡，這一切通通不會發生。

「妳不可能猜到的，妳只是做了當下認爲最妥善的處置。我的靈魂處於平衡狀態，儘管是種脆弱的平衡。當我的邪惡跑出外界時，我的善良面也跟著出去。那只是一點小小的魔力，剛好足以喚醒藍聖騎士的魔法盔甲，以及他的軍團。我的善良面希望能夠藉助他們的力量摧毀緹雅瑪，但是她的物質形體實在太難摧毀了。創造她的邪惡魔法是無法逆轉的，它必須回歸來時的地方。當我的善良面發現這一點時，它就攻擊了她唯一的弱點，那是它唯一能夠阻止她開門的做法。」

火光突然一閃，隨即黯淡下來。

「我很抱歉，奈希。」

她微笑。「你非這麼做不可。」

「妳眞是寬宏大量。」火光轉爲明亮。「我還有一道法術，馬戈親手加持在我體內的法術。透過它，我可以讓我的主人死而復生。透過它，我可以重挫我邪惡的一面。」

「讓我復活，我或許會考慮這麼做。」馬戈大叫，聽起來有點孩子氣。

「我只能擁有一個主人。」聲音變得冰冷而粗暴。「我還沒有決定你們哪個是我的主人。」

火光閃爍不定。樓梯下傳來吼叫聲，陰影沿著牆壁蔓延。

「儘管我邪惡的一面力量強大，這卻是一道屬於生命與醫療的法術。因此，它屬於我較爲人性的一面管轄，於是我發現自己面臨兩難的局面。」

「馬戈，身爲一名偉大的巫師，擁有能夠輕易將緹雅瑪趕回牢籠的力量與知識。但他同時也是一名邪惡之人，無可救藥，沒有任何值得讚揚的特質。至少不是我的善良面會去讚揚的特質。」

「奈希是個了不起的生命，同時我也相信能夠從她身上學到很多東西。但是她缺乏力量，儘管我信任她的能力，但我必須質疑這個問題是否已經超越她的能力。」

牆壁劇震。他們腳下的地板晃動，一陣恐怖的哀號聲平空而來。

「我邪惡的一面開始不耐煩了。在不受控制的盲目盛怒下，緹雅瑪很可能會摧毀城堡，以及其中所有的一切，包括她自己。」哀號聲令空氣中充滿寒意，邪惡的形體在牆壁裂縫中不停扭曲。

「或許那算是最好的結局。」

奈希踏前一步，由於城堡的靈魂無所不在，所以這個動作基本上只是做給自己看的。「我能阻止她。」

馬戈大笑。「少蠢了。」

「我能阻止她。」

「實在太荒謬了。」馬戈叫道。「你不會眞的認爲這個問題有什麼好爭辯的，是吧？我是你的主人，我創造了你。沒有我，就不會有你。這條蠢狗做過什麼？掃掃地板？排列書籍？就連這些簡單的工作都不能令我滿意，我才不屑和這個東西競爭。」他踢向奈希，由於沒有防範，奈希被他踢倒在地，他又重重地補了兩腳。這個形體不定的邪惡暴徒竊笑幾聲，他縮腳想要再踢第四腳時，奈希突然撲上。

她一口咬住他的腳踝，他痛得失聲慘叫。她發現靈體確實會流血，他刺激的血液灼燒她的舌頭，刺痛她的牙齦，但她越咬越深。馬戈大聲吼叫，無法擺脫她，直到她自行鬆口爲止。

她四腳著地，張嘴咆哮，不時還夾雜幾聲侵略性的吼叫。她嘴唇後翻，露出滿嘴利齒，染滿鮮血，比馬戈印象中還要尖、還要長。她明亮閃爍的雙眼，現已變成兩顆神色輕蔑的黑珍珠。

「就連最有耐心的靈魂也是有極限的，主人。」城堡說。它冷酷的陰影也在嘲笑這個情況。

奈希前進。馬戈提起被咬爛的腳一拐一拐地後退。她身材嬌小，但是在沒有巫術的情況下，他根本沒有希望抵擋她的攻擊。她將他逼到牆邊，他縮成一團，手腳僵硬，在自己的血泊裡不住顫抖。

「不要，不要傷害我。」

但是她眞的很想傷害他，想將從前的辱罵一口一口地咬回去，將從前的瘀傷一爪一爪地抓回去。讓他爲每個遭受詛咒的受害者都灑下一滴鮮血。這一切都是他罪有應得，或許以暴制暴還是有點道理。或許，在血淋淋地遭受侮辱之後，馬戈終於能夠學會一點憐憫。或許不會。但是在一個沒有公義的世界裡，或許人們只能指望復仇。

她攤平耳朵，嘴唇上流下口水。陰影窮凶惡極地拉扯巫師的頭髮與長袍。它們在他耳旁低語，享受著他即將感受到的痛苦。馬戈哭了。他哽咽，顫抖，鼻涕沿著嘴唇垂下。

她伸手輕觸他的肩膀，他嚇得跳起身來，淚水在他臉上如同泉水般湧下，但是奈希沒有咬他，她擦乾嘴角的口水，露出淺淺的微笑。她出聲驅退陰影，如同趕昆蟲般揮手趕跑它們，然後扶他站起。她瞥見他眼中的困惑，他不了解她爲什麼不把自己撕成碎片，而他很可能永遠無法了解。她納悶著爲什麼有人能夠在某方面了解這麼多，在其他方面卻了解這麼少。

城堡的聲音陰鬱低沉。「他並沒有贏得妳的寬恕。」

奈希回應：「寬恕不是贏來的，是給予的。」

「這點很難理解，我心裡有太多惡毒的想法。」聲音突然改變，依然嘶啞，但是較爲溫和。「不過我沒看錯妳，奈希。妳可以教我很多事，至於虛假可悲的馬戈，已經沒什麼可以教我了。」

巫師沒有抗議，他在忙著擦眼淚。

「在我幫妳復活之前，奈希，讓我提出一個謎語。世界上有一扇絕對不能開啓的門，偏偏有個東西位於此門錯誤的一面，妳要怎麼讓它回歸它的歸屬地？」

奈希只想了一想，就已經得到答案。聽到答案之後，城堡的善良和邪惡面同聲大笑。那本書飛離桌面，來到奈希手中。

「唸出來，然後離開。但是要小心，我沒辦法讓妳復活兩次。」

奈希望向馬戈，只見他已經恢復自制，不過顯然沒有之前那般傲慢。「他呢？」

「他？他不管遭受多大的折磨都是罪有應得。」城堡深深嘆息。「然而我會寬恕他，雖然我看不出來有什麼理由這麼做。在我的寬容守護之下，他將不會受到我的陰影騷擾。這就去吧，祝妳好運，我的主人。」

奈希打開書，奇特的文字在書頁上舞動，它們泛出柔和的光芒。她消失了，書掉回地上，將馬戈留給城堡溫柔的慈悲。他踏著血淋淋的腳蹣跚而行，抓起魔法書。但是書頁一片空白。

「法術消失了。」城堡說，黑暗的陰影發出愉快的吼叫。

馬戈神色畏縮，如今他是一道靈體，傷口可以在不殺死他的情況下永遠流血。他所受的懲罰不是永恆的地獄苦難，只是無盡的惱人刺痛。生命中或是死亡後第一次，他的腦海中浮現一個想法——或許，只是或許，這一切都是他咎由自取。但那只是隱約浮現的想法，他很快就將之拋到腦後。

「不要哭了。」城堡冷冷道。「坐下。」

小桌旁出現一張椅子，他坐了下來。這張椅子一點也不舒適，但卻減緩了腳踝上的壓力。

「包紮一下，好嗎？」城堡說。「你的血流得我地板上都是。」

桌上出現一綑繃帶，馬戈拿來包紮傷口。包紮完畢後，他靠上不舒適的椅背，感覺好過了點。

城堡靈魂中最高的塔樓上，火把燃燒得更加明亮一點，黑影變得稍微安靜一點。城堡在其層層交疊的巨大靈魂深處露出一絲微笑，雖然它也不確定自己爲什麼會笑。

□

西帝斯爵士站著看顧奈希的屍體。她的體型很小，沒有什麼看頭，但感覺像是她的死也殺死了他體內的某樣東西。他這輩子一直都是個戰士，從來不曾躺下來投降，但是現在……

現在他懷疑自己還能不能找回那股力量。

侷限他的並非化身蝙蝠的詛咒。奈希曾不只一次讓他知道力量並不出自肉體的能力，然而現在一切都變了。他望向地精的屍體，臉上露出痛苦的神情。

但最難過的還是納蓋斯，這頭紫色的野獸已經停止哀悼，只是躺在她的身旁，看起來就跟死了沒什麼兩樣。牠已經半個小時沒有動過了，而牠的呼吸也淺到幾乎看不出來。

「我也不敢相信她死了。」回音輕聲說道。「我們該怎麼做？」

「什麼都不做，小姑娘。」

斷頭丹恩發出得意的笑聲。

西帝斯爵士咆哮。「你就不能給我安靜一下嗎？」

「如果死亡都不能讓老丹恩閉嘴，」他回應道。「我認爲你們機會不大。」

骸骨先生把丹恩丟在地上，然後坐在那顆骷髏頭上。丹恩不會如此輕易閉嘴，他扭轉下頷，透過緊閉的牙縫說話。

「善良的好奈希要是看到你們這副意志消沉的模樣，會怎麼說？她會很失望的。她爲了你們這些傢伙犧牲性命，如今你們就只會坐在這裡自怨自艾。」他嚎啕痛哭，將骸骨先生甩向一旁。

「喔，我們眞可憐啊！我們眞可憐！奈希死了，但我們才是不幸的一群，不幸啊！」

骸骨先生抄起丹恩，用力壓住他喋喋不休的下頷。

「你不能讓我閉嘴，我的身體！我在奈希身上學到絕對不要輕易放棄！我學到了這點，而你們這群哭哭啼啼的傢伙始終沒有學會！」

骷髏緊壓著丹恩，但是丹恩依然喃喃自語。

「等等，」西帝斯爵士說。「讓他說。」

斷頭丹恩吼道：「喔喔喔！這下你想聽老丹恩說了！這下我又沒有多瘋了，是不是？」

西帝斯爵士飛到骸骨先生的肩膀上。「你是個瘋子，老兄，但你說的有點道理。」

「我說的總是有道理，只不過不是所有人都想理解那些道理。」

「你為什麼要鼓勵我們反抗？」西帝斯爵士問。「我以為你希望打開長廊盡頭之門？」

「喔，我確實希望。」斷頭丹恩吹著口哨道。「但是發瘋的一大好處，就在於隨時可以看心情改變心意。老丹恩深思熟慮之後，不再確定自己希望世界在今天就走到末日。今天發生了太多有趣的轉折，激發了我的好奇心，讓我產生了全新的觀點。」

「什麼觀點？」回音問。

「這個嘛，正好老丹恩有點無聊，欣賞你們為了毫無希望的事情奮鬥而枉送性命，或許可以讓我笑上幾聲。我本人總是喜歡毫無希望的奮鬥，更喜歡大屠殺。」

「他說得對，」回音說。「我們有多大的勝算？」

「毫無勝算。」西帝斯爵士高高騰空而起。「我們毫無勝算，但是我們可以奮鬥。就算會死，也要勇敢光榮地死去。」

丹恩呵呵笑道：「你們還敢說我是瘋子。」

藍聖騎士在一陣噹啷聲中起身。奈希的身上浮現彩色漩渦，一時之間大放光明，令人觸眼生疼。

「喔，可惡。」丹恩說。「我還以爲她會死久一點呢。」

光線消失，她坐起身來，皺眉看著插在自己胸口的長矛。「可不可以麻煩你……？」她向聖騎士說道。

他將長矛拔出她的胸口。傷口癒合，她深深吸了一口氣。「好多了，謝謝。」

納蓋斯歡喜地嚎叫，牠踏著粗壯的雙腳在奈希身旁跳舞，一邊舔她一邊哼著走音的曲調。她忍受牠的喜悅片刻，然後撫摸牠的口鼻令牠安靜下來。

「眞是奇蹟啊！」西帝斯爵士飛到她的身旁，爬過她的肩膀，確認他的感官所感應到的事情。

「不是奇蹟，只是魔法。」

她雙耳豎起，感應到空氣中多了一股刺痛感；又有事情發生了。現在她知道城堡的意念，以及它的慾望。其實很久以前她就已經知道了，不過現在，城堡也能了解她的意念。這是一道脆弱的連結，城堡最黑暗的慾望如同一頭恐怖吵雜的怪獸，而她的意念就像橫跨在怪獸肩膀上，試圖將這些慾望導向正面的方向，或至少是導向不那麼危險的方向。

這個任務十分困難，不過她做得到，因爲她是城堡的主人。她的作風跟馬戈大不相同，不過她會學習，城堡也會。

巨柱廳中出現數千對小翅膀拍擊的隆隆聲響。兩扇門突然開啓，一群惡魔螢火蟲湧入廳內。她們四下盤旋，哈哈大笑，不過並未展開攻擊。一隻尾巴冒著藍焰的螢火蟲停在奈希的鼻子上。她開口說話，但在震耳欲聾的聲響中幾乎細不可聞。

「哈囉，奈希。聽說妳被殺了。」四周的螢火蟲紛紛竊笑，不斷重複最後三個字。「很高興妳沒死，不然我要怎麼取得妳的靈魂呢？」

「我沒空理妳。」她伸手揮開螢火蟲。

惡魔的尾巴轉爲亮眼的橘光。「奈希，妳變了，氣勢都不一樣了，不確定我喜歡這樣的妳。」

「快走開，」西帝斯爵士說。「我們要去對付女巫。」

螢火蟲全部降落，爬滿一地，就像活地毯。「我覺得受到侮辱，我比那個瘦巴巴的女巫危險多了。」

眾螢火蟲盤旋而起，在盛怒之下化爲一道龍捲風。「我乃地獄之后！我將摧毀這座城堡，以及其中的一切，他們的靈魂將會滿足我污穢的食慾！」

「今天沒人會死。」奈希說。

惡魔大笑。「妳怎麼會以爲有辦法阻止我？」

奈希微笑。「因爲我知道妳的眞名。」

螢火蟲發出憤怒的嗡嗡聲。「妳在說謊。」

「有可能，不過我向來不太會說謊。」

一群昆蟲飛過來檢查奈希的表情。她凝望著數十對紅紅的小眼睛，從頭到尾沒有眨眼。

「親愛的小奈希，我很好奇。妳學會騙人了嗎？難道妳美麗的靈魂已經墮落至此了嗎？」惡魔沉思片刻，與自己低聲交談。「假設是真的，妳又是從哪裡聽來這個沒有任何活物知道的祕密？」

「馬戈寫在一本書裡，我找出來了，免得我會有要用到它的一天。」

「妳是要我相信馬戈會把這麼重要的祕密擺在唾手可得的地方？」

「不是唾手可得，只是我很熟這座城堡。」她聳肩。「無論如何，要信什麼都是妳的選擇。」

「妳應該知道任何膽敢唸誦我的眞名的凡人，都會在唸出那邪惡音節的同時和我一起消失。」

奈希點頭。「今天我已經死過一次了，死亡對我而言不再是那麼可怕的命運。」

「她在說謊。」一隻蟲說。

「我敢賭嗎？」第二隻蟲說。

「但是我不能回到紫色牢籠裡去。」

眾螢火蟲同聲吼叫。「不回去！我寧願永遠在地獄中受苦，也不要再被獨自鎖在那房間裡。」

「或許我們可以打個商量。」

「妳打算和我交易？」眾螢火蟲的火光幻化成彩虹般的色彩。「只有傲慢的笨蛋才會和惡魔交易。」

「不是交易。」奈希說，臉上微笑絲毫不減。「而是妥協。」

惡魔千張臉同時咆哮。「這是世界上最骯髒的字眼，我將會淪爲地獄的笑柄。不，奈希。我認爲妳在虛張聲勢。把我送回地獄，別要求我做出如此褻瀆的舉動。」

「既然妳如此堅持……」地精清清喉嚨。

「等等！」惡魔吼道。振翅的聲響變得細不可聞。「妳眞的會這麼做，是不是？」

「她會。」一隻螢火蟲在奈希耳中說道。

「毫不遲疑。」另一隻爬在她頭上的蟲子補充道。

「那麼這就變成我無法逃避的問題，如果妳沒說謊。」她停止說話，上下打量奈希將近一分鐘。「如果妳沒說謊，那我就必須死亡或是妥——」這個字卡在她喉嚨裡吐不出來。「或是做那件惡魔不屑做的事，請給我一點時間跟我自己討論。」

「當然，但是只能討論一會兒。」奈希同意道。「我今晚還有事情要忙。」

蟲群飛到角落低聲討論。所有人都耐心等候，不敢出聲。西帝斯爵士在奈希的肩膀上踱步，回音則吹著口哨，當她特別緊張時就會這麼做。

一隻螢火蟲飛離蟲群，停在奈希的鼻子上。「我改變心意了，奈希。」她的尾巴發出淡淡的紅光。「我想我還是喜歡這個全新的妳，非常喜歡。」

惡魔發出一陣冰冷的輕笑聲，令大廳內所有人都感到不寒而慄，包括丹恩和藍聖騎士。不過奈希沒有，她毫不畏懼地站在原地，嘴角始終帶著那絲親切的微笑。

22

石像鬼蓋瑞斯站在原地看著長廊盡頭之門。不久前它回到從前的位置，現在它靜靜地等待。花了多年時間研究這扇門的蓋瑞斯，自其中感受到一股不耐煩的情緒。它以穩定的節拍敲打門把，寫有符文的羊皮紙來回飄動。三不五時，它就會發出一陣聽起來很像煩躁嘆息的聲響。它顯然在等待什麼，而蓋瑞斯完全不願想像它在等待什麼。但是，由於習慣亂想的緣故，他忍不住開始猜測。而他所想到的答案全都非常可怕，沒有一個例外。這個意思是說猜測的答案本身並不可怕，可是每個答案都是一種恐怖的可能，而且每一個都比前一個更加恐怖。在將自己逼入沉默恐慌的狀態後，蓋瑞斯希望能閉上雙眼，假裝什麼都沒看到。但是馬戈沒有賜給他石片眼瞼，所以當奈希獨自到來，甚至連納蓋斯都沒有帶在身邊時，他立刻就注意到了。

「這裡出了什麼事？」他問。「我以爲妳死了。緹雅瑪呢？」

奈希沒有回答。她一言不發地穿越走廊，來到距離門前數呎外的地方。門對她咆哮，自門縫中噴出寒氣。

「妳還好嗎，奈希？」蓋瑞斯問。火把的火光莫名其妙地變暗了，他看不清楚地精的輪廓。她看起來似乎有點不同。

「我沒事。」她回應，不過語氣聽來有點奇怪。

在他繼續追問前，走廊上掀起一陣冷風。黑暗的形體自牆壁的裂縫中滲出，在奈希身後聚成一團。他正要出聲警告，她已經轉過身來，面無表情地看著黑暗升起，凝聚成隱約具有女子輪廓的形體。創傷女巫緹雅瑪向來只是一道看似像人的實體。

「哈囉，奈希，我知道妳打算做什麼，不會有用的。」

「不會嗎？」奈希問。「世界上有一扇絕對不能開啓的門，偏偏有個東西位於此門錯誤的一面。妳要怎麼讓它回去它的歸屬地？」

緹雅瑪輕笑。「妳必須把門打開。但是親愛的奈希，妳明知道，在妳開門的同時，門後的魔法將會全數湧出。妳打算如何阻止它？」

「藉由我的意志。」

緹雅瑪仰頭大笑，不過其實不像笑聲，既不愉快也不邪惡，聽起來十分空洞，像是一種不像聲音的聲音所產生的回音。

「妳太高估自己了，奈希。城堡的靈魂會以惡毒的力量把妳壓扁，妳絕不可能對抗它。」

「我能。」這話聽起來不像吹牛，不過也缺乏自信。「我只要抵擋片刻，一下就好了。」

緹雅瑪半跪而下。「假設妳辦得到，妳又要怎麼防止我在門開的同時殺死妳？我承認妳的意志堅定，但是再堅定的意志對於死人而言還是毫無用處；而我只要碰妳一下就好了。」她伸出手掌，接著又縮回去。「還不是時候，我要先等妳做好該做的事。」

「妳忘了一件事。」

緹雅瑪起身。「有嗎？什麼事？」

「我是這座城堡的主人。妳的力量雖然強大，但妳只是它龐大靈魂中的一小部分。妳必須接受我的支配。」

「荒謬。」

「是嗎？」

緹雅瑪搖頭。「妳發瘋了嗎？妳已經無路可逃了。妳只能選擇開門，或是死。」

「妳說的沒錯，但既然我們都知道我想要開門，我認爲妳才是被誘入陷阱的人。」火把大放光明，照亮一頭面容呆滯、全身無毛，看起來不太完整的地精。「解體。」

千變萬化的爛泥融化成一團黃色爛泥。

緹雅瑪立刻轉身。眞正的奈希站在長廊的另一端，西帝斯爵士趴在她的肩膀上，納蓋斯、骸骨先生、斷頭丹恩在她身旁，藍聖騎士站在她的身後。

「妳說的沒錯，奈希。」隱形的回音沿著長廊朝向同伴奔去。「奏效了。」

女巫齜牙咧嘴，露出幾可亂眞的怒容。「怎麼可能？」

「妳相信那是我，因爲我要妳如此相信。」奈希微笑道。「這下妳還認爲我的意志薄弱嗎？」

奈希揚起雙手，唸誦飄浮咒語。門上的木門滑向一旁，掉落地面。在一陣勝利的吼叫聲中，黑暗的大門敞開，竄出一千道醜陋的陰影，全部都在吼叫、嚎叫、尖叫。

奈希揚起雙手。「停。」

命令輕聲下達，沒有加強力道，但是攻勢倏然停止。陰影輕聲嘀咕、嘶嘶作響，向後撤退。

「了不起，奈希。我低估妳了。」緹雅瑪失去大部分的形體，融入附近的陰影之中。「但是這樣還不夠。」她的雙眼噴出火焰，陰影浪潮尖聲呼嘯，像是糖漿般的濃稠河流緩緩向前移動。

奈希毫不退縮，她的眉頭緊皺成V字型，將雙眼擠成兩條堅定的縫隙。黑影突然竄起，接著又停在她的腳邊。黑影中冒出利爪與觸角，滲入石板，奮力拉扯前進，好讓邪惡吞噬它們獲釋前最後一道頑強的障礙。飢渴的大嘴在奈希鼻子前猛力咬下。超自然的壓力朝她推進，而她試圖推回去。但是黑影浪潮勢如破竹，無可抵擋。她不可能將它們再度逼回門內，她幾乎沒辦法令它們待在原地，而她的力量正在迅速流失。但是她沒有退縮，一步也不退。

一道突如其來的力量修補了她瓦解的意志力，終於讓她發現緹雅瑪說得沒錯。奈希沒有能力獨自抵抗邪惡城堡的靈魂，但她忘記了馬戈城堡內一個重要的事實。

在這裡沒有人是孤獨的。

她向前跨出一步，以心靈力量驅退黑暗。邪惡向後撤退，遠離她伸手可及的範圍。

「妳成功了，小姑娘。」西帝斯爵士緊抓她的肩膀。儘管身軀瘦小，他卻毫不畏懼，而且頑固得像座高塔。

她微笑。「我們成功了。」

她伸手觸摸納蓋斯的獸角。紫色怪物輕叫一聲，也將自己的力量注入她的體內。牠的力量比不上西帝斯爵士，但依然足以讓翻滾不休的邪惡發出痛苦的叫聲。骸骨先生伸手放在她的肩上，注入他本身的沉默意志。令奈希意外的是，斷頭丹恩竟也笑著爲他們提供些許瘋狂的韌性。

城堡大吼一聲，幾乎震倒所有人。

緹雅瑪微微顫抖。「這樣還不夠，就算所有受詛咒的靈魂都來幫妳，你們也無力對抗這場醞釀許久的巨大風暴。它完整的力量將會吞噬你們。」

奈希閉上雙眼。她感覺城堡無所不在，四周都是黑暗、邪惡，以及殘暴，不過某些地方也存在著些許溫柔的暖意。他們都是城堡的居民，有些比其他人更加溫暖。不過每位居民，即使是最糟糕的居民，都代表了一股良善的力量。身爲城堡的主人，她喚來這些意志力量，一點一滴的勇氣與憐憫、一絲一毫不屈不撓的堅持。孤軍奮戰，他們都不是城堡邪惡靈魂、瘋狂力量的對手，但是團結一致，他們化身爲隱形的壯大軍團，如同納蓋斯、西帝斯爵士，以及藍聖騎士般毫不猶豫地與他們並肩而戰。

這股力量湧入她的體內，她身上綻放出一道亮眼的金色光輪，冰涼的藍色火焰填滿她的雙眼。尖聲怪叫的黑影退到緹雅瑪身後，依附在她的頭髮與長袍上。

「回到你們的歸屬地。」奈希下令。

緹雅瑪眼中悶燒的紅焰突然噴發，將她整張臉吞噬。她的皮膚融化，露出一個沒有形體的東西，像一顆以煙霧和灰燼形成的頭顱。她開口說話，口中噴出一團七彩火焰。

「妳就這點本事嗎？」

她大笑，但是這陣邪惡的笑聲透露出一股奈希至今不曾在女巫身上見過的特質：恐懼。而那些黑影，所有城堡邪惡靈魂的恐怖化身，鎮定的外表上同時蒙上一層相同的恐懼。

奈希皺眉。有些情況要耐心以對，有些情況卻需要嚴厲懲處。她受夠了。她齜牙咧嘴，放聲嚎叫。這陣堅決卻又冷靜的叫聲就跟她母親在她小時候不聽話時所發出的一模一樣。

「回去。」

黑影浪潮開始消退。有些黑影比較固執，但是全都退回門檻後方的黑暗中，除了城堡的邪惡化身中最後也最執著的緹雅瑪之外。她向前踏出一步；現在的她，人形的僞裝完全消失，只剩下紅沙、黑煙與白火。她朝奈希耀眼的光芒伸出一隻深紅色的粗糙利爪，手指冒煙，在痛苦的叫聲中繼續前進。

碰一下，只要碰一下就好了。門檻之後，眾黑影以尖叫聲鼓勵著她。她非人的身體支離破碎，重新塑型，然後再度解體。但她繼續進逼，而當只剩下一吋的距離就能施展致命之觸時，她槁木死灰般的臉上露出一絲微笑。

一隻惡魔螢火蟲自轉角直衝而來，撞上女巫掌心。利爪化爲碎片，緹雅瑪向後跌開。她緊握燃燒的手腕，它重塑爲畸形的魔爪。

另一隻螢火蟲停在奈希的鼻子上。「記住妳的承諾。」

奈希點頭，惡魔竊笑。

她的蟲群竄入走廊，數百隻燃燒的昆蟲撞向緹雅瑪。每次爆炸都將她一部分骨瘦如柴的軀體炸飛，但她幾乎以同樣的速度重塑軀體。儘管如此，每波衝擊都將她逼退一點，不久她就退到門檻前。她眼中的火焰已經熄滅，但她以長滿節瘤的手指緊抓門框。

奈希鼻子上最後一隻螢火蟲聳了聳肩。「我已經盡力了。」

想讓緹雅瑪回歸門後，所有城堡的靈魂都必須一同回歸，包括善良的部分。藍聖騎士大步向前，然後停下腳步，揮手道別，雙手抓起緹雅瑪殘破的身軀，在她的吼叫聲中拖著她跨越門檻。

奈希和其他人跑到門前試圖關門。在她成功之前，她身上的光芒逐漸黯淡。黑影還在門後推擠。納蓋斯和骸骨先生動手幫忙，但還不夠。長廊盡頭之門開啓半吋，一片片黑影努力撐大門縫。

西帝斯爵士跳下奈希的肩膀，小小的身體抵在門上。「來吧，各位。使盡吃奶的力氣！」

奈希的靈氣幾乎消失殆盡，沒有那道靈氣，單靠他們的力氣絕對關不了門。

一頭全身長毛的野獸踏著笨重的步伐自轉角而來。牠足足有十呎高，一身綠毛，還有一張血盆大口，三隻灰眼睛，扁平的腦袋上戴著一頂怪帽子。怪物抓起鐵板門閂，單手關上大門。牠鼻孔中噴出濕氣，將門閂卡至定位。

一切安靜下來。奈希坐在地上，累得無力起身。最後一道光芒自她的掌心消失，但是她的雙眼中隱約閃爍著一絲藍光；這道光永遠不會消失。

她抬頭望向高大壯碩的怪物，認出他的三隻銀眼，接著發現那頂怪帽子根本不是帽子，而是她的帆布床。「謝謝你。」

床下的怪物聳肩。「不必客氣。」

長廊盡頭之門發出長長一聲非常失望的嘆息。

23

接下來幾天的辛苦工作讓奈希忙得不可開交，有太多事要做，除了沒有因爲馬戈死去而消失的日常工作，還要收拾緹雅瑪留下的爛攤子。不會再動的盔甲需要修復並且搬回軍械庫，軍械庫也要好好打掃整理一番。葛尼克不再像從前那樣堅持銀矮人的職責，她很高興能分擔他那繁忙的工作。

葛尼克檢查了一頂頭盔，確認沒有留下任何生命跡象。「哈囉，裡面有人嗎？」他以指節敲擊閃亮的頭盔表面兩下，然後將它放到推車上。「我不知道我們能不能把它們通通組回去。」

「可以的，總有一天。」她打量著一把長矛，矛尖上帶有乾涸的血塊，她自己的血。她決定留下這把長矛當作紀念品。她將另一把長矛交給一群塵土妖精。這些小妖精衝向軍械庫，在地上留下小小的足跡。她沒有理會，事情總要一件一件來。

納蓋斯好奇地抬起頭來，這表示回音在那裡。

「婚禮就要開始了。」

奈希差點忘了婚禮的事，這就證明了她有多忙。她將一面盾牌放在一堆盾牌上，然後詢問葛尼克要不要參加婚禮。他喃喃說了些太忙，而且很討厭婚禮之類的話，她就讓他留下來繼續工作了。

城堡裡沒有禮拜堂，於是他們將觀星室布置成婚禮會場。這地方有點偏僻，不過很適合舉行婚禮，是少數照得到陽光的房間，而且艾薇還沿著牆壁開了一道玫瑰彩虹；這道彩虹眞的非常美麗。

這裡沒有座椅，所以所有人都用站的。由於觀星室不大，只有一小部分居民應邀觀禮，不過蟾蜍王子和娃娃公主本來也只想邀請熟人。

奈希路過一隻鬼魂和一條蛇，走去坐在非凡巫師亞斯皮和好運中間。

「我還以爲妳會遲到。」亞斯皮低聲道。

「你是白痴嗎？」西帝斯爵士從天而降，落在地精的肩膀上。「奈希從不遲到。」

她望向沐浴在午後金色陽光下的新娘和新郎。王子頭戴一頂小皇冠，公主則戴著一襲奈希親手編織的面紗。

「我喜歡婚禮。」回音說。

「觀賞婚禮令我想要肆無忌憚地哭泣。」貓頭鷹奧莉薇雅說，她犧牲白天的睡眠時間特地趕來參加。

「這招沒用的。」亞斯皮說。「我哥哥的詛咒不會那麼輕易破解的。」

主持婚禮的蕨類植物搖搖自己的葉子，婚禮隨即展開。

「婚禮誓詞是我寫的。」回音說。

「愛情宛如花朵。」蕨類植物開口道。「以溫柔之泉灌溉、付出之光照耀、心胸開闊的泥土滋養……」

西帝斯爵士藉由清喉嚨來掩飾自己的笑意。「美啊，小姑娘。太美了。」

「讓愛情之葉爲你遮擋冰冷的不滿之雨。」蕨類植物繼續說道。

西帝斯爵士強忍笑意，但是當牧師開始警告新人當心嫉妒的樵夫時，蝙蝠得咬著嘴唇才有辦法不失聲大笑。儀式很簡短，奈希喜歡這樣，因爲她還有很多事要做。蕨類植物以天堂與大地的律法宣告王子和公主結爲夫婦，他們湊向前去，開始親吻。

「不會有用的。」亞斯皮再度說道。

結果沒用。一時之間，觀禮來賓感到一陣失望，不過只失望了一下子而已。道賀的歡呼聲在觀星室裡此起彼落。西帝斯爵士高聲吶喊，於半空中大翻筋斗。納蓋斯深受婚禮的歡樂氣氛感染，一邊開心地吹著口哨，一邊跳著出奇優雅的舞蹈。就連奈希也仰起頭來，發出一陣歡喜的嚎叫。

布娃娃朝來賓拋出小花束。奧莉薇雅俯衝而下，張爪將花束抓起，她在室內盤旋繞圈。

老鼠莫頓抬頭看她。「她會是個美麗的新娘。」

奈希微笑。或許不久又要舉行另一場婚禮了。

「我就說不會有用的。」亞斯皮說。

西帝斯爵士跳上奈希的肩膀。「恭喜，老兄。你終於說對一件事了。」

奈希起身。

好運伸個懶腰。「妳要上哪兒去？」

「我有事要忙。」

「那妳就會錯過宴會了。」站在奈希雙腳中間的盜潔說。

「我眞的沒時間。」

她跨出一步，但是有東西阻擋她。納蓋斯咬著她的衣袖。

「我不該留下。」

西帝斯爵士搖頭。「妳應該留下。如果要說誰最有資格輕鬆一下，小姑娘，肯定就是妳了。」

來賓再度安靜下來。蟾蜍王子跳上前來。「妳的光臨能讓我們蓬蓽生輝。」

「是呀，奈希。」娃娃公主同意道。「拜託，來嘛。」

納蓋斯開心地叫著，伸出濕潤的舌頭舔奈希的臉。

她在心裡翻閱待辦事項的清單。沒有什麼特別急迫的事，沒有不能等到明天早上再做的事。雖然拖延有違她的本性，不過她想，既然經歷過去幾天的事城堡都沒有垮掉，那麼再多浪費一個晚上也不會有事的。

「好吧，或許就待半個小時。」

眾人齊聲歡呼。

宴會辦得喜氣洋洋。所有能到場的人通通出席，大家都在歡天喜地地慶祝。有美食，有舞蹈，而這一切都不是奈希安排的。難得一次，她可以完全放鬆享樂，不須費心維持秩序。這是奇特的經驗，不過感覺並不算差。她甚至和西帝斯爵士跳了一支舞，雖然他對於讓她帶舞有點意見，可惜他也只能摸摸鼻子認了，因爲他的腳根本搆不著地。

宴會持續到很晚，不過奈希決定先行離場。她向所有的赴宴賓客道別，接著便和納蓋斯與西帝斯爵士一起朝她的臥房前進。他們只在廚房停留片刻，向住在裡面的人道晚安。

骸骨先生自願鎖回原先的位置，斷頭丹恩倒是在水槽旁找了個新家。瘋狂的骷髏頭舒舒服服地躺在奈希爲他準備的墊子上，他差點摧毀世界，沒錯，不過最後他還是有出手相助，他至少應該獲得一顆舒適的枕頭。

餐桌上擺著一個小玻璃瓶，裡面有隻惡魔螢火蟲在嗡嗡飛舞，她只是散布在城堡各處眾多螢火蟲中的一隻。惡魔沒有獲得自由，但至少她不再孤獨。

「祝好夢。」她說。

「是呀，是呀。」丹恩說。「最甜蜜的女孩才有最甜蜜的夢。」

惡魔和骷髏頭同時發出邪惡的笑聲。

「我不認爲把那兩個傢伙放在一起是個好主意。」西帝斯爵士說道。

奈希也是這麼想，不過她已做出承諾，而她很看重自己的承諾。想要將她的城堡改變成一個美好的地方，她就得樹立好的榜樣。

她的城堡。

這個想法每次都能令她微笑，她眼中的藍光微微閃爍。當然，這裡並不是她自己的城堡，它屬於所有將這裡當作家園的居民，這樣至少能夠減輕詛咒爲他們所帶來的困擾。

城堡已經有了不少細節上的轉變。它的火把更加明亮、空氣更加清新、發出的聲響聽起來也不再那麼可怕，就連長廊盡頭之門也乖乖待在原地。

「奈希，我一直在想。」西帝斯爵士說。「我忍不住會擔心馬戈，妳確定他眞的死透了嗎？」

「我其實並不確定。」

「還有城堡的靈魂。我們怎麼能確定關門時沒有小部分靈魂偷溜出來？我敢說我後來還在黑暗中看見某些東西蠢蠢欲動。就算只是出於想像，我還是認爲城堡走廊上殘存著其他邪惡的魔法。」

「有可能。」奈希同意。

「還有我們的詛咒，到現在爲止我們連一個都還沒破除。」

「會破除的。」

奈希推開客房房門。她花了不少工夫，終於將這間房打掃到可以再度住人。賈伯瓦克龍的黏液還是留下許多污漬，空氣中有股怪味，不過這些可以等到明天再說。今晚，她終於可以睡在自己的新房間裡。灰眼怪物已經搬進來了，毛髮蓬鬆的綠色軀體整個隱藏在床底的黑暗之中。床底根本不可能塞得下牠，不過牠前一個家也沒有比較大。

奈希將刺穿自己的長矛靠在牆角，然後在火爐旁爲納蓋斯放了一個厚枕頭。牠自動過去坐下。她拍了牠一會兒，直到牠停止嗚嗚，進入夢鄉。

床底下的怪物翻來覆去，連聲抱怨。

「舒服了沒？」她問。

牠在黑暗中瞪大三隻眼睛。「我花了好多年才在那張帆布床下安頓下來。」

「至少這張床比較大。」

「太大了。那張帆布床很舒適，大小剛好又溫暖。」

「喜歡的話歡迎你回去。」

牠哼了一聲。「我會習慣這裡的。」

走廊上傳來一陣喀啦聲響。一團灰霧穿門而過，於地板上撒落一堆碎石塊。

「蛇髮女妖霧。」西帝斯爵士道。「我眞是個蠢蛋，竟然把它給忘了。」

奈希可沒忘。她自腰帶上拿下一個小布袋，倒出其中的粉末，輕輕一吹。白霜轉眼之間包覆灰霧，將其吞噬，甚至將石塊變回空氣。

她輕聲唸咒，身體騰空飄上床。她大可以直接跳上床，不過她希望一有機會就練習魔法。魔法對她而言似乎一天比一天容易了。

「這麼多問題。」西帝斯爵士問。「妳怎麼能不擔心，小姑娘？」

她將他放在身旁的枕頭上。「睡一會兒吧，明天有得我們忙了。」

他的腦袋往枕頭上一靠，沒過多久就睡著了。他比自己想像中還要疲憊。至於她自己，則不像原先想的那麼累。

「奈希？」床下的怪物叫道。

「怎麼了？」

「妳今晚想要唸點故事嗎？」

「今晚不想。」

他嘆氣。

她說：「不過我知道一個故事。喜歡的話，我明天說給你聽。」

「什麼故事？」

「關於一座城堡的故事，一座充滿魔法和奇觀的城堡。」

「還有詛咒嗎？」怪物問。

「沒錯。」

「喔，不知道耶，聽起來不太有趣。故事裡有野蠻人嗎？」

「沒有。不過有頭怪物，」她說。「他住在床底下。」

「他是重要角色嗎？」

「非常重要，你甚至可以說他是英雄。」

怪物笑道：「喔，我等不及了。」

奈希躺在自己的新床上，聽著爐火啪啦作響。西帝斯爵士錯了，她很擔心。擔心明天要做的所有瑣事，還有各式各樣她還不知道，但是早已等著要來煩她的事情。不過擔心也是她的工作。

她嘴角帶著一抹微笑入眠。

「晚安，奈希。」怪物閉上眼睛，消失在深邃舒適的黑暗裡。

臥房的火把轉暗，在輕柔的隆隆聲中，城堡隨著主人一同入眠。

全書完

國家圖書館出版品預行編目資料

城堡夜驚魂／A. Lee 馬丁尼茲（A. Lee Martinez）著；
戚建邦譯.——初版.——台北市：
蓋亞文化，2013.07-
面；　公分.——（Fever；FR030）
譯自：Too Many Curses
ISBN 978-986-319-032-5（平裝）

874.57　　101026268

Fever 030

城堡夜驚魂 Too Many Curses

作者／A. Lee 馬丁尼茲（A. Lee Martinez）
譯者／戚建邦
封面設計／克里斯
封面插畫／Blaze
出版／蓋亞文化有限公司
地址◎台北市103赤峰街41巷7號1樓
電話◎（02）25585438　傳眞◎（02）25585439
部落格◎http://gaeabooks.pixnet.net/blog
電子信箱◎gaea@gaeabooks.com.tw
投稿信箱◎editor@gaeabooks.com.tw
郵撥帳號◎19769541　戶名：蓋亞文化有限公司
法律顧問／十方法律事務所
總經銷／聯合發行股份有限公司
地址◎新北市新店區寶橋路235巷6弄6號2樓
電話◎（02）29178022　傳眞◎（02）29156275
港澳地區／一代匯集
電話◎（852）27838102　傳眞◎（852）23960050
地址◎九龍旺角塘尾道64號龍駒企業大廈10樓B&D室
初版一刷／2013年07月
定價／新台幣260元
Printed in Taiwan

GAEA ISBN／978-986-319-032-5

GAEA

GAEA